DAMAS DE HONRA

Jane Costello

DAMAS DE HONRA

Quatro casamentos e nenhum funeral

Tradução de
RYTA VINAGRE

EDITORA RECORD
RIO DE JANEIRO • SÃO PAULO
2012

CIP-BRASIL. CATALOGAÇÃO NA FONTE
SINDICATO NACIONAL DOS EDITORES DE LIVROS, RJ

C88d Costello, Jane
       Damas de honra / Jane Costello; tradução de Ryta Vinagre. -
       Rio de Janeiro: Record, 2012.

       Tradução de: Bridesmaids
       ISBN 978-85-01-09188-8

       1. Romance inglês. I. Vinagre, Ryta II. Título.

11-8279
                                    CDD: 823
                                    CDU: 821.111-3

Título original:
Bridesmaids

Copyright © Jane Costello, 2008

Texto revisado segundo o novo Acordo Ortográfico da Língua Portuguesa.

Todos os direitos reservados. Proibida a reprodução, no todo ou em parte, através de quaisquer meios. Os direitos morais do autor foram assegurados.

Direitos exclusivos de publicação em língua portuguesa somente para o Brasil adquiridos pela
EDITORA RECORD LTDA.
Rua Argentina, 171 – Rio de Janeiro, RJ – 20921-380 – Tel.: 2585-2000, que se reserva a propriedade literária desta tradução.

Impresso no Brasil

ISBN 978-85-01-09188-8

Seja um leitor preferencial Record.
Cadastre-se e receba informações sobre nossos lançamentos e nossas promoções.

EDITORA AFILIADA

Atendimento e venda direta ao leitor:
mdireto@record.com.br ou (21) 2585-2002.

Para Otis, com todo o meu amor

Agradeço...

A Darley Anderson, por ver potencial em meus primeiros capítulos e por me estimular a continuar escrevendo. Sem sua sabedoria, este livro não existiria. E também à sua maravilhosa equipe, em particular Emma White, Madeleine Buston e Zoe King.

A Suzanne Baboneau e Julie Wright, da Simon & Schuster, antes de tudo por concordarem em publicar *Damas de honra* e depois, em conjunto com Libby Vernon, por editarem a obra com tanto brilhantismo.

A meus amigos e ex-colegas do *Liverpool Daily Post* e do *Liverpool Echo*, por me darem pelo menos um pouquinho de inspiração para o jornal e para os jornalistas (inteiramente fictícios) presentes neste livro.

A meus pais, Jean e Phil Wolstenholme, por seu amor e apoio — e por serem os melhores divulgadores não remunerados que qualquer escritor pode querer.

A Nina e Peter, Will e Gema, Gregg e Hannah e a todos os outros amigos, cujos casamentos, com o passar dos anos, proporcionaram amplo material para escrever *Damas de honra* e, quem sabe, mais umas dez sequências.

Por fim, agradeço especialmente a Jon Brown pelo melhor casamento a que compareci (o meu próprio) e pelo amor, estímulo e por dar conta das tarefas a mais com as crianças, que recaíram sobre ele enquanto eu escrevia este livro.

Capítulo 1

*Floresta de Bowland, Lancashire,
sábado, 24 de fevereiro*

Minha melhor amiga vai se casar daqui a 52 minutos e o nosso quarto de hotel parece o terceiro dia no gramado principal do festival de música Glastonbury.

O quarto está tomado pela parafernália de casamento — e incluo a noiva nesta categoria. Grace ainda está de roupão e só com metade da maquiagem pronta. Ao passo que eu passei os últimos dez minutos tentando freneticamente ressuscitar as flores em seu cabelo, depois que Grace as prendeu na porta do carro quando voltou do cabeleireiro.

Dei outro borrifo generoso de spray em seus cachos e joguei a lata vazia na cama de baldaquino.

— Tem certeza de que está tudo firme agora, Evie? — pergunta ela, passando o rímel apressadamente diante de um imenso espelho antigo. Usei tanto spray no cabelo dela que o fabricante da marca pode se dar ao luxo de gozar de uma confortável aposentadoria, tenho quase certeza.

— Sem dúvida nenhuma — digo.

— Mas não ficou artificial, ficou? — pergunta ela, pegando um tubo de pérolas de efeito bronzeador.

Hesito um pouco, mas acabo seus cachos. Parecem feitos de fibra de vidro.

— É claro que não — minto, reposicionando estrategicamente partes da folhagem sobre uns trinta e poucos grampos. — Suas flores estão perfeitas. O cabelo está perfeito. Está tudo perfeito.

Ela me olha sem se deixar convencer.

Estamos na suíte nupcial de um dos chalés do Inn at Whitewell, na floresta de Bowland, um lugar tão bonito na área rural que inspirou o Condado do Frodo em *O senhor dos anéis*, e tão tranquilo que a própria rainha disse que gostaria de morar aqui depois de se aposentar. O que é muito justo, porque ela deve pertencer ao 0,001 por cento da população que pode arcar com o custo.

De qualquer forma, nem conseguimos apreciar a paisagem; simplesmente não houve tempo. E mal aproveitamos a linda suíte com sua janela panorâmica e suas antiguidades chiques.

— Ótimo! Excelente. Que bom! Obrigada — diz Grace sem fôlego. — Muito bem. E agora?

Não sei por que ela está perguntando a mim. Ninguém é menos indicado que eu a dar conselhos numa ocasião dessas.

Antes de mais nada, não estou acostumada a essa bobajada de casamento. O último a que compareci foi em meados dos anos 1980, quando a prima da minha mãe, Carol, se casou com o desengonçado amor de sua vida, Brian. Três anos depois ele fugiu com uma pintora decoradora de 100 quilos. Carol ficou arrasada, apesar do trabalho inegavelmente profissional que a rival fez no hall e no patamar da escada de sua casa.

Naquelas núpcias, usei uma saia bufante e não soltei a mão do pajem o dia todo. Se na época eu soubesse que aquela seria uma das relações mais significativas da minha vida, tentaria me lembrar de seu nome.

O que me leva ao segundo motivo para achar que seria melhor se Grace pedisse conselhos ao relógio de pêndulo no canto do quarto: duvido muito que um dia eu mesma vá me casar.

Antes de passar uma impressão errada, devo explicar uma questão importante. Não é que eu não *queira* me casar — eu adoraria. Só não acho que um dia isso vá acontecer.

Porque o fato — muito *preocupante*, por sinal — é que agora cheguei à crítica idade de 27 anos e posso dizer com sinceridade que nunca me apaixonei. Nunca nem mesmo cheguei perto de estar apaixonada. Com isto quero dizer que jamais consegui ficar com alguém por mais de três meses. Resumindo, estou para compromissos assim como Pamela Anderson está para o sutiã PP. Simplesmente não cabe.

O engraçado é que conheço muita gente que acha que isso é motivo para comemorar. Pensam que minha incapacidade de me prender a alguém me deixa nova, livre e inteiramente liberada.

Mas não é assim que me sinto. Como todo mundo, li *A mulher eunuco* na sexta série e fiquei sem depilar as axilas por seis semanas, mas simplesmente *sei* que emancipação não deve ser assim.

Um caso típico é Gareth, com quem terminei na semana passada. Gareth era — *é* — encantador. Um lindo sorriso. Bom coração. Emprego decente. Encantador. E como sempre, tudo começou bem, com fins de tarde agradáveis, desfrutando uma garrafa de Chianti num bar em Penny Lane, perto de onde moro, em Liverpool, e preguiçosas tardes de domingo no cinema.

Mas mal completamos quatro semanas juntos — ele sugeriu passarmos uns dias com os pais dele em Gales do Norte — quando percebi que era tarde demais. Deixei de admirar sua linda covinha no queixo e não consegui parar de pensar na sujeira sob as unhas de seus pés. E no fato de que o livro mais intelectual em sua estante era um exemplar de um guia de carros usados. E... Ah, bem, nem vale a pena continuar.

Basta dizer que eu estou ciente que nada do que ele disse ou fez foi assim tão terrível, e certamente não se compara com o que algumas mulheres têm de suportar. Mas enquanto dizia a mim mesma que um homem podia fazer coisas muito piores do que achar que a escritora George Eliot era aquele cara do seriado *Minder*, eu sabia, no fundo, que ele não servia para mim.

Mas tudo bem. O problema era que eles nunca pareciam servir para mim.

De qualquer forma, depois de um intervalo de 22 anos, agora tenho três casamentos agendados no intervalo de um ano e serei dama de honra de todos eles. Mas a julgar pelo melodrama de hoje, não sei se meus nervos vão aguentar.

— Sapatos! — exclama Grace, enquanto anda pelo quarto, atirando objetos pelo caminho.

Olho o relógio: faltam 31 minutos. Grace anda de um lado para o outro como uma adolescente que espera pelo resultado de um teste de gravidez. Ela pega o batom e hesita.

— Acho que é melhor colocar o vestido agora — diz ela. — Não, calma, preciso pôr a meia-calça. Ah, peraí, será que não era melhor retocar meu cabelo com o frisador primeiro? O que você acha?

Como é que eu vou saber?

— Humm, meias? — sugiro.

— Tem razão. Isso. Meias. Ai, meu Deus, cadê as meias?

Capítulo 2

Quem dera que o casamento fosse o único motivo para o pandemônio de hoje, mas esta cena é apenas um microcosmo da vida de Grace nos últimos cinco anos. Nos últimos tempos, seu nível de estresse não só chegou ao teto, como ultrapassou os três andares acima de um loft de bom isolamento e um telhado.

O início desta histeria coincidiu com sua volta ao emprego de tempo integral depois do nascimento da filha Polly, quatro anos atrás. Evoluiu para um caso terminal quando a segunda filha, Scarlett (que no momento está com o rosto tão rosado quanto o de Grace) chegou, em novembro último.

Grace joga todo o conteúdo da bolsa no chão, item por item, e acaba localizando as meias.

— Preciso ter muito cuidado com estas — diz ela.

Sentada na beira da cama, ela abre o pacote, pega uma das meias e começa a calçá-las nos dedos dos pés com a mesma delicadeza de um pedreiro colocando um par de Doc Martens. Como era de se esperar, o pé passa direto pela extremidade da meia deixando um rasgo que faz meu cabelo ficar em pé.

— Ah, humm... — começa ela, mas enquanto Polly, de 4 anos, sai do banheiro, Grace evita pronunciar algo do qual vai se arrepender depois. — Meu Deus! Meu Deus! — continua ela. — Era meu único par. E custou 18 pratas!

— Como é? — Não acredito. — Por 18 pratas essas meias não deviam ser só à prova de dedos, mas capazes de suportar uma explosão nuclear.

Faltam 26 minutos. Posso ser marinheira de primeira viagem, mas sei que devíamos estar mais adiantadas. Todo o lugar começa a assumir o ar de um episódio de *Plantão Médico*.

— Olha — eu digo. — O que posso fazer para te ajudar?

— Humm, o cabelo da Polly — grita Grace, disparando para o banheiro em busca do seu colar.

— Vamos, Pol — digo, toda animada. Mas ela estava mais atraída pela perspectiva de lambuzar o carpete com hidratante Molton Brown.

— Vamos, meu amor — repito, tentando parecer firme e simpática, e não desesperada. — Precisamos arrumar seu cabelo, de verdade. *De verdade*.

Ela nem me dá bola e começa a brincar com o sabonete líquido Naran Ji.

— Muito bem, quem quer parecer uma modelo? — pergunto, procurando alguma coisa — qualquer coisa — que a convença a ceder.

— Eu! — exclama Polly, num pulo. — Quero ser modelo quando crescer!

Mal acredito em minha sorte. Na semana passada, ela queria ser bióloga marinha.

Prendo os cachos louros e sedosos de Polly em duas mechas, acrescento uma variedade de fivelas cintilantes e olho o relógio. Faltam 23 minutos. Meu próprio vestido ainda está pendurado na porta e só consegui cobrir a espinha no meu queixo com o Clearasil para acne, mais ainda nem comecei a maquiagem.

Concluo que minha melhor opção é me arrumar bem rápido para depois fazer com que a noiva se vista logo. Entro no banheiro e, empoleirada na beira da luxuosa banheira de tampo retrátil, começo a me maquiar com a precisão de uma criança de 3 anos num concurso de pintura expressionista.

Quando termino, pego meu vestido e o ponho com dificuldade pela cabeça, tomando o cuidado de não deixar nenhuma mancha de desodorante na lateral. Depois me olho no espelho e avalio o resultado.

Nada mau. Não fiquei exatamente como a J-Lo, mas nada mau.

O vestido valoriza meu corpo e isso é sempre vantajoso quando a natureza lhe presenteia com uma compleição britânica clássica. Não é que eu seja gorda. Na verdade, no geral, meu peso está bem perto da média. Mas a metade superior do meu corpo (peito achatado) e a metade inferior (bunda grande) de algum modo parecem pertencer a duas pessoas diferentes.

Meu cabelo na altura do ombro é louro-acinzentado natural, mas foi quase dourado por vários anos, cortesia de um vício pelo clareador de mechas Sun-In que agora evoluiu para luzes completas.

Hoje, foi cuidadosamente cacheado — perdão, *desgrenhado* — para ficar com um "look natural" que consumiu precisamente duas horas e 15 minutos mais produtos capilares de alta definição em quantidade suficiente para inchar um espantalho. E apesar da aplicação a esmo da maquiagem, bem como aquela espinha de persistência irritante, começo a achar que me arrumei muito bem hoje.

Estou prestes a sair dali para dar assistência a Grace, quando vejo minha bolsa ao lado da pia e noto que esqueci uma coisa. Algo crucial. Algo que dará um acabamento melhor que qualquer outra coisa em meu look. Minhas almofadinhas de enchimento de peito.

Mais dramático que um sutiã Wonderbra e — a 49,99 libras — consideravelmente mais barato que uma cirurgia, eu estava louca por uma oportunidade de experimentar. Coloco o enchimento pela frente do meu vestido e os ajeito com uma balançada, antes de me virar para ver o resultado.

Dou um sorriso de satisfação.

Não chega a ser digno de capa da *Nuts*, mas já é uma grande melhora comparado ao que a natureza me deu (ou não deu, eu deveria dizer). Estou prestes a mostrar meu novo patrimônio a Grace quando ouço um grito no cômodo ao lado.

A noiva está tendo um chilique.

Capítulo 3

— Os brindes de chocolate o QUÊ? — guincha Grace, agarrando furiosamente o telefone do hotel. — Derreteram? — pergunta. O rosto ficando cada vez mais vermelho. — Como podem ter derretido? — Ela põe a mão na testa.

— Muito bem, estão muito ruins? Quero dizer, ainda têm forma de coração? — Há uma pausa.

— Aarrrrrrghhhh! — Grace bate o fone. Ai.

— Então não estão mais com forma de coração? — pergunto, insegura.

— Pelo visto, agora parecem algo que você encontra em uma lixeira — diz ela, perdida. — E não tenho a menor ideia de onde está minha tiara. Alguém viu minha tiara? Ah, meu Deus, agora perdi isso também.

— Não, não perdeu — eu digo, tentando induzir alguma calma. — Deve estar em algum lugar por aqui. — Mas vamos precisar de um sistema de navegação por satélite para saber onde procurar.

— Mamãe — chama Polly —, eu não tô de calcinha.

Grace desaba na cama.

— Que *ótimo* — diz ela. — Vou me casar daqui a 15 minutos. Tem um buraco na minha meia, não consigo encontrar minha tiara, acabo de descobrir uma mancha de bronzeado falso no meu joelho e agora parece que sou incapaz de conseguir que minha filha saia do quarto de calcinha. Não só corro o risco de ser advertida pelo serviço social, como também, oficialmente, sou a pior noiva do mundo.

Sento-me na cama e a abraço.

— Ânimo, Grace. Você só precisa colocar as coisas em perspectiva. É apenas o maior dia da sua vida — eu brinco.

Apesar da minha tentativa, ela solta um gemido de lamentação.

— Eu pretendia caminhar elegantemente pela nave central como Audrey Hepburn — diz ela. — No momento, me sinto tão elegante como... como... *Peggy Mitchell.*

Dou uma gargalhada.

— Não seja tão ridícula — digo. — Você é pelo menos 8 centímetros mais alta que a atriz que a interpreta em East Enders.

Vejo o mais leve vestígio de sorriso.

— Olhe, que sentido tem entrar em pânico? — continuo. — Até parece que Patrick não vai esperar por você. E daí se você se atrasar um pouco? E além de tudo, mesmo se sentindo assim, você está *linda.*

— Estou? — Seu ceticismo era patente.

— Bom, logo vai ficar — eu digo, olhando seu roupão. — Vamos, está na hora de dar uma engrenada.

E então entro em marcha acelerada de dama de honra, atacando Grace com seu aplique de cabelo, esmalte de unhas, pérolas de efeito bronzeador, gloss, pérolas de efeito bronzeador (de novo) e finalmente o vestido, que é puxado por nós duas, e por Polly, para Grace caber nele.

Quando penso que terminamos tudo, com tempo de sobra, fica evidente que a novela ainda não acabou.

— Ah, porcaria! — grita Grace de repente. — Deixei meus brincos com a mamãe lá embaixo. Evie, desculpe, mas terá de ir lá pegar com ela.

Olho o relógio de novo. Estou exausta.

Quando localizo a mãe de Grace de posse dos brincos e sigo para a escada, noto que restam quatro minutos e meio. Mas quando começo a disparar pela escada, algo — eu deveria dizer *alguém* — me obriga a parar.

Ele é simplesmente um dos homens mais estonteantes que já vi na vida. "Rudemente bonito" é a expressão que me vem à mente — lindo, mas não tão perfeito que possa ser considerado maçante ou afetado. Tem pele macia e bronzeada, feições bem esculpidas e olhos da cor de melado. O nariz é um pouquinho torto, mas não importa. Ele tem um corpo tão rijo que faz o He-Man parecer largadão.

Reduzo o passo ao subir a escada e meu coração acelera quando noto que ele olha diretamente para mim. Descaradamente, continuo a fitá-lo enquanto nos aproximamos. De repente, quando nossos caminhos estão a ponto de cruzar, acontece a coisa mais inacreditável do mundo.

Ele olha para os meus peitos.

Só por uma fração de segundo, mas não há dúvida de que aconteceu. Na realidade, é tão ostensivo que quase descrevo como uma *encarada*. Seus olhos se arregalam visivelmente e chego a detectar um leve ofegar. Seu olhar se demora ali e continua a descer, e eu não consigo deixar de balançar a cabeça, incrédula.

Parte de mim está horrorizada por ver o quanto esta criatura, que parecia um deus, na realidade é um neandertal — e me lembro da promessa que fiz a mim mesma de jamais julgar uma pessoa por sua aparência. Uma outra parte de mim, bem lá no fundo, fica satisfeita com a aparente eficácia da minha recente compra na John Lewis.

Portanto, é com um leve saltitar que abro a porta da suíte nupcial.

— Tan-taaaan! — digo. — Um par de brincos.

Grace se vira para olhar e ofega — antes de cair numa gargalhada histérica.

— Que foi? — pergunto, confusa.

— Você não vai aparecer nas minhas fotos de casamento desse jeito — ela ri, mal conseguindo se conter.

— Desse jeito como? — pergunto, satisfeita por enfim ter feito alguma coisa para relaxar Grace. Mas, ao olhar para baixo, a causa de sua alegria fica horrivelmente clara.

Capítulo 4

Meu colo foi atacado por duas medusas invasoras. Pelo menos, é o que parece. Meus enchimentos de peito, aqueles de que eu me orgulhara tanto, claramente sentiram-se confinados dentro do meu vestido — e irromperam para a liberdade.

Para falar a verdade, eles quase conseguiram: meus dois realçadores de peitos "de aparência inteiramente natural" agora espiavam do alto de meu vestido, para o mundo todo ver. Melhor dizendo, para ele — o He-Man — ver. O que me parece bem pior que *o mundo todo*.

— Não acredito nisso — eu digo, arrancando furiosamente os filés do meu decote. Na ausência de uma churrasqueira, eu os enfio na lixeira.

— Pense nisso como uma maneira de Deus dizer que houve um motivo para você nascer de peito achatado — diz Grace com delicadeza.

— Que bom que acha engraçado.

— Desculpe. — Grace tenta claramente não rir. — Mas precisa admitir que é *muito* engraçado.

Olho o quarto e vejo que Charlotte, a outra dama de honra adulta de Grace, voltou — depois de passar a maior parte da manhã arrumando os arranjos de flores — e até ela tenta reprimir um sorriso. O que significa que a situação estava muito ruim, visto que Charlotte deve ser a pessoa mais doce do universo.

— Não se preocupe, Evie — ela me reconforta. — Sei que ninguém percebeu. Podem ter pensado que fazia parte do seu vestido.

Resisto à tentação de dizer a Charlotte que a única pessoa que viu não poderia ter uma visão melhor se eles tivessem saltado e o estapeado na cara.

— Não, tem razão — digo. — Obrigada, Charlotte.

Sinto uma pontada de culpa por não ter conseguido tempo para ajudá-la a se arrumar para hoje. Não é que Charlotte não seja bonita, porque sem dúvida nenhuma é. Tem uma pele pela qual eu seria capaz de matar para ter — macia e clara como a de um bebê, com bochechas lindamente rosadas — e olhos tão grandes e gentis que podiam pertencer ao Bambi. Lembro-me de pensar, quando conheci Charlotte — anos atrás —, que ela me lembrava alguém que ordenhava vacas no século XVIII: com uma aparência gloriosamente rechonchuda e saudável.

Mas embora seu patrimônio seja natural, é justo dizer que Charlotte não faz o melhor uso dele. Sendo horrivelmente grosseira, alguns concorrentes na exposição de cães Crufts passam um tempo muito maior cuidando da pelagem do que ela fez hoje com o cabelo. E embora Charlotte não fosse Charlotte sem suas curvas amplas, ela nunca se veste de modo a valorizá-las. Seu vestido de dama de honra é tão apertado que parece correr o risco de cortar sua circulação.

— Está quase na hora — eu digo, segurando a mão de Charlotte e apertando-a.

— Sim — responde ela, aparentando um completo pavor.

Grace mete um buquê na minha mão.

— Muito bem, as duas — diz ela. — Não podemos ficar discutindo o decote de Evie o dia todo. Precisamos descer aquele corredor... e rápido.

Capítulo 5

É difícil não ser seduzida pela magia de um dia como o de hoje.

Nem alguém tão propenso ao cinismo como eu pode deixar de curtir todas as coisas *não cínicas* de uma hora dessas. Por exemplo, deve ser incrível amar tanto alguém a ponto de querer ficar velho e sofrer de incontinência com ele.

Porque não é só o spray de bronzeamento que dá a Grace o brilho que ela tem hoje. É Patrick, o homem com quem está prestes a se casar. E o fato de que não há dúvida nenhuma para Grace de que ele é o homem da sua vida, e que serão felizes para sempre.

— Qual é o problema? — sussurra Charlotte, enquanto esperamos pelo início da cerimônia do lado de fora do salão principal.

— Nenhum — digo. — Por quê?

— Você suspirou, foi isso — responde ela.

— Foi? — sussurro, meio surpresa.

Ela sorri.

— Não se preocupe, Evie — diz ela. — Um dia vai conhecer alguém especial.

— Você é muito mais otimista que eu, Charlotte.

Enquanto sigo Grace pelo corredor ao som de "What a Wonderful World" cantado por Louis Armstrong, vejo

Gareth entre os convidados e meus pensamentos voltam à última vez que o vi, fungando no guardanapo enquanto eu lhe dizia que nossa relação tinha acabado.

Fico tentada a dar um sorriso "sem ressentimentos", mas ele se vira incisivamente para se concentrar no programa do casamento. Mordo o lábio por um segundo. O que havia de errado comigo? Gareth não era nada mau. *Nenhum* deles era tão ruim assim.

Olho para a minha esquerda e outro ex meu, Joe, produtor de TV, me encara e dá uma piscadela para mim. Tudo bem, talvez *este* fosse mesmo ruim. Convencido como nunca com seu terno Paul Smith e com um bronzeado artificial, do outro lado do salão eu posso sentir o cheiro dos quatro litros de Aramis que ele deve ter passado.

Não vejo Peter, o músico — o terceiro das minhas relações fracassadas —, mas sei que ele está em algum lugar, brincando com o piercing na língua e balançando aquele ubíquo chaveiro que estou convencida de que foi chumbado ao seu corpo.

Grace e Patrick se encontram na frente e trocam olhares nervosos. Acho que mesmo que se tenha passado os últimos sete anos juntos, comprometer-se para os próximos setenta anos basta para fazer o estômago de qualquer um dar umas cambalhotas.

Os dois se conheceram quando eram trainees da mesma empresa de advocacia e, embora agora já faça anos, os amigos de Grace viram, assim que ela conheceu Patrick, que ele era o homem certo para ela. Houve uma ligação imediata entre os dois — e dois filhos e três hipotecas depois — e ainda é evidente para todos que os conhecem.

O casamento será oficializado por uma mulher de aparência excêntrica, com uma saia godê que já não devia estar muito na moda em 1982, quando desconfio que ela a comprou. É a típica peça que o Esquadrão da Moda rasgaria para depois atear fogo. Enquanto ela apresenta o primeiro discurso, de repente me ocorre que havia uma pessoa que não vi ao andar pelo corredor.

Ele, de olhos castanhos e queixo cinzelado. O He-Man.

Não, isso era bom. Quer dizer que nunca mais vou precisar pensar num dos incidentes vergonhosos mais monumentais da minha vida. Porque a única pessoa que testemunhou isso nem mesmo é convidado do casamento. Agora posso esquecer. Completamente.

Penso em suas feições bem definidas e na pele macia que só melhorava ao me aproximar dele. E ao me lembrar do seu cheiro — uma combinação inebriante de uma tentadora loção pós-barba e pele limpa — vejo-me arriando em minha cadeira. Uma ova que era bom.

He-Man, onde está você?

Capítulo 6

Nossa amiga Valentina faz a leitura. Era para ser um discurso de apenas um minuto e meio, mas pode-se perdoar quem pensa que ela estava prestes a receber um Oscar. Ela desliza para a frente e, ao subir no tablado, levanta ostentosamente a bainha do vestido de chiffon vermelho para revelar suas pernas bronzeadas e intermináveis, mais do que já estão aparecendo.

Valentina faz parte do nosso círculo desde que se grudou a Charlotte na primeira semana na Universidade de Liverpool. Elas formaram uma dupla improvável, como são agora. A coitada da Charlotte era a menina desesperadamente tímida que quase nunca saía de Widnes. Valentina era a amazona de visual exótico que esteve em toda parte, fez de tudo e de modo geral tinha a timidez e o recato das páginas da *Playboy*.

Valentina experimentou várias profissões quando saiu da universidade — *personal shopper*, figurante de novela, hostess de restaurante de elite — antes de se contentar com uma das coisas em que ela genuinamente se destaca. Agora é treinadora de tênis profissional e, ao que parece, ganhou fama. Mas ouvi dizer que pelo menos em parte foi porque ela usa saias tão curtas que fariam um ginecologista corar.

Se quer minha opinião sobre Valentina, eu direi que, no fundo, ela é uma companheira decente. Mas não é uma opinião universal, uma vez que a ideia que ela tem de uma boa conversa é falar para os outros o quanto a confundem com a Angelina Jolie.

Valentina coloca as anotações no púlpito e levanta a cabeça para ver se o padrinho a percebeu e, a julgar por sua expressão de agrado, há pouca dúvida disso. Com um biquinho e uma passada de mão no cabelo escuro e sedoso, ela se prepara para se dirigir à plateia.

— Senhoras e senhores, antes de começar minha leitura, posso dizer que fiquei *estupefata* por dois de meus amigos mais íntimos se casarem hoje — diz ela num tom emocionado.

— Quando eles me convenceram a fazer um discurso, eu não podia ter ficado mais satisfeita por ter uma participação tão *significativa* no dia mais importante da vida dos dois.

Grace e Patrick se olham. Longe de precisar de persuasão, Valentina ficou de péssimo humor quando Grace explicou que queria poucas damas de honra, e Grace só concordou com o discurso para ela sossegar.

— A bênção que estou prestes a ler foi usada em casamentos de nativos americanos por séculos — continua ela. — Mas talvez vocês gostem de saber que o autor ainda é desconhecido. É uma linda composição em prosa e espero que concordem, quando a ouvirem, que é verdadeiramente perfeita para um dia como o de hoje.

Ela se compõe teatralmente enquanto a juíza de paz olha o relógio.

— *Agora não sentirão a chuva, pois cada um de vocês será o abrigo do outro.*

Valentina faz uma pausa dramática.

— *Agora não sentirão frio, pois cada um de vocês será o calor para o outro...* — Et cetera.

Depois da apresentação de Valentina (e é mesmo um show), a cerimônia parece acelerar e logo Grace e Patrick estão voltando pelo corredor como marido e mulher, para o aplauso ruidoso dos convidados. Polly e eu somos as próximas na procissão, de mãos dadas, ela andando aos saltos. Charlotte se esconde em algum lugar atrás de nós.

Procuro não sorrir para os convidados, porque sempre que olho aparece um ex-namorado. Mas quando estou tentada a ficar de olhos fixos à frente, algo atrai minha atenção no canto mais distante do salão. *Ele* está de pé junto a uma janela que dá para uma das paisagens mais lindas do país. Mas ele próprio é uma vista de tirar o fôlego.

Minha pulsação começa a acelerar e eu seguro a mão de Polly com mais força. É o He-Man. E olha diretamente para mim.

Capítulo 7

Fico ruborizada quando nossos olhos se encontram e viro o rosto, envergonhada. Aqueles malditos enchimentos de peito não saem da minha cabeça. Curvo-me para cochichar com Polly.

— Você foi uma ótima menina durante a cerimônia — digo a ela, mais para dar a impressão de que estou preocupada do que qualquer outra coisa.

Ela olha para mim como quem diz: "Mas *do que* você está falando?"

Ainda sinto os olhos dele ardendo em mim quando estamos chegando à porta. Deixe os enchimentos pra lá, Evie, eu penso, *olhe para ele*. Os aplausos estão soando em meus ouvidos enquanto me viro devagar para o homem. Ele bate palmas com entusiasmo e sorri quando vê que estou olhando. É um sorriso suave e simpático — um sorriso inteira e completamente confiante.

E isto é tudo o que não me sinto no momento.

Ridiculamente, viro a cara de novo, sem retribuir o sorriso, sem sustentar seu olhar, sem *nada*. Meus olhos focalizam o vestido de Grace e tenho vontade de me dar uns chutes. O fato de que acabo de perceber que fechei errado dois botões do vestido é a menor das minhas preocupações.

Quando chegamos ao salão de recepção, Grace e Patrick se beijam enquanto rolhas de champanhe estouram e os convidados se aproximam para dar os parabéns ao feliz casal. Pego uma taça com um garçom que passa e por pouco não bebo tudo num só gole ao monitorar a porta, por onde ele deve passar cedo ou tarde.

Mas não tenho ideia do que fazer quando ele passar.

O salão de recepção logo fica em tal tumulto de gente que é difícil saber quem passou pela porta. Mas sinto alguém ao meu lado e meu coração dá um salto.

Capítulo 8

Grace não parece menos estressada do que *antes* da cerimônia.

— Evie, escuta — diz ela —, preciso da sua ajuda de novo. Pode levar todo mundo lá para fora? Precisamos começar a tirar as fotos.

Olho os convidados se esbaldando em uma pródiga recepção de champanhe em uma sala de visitas aconchegante, cheia de lareiras crepitantes. Minha tarefa, se eu decidir aceitar, é levar todo mundo para fora — mesmo quem está de sandálias de salto alto — para um terraço exposto ao vento de inverno.

— Você me dá as melhores missões, Grace. Acho que só vou terminar no próximo fim de semana.

Como não sei por onde começar, escolho o grupo de pessoas ao meu lado.

— Humm, oi — eu digo. — Er, posso lhes pedir que, por favor, saiam para fazer as fotos no jardim? Obrigada. Muito obrigada.

Passo ao grupo seguinte e faço o mesmo.

Cinco grupos depois, percebo que esta técnica educada demais não está me levando a lugar nenhum. Eu teria uma resposta melhor falando com o bolo da noiva. Então decido começar a dar tapinhas nos ombros das pessoas também.

— Humm, oi, olá — eu digo. — Lamento muito interromper, mas poderiam ir para o jardim? O fotógrafo está esperando.

Nada. Eu tusso — meu objetivo é ser educada, mas com autoridade. Em outras palavras, conseguir que as pessoas comecem a fazer o que estou dizendo.

— As fotos vão começar — eu digo, agora com firmeza. — Poderiam ir para o jardim... *Por favor*?

Isto está começando a ficar irritante. Ou eu sou invisível, ou as pessoas estão mais interessadas na birita e nos blinis de salmão defumado do que em ficar meia hora do lado de fora ouvindo alguém dizer "xis".

Humm. Tudo bem, eu sabia que seria um desafio. Preciso ser mais mandona. Muito bem, eu posso ser mandona. Resisto à tentação de subir numa cadeira, mas decido dar tudo de mim.

— SENHORAS E SENHORES — eu berro, sabendo que só me falta um sino e uma roupa de pregoeiro público. — POR FAVOR, SIGAM PARA O JARDIM ONDE AS FOTOS SERÃO FEITAS.

Todos ficam mudos e se viram para me olhar como se eu fosse uma stripper agendada como estrela para uma reunião do Women's Institute. É óbvio que eu falei mais alto do que pretendia.

De repente, percebo que estava tão perto do coitado ao meu lado que podia ter perfurado seus tímpanos. Ele se encolhe visivelmente, e só me dei conta disso agora. Ele se vira devagar com a clara intenção de descobrir a origem desse ataque e noto que não tenho para onde correr.

No segundo em que vejo seu rosto, meu coração despenca. Pelo menos ninguém pode me acusar de não saber causar uma primeira impressão.

Capítulo 9

Concluo que só há um jeito de contornar a situação — preciso dizer alguma coisa engraçada. Fazer o He-Man pensar: "Tudo bem, então essa mulher por duas vezes agiu como quem acaba de fugir do manicômio, mas, meu Deus, ela não é a pessoa mais espirituosa e divertida que já conheci?" Isso pelo menos remediaria um pouco o desastre.

Tento conjurar minha melhor e mais hilariante tirada para deixar o clima mais leve e, o ideal, fazer com que ele queira me levar para casa já.

— Humm, ah! Er, humm... — gaguejo. — Desculpe por isso.

Sua vez, *Monty Python*.

Ele sorri.

— Não se preocupe — diz ele. — Você tem um par de pulmões impressionantes, não há dúvida. Mas não me interprete mal, OK?

Eu relaxo — um pouco — e tento de novo.

— Aposto que diz isso a todas — respondo, tentando enfrentar com bravura o fato de que eu não ficava mais constrangida desde que... Bom, desde que o vi na escada uma hora atrás.

— Não exatamente — diz ele, rindo. — Mas confesso que nem todas usam sua abordagem.

Meu rosto fica mais vermelho.

— Tudo bem, eu admito — confesso. — Estou sem graça. — Não sei por que estou dizendo isso, quando ele já pode ver que meu rosto passa a impressão de ter uma queimadura de terceiro grau.

— Não precisa — diz ele, assentindo para a porta. — Funcionou.

Os convidados estavam indo para o terraço.

— Graças a Deus — suspiro.

— Essas são as funções de uma dama de honra hoje em dia? — acrescenta ele. — Não pensei que tivesse de fazer alguma coisa além de ficar parada, exibindo sua beleza.

— Exibir minha beleza é meu principal dever hoje — concordo. — Isso e ensurdecer os convidados.

— Bom — diz ele —, posso dizer que se saiu excepcionalmente bem nas duas funções.

Tento reprimir um sorriso.

— Obrigada — prefiro dizer. — Meu nome é Evie. É um prazer conhecê-lo.

Ofereço a mão para ele apertar e ele a pega com firmeza. Mas antes que ele tenha a chance de se apresentar, somos interrompidos.

— Evie, sua danadinha! Espero que não esteja tentando roubar meu acompanhante!

Valentina finge que está brincando, mas segura o braço do He-Man com um aperto que pode lhe garantir emprego como agente de condicional.

— Eu estava me apresentando à sua amiga — diz ele, virando-se novamente para mim. — Meu nome é Jack. É um prazer conhecê-la. E ouvi-la.

Antes que eu consiga pensar no que dizer, Valentina chega na frente.

— Jack, tem alguém lá fora que precisa conhecer — diz ela, puxando seu braço e lhe dando poucas alternativas.

E lá vão eles. O He-Man e a amazona.

Mas que droga, droga, droga.

Capítulo 10

Que desastre. Na realidade, o pior resultado que eu poderia imaginar. Preferia descobrir que o He-Man — desculpe, Jack — era um aspirante a monge que acabou de fazer um rigoroso voto de celibato. Ou que era gay. Sim, gay teria sido ótimo. Uma opção mais fácil de aceitar.

Em vez disso, além da questão mais óbvia, isto é, ele está aqui acompanhado de outra, o fato de que esta outra é Valentina constitui uma catástrofe. Porque, vamos combinar, ser namorado da Valentina não é exatamente uma boa referência de caráter. Nunca conheci ninguém que estivesse saindo com ela que não obedecesse a um dos seguintes critérios.

Ser obcecado com a aparência — a dele e a dela — a um ponto profundamente doentio.

Agarrar-se a cada coisa que ela diz.

Lembrar-se de fazer um comentário elogioso envolvendo sua semelhança com alguma atriz em ascensão, e com a maior frequência possível.

Por fim, e mais importante: ser tão intelectual quanto um episódio qualquer de *Teletubbies*.

He-Man, Jack, Seja Lá Qual For Seu Nome: você pode ser rudemente bonito como bem quiser, mas infelizmente agora esta é a única coisa positiva que posso dizer de você.

Olho para o bar e percebo, para meu horror, que Joe, Gareth e Peter estão conversando, aparentemente tendo formado o Clube dos Ex-Namorados. Ah, que alegria. Já posso imaginar o assunto. Provavelmente comparam bonecas de vodu.

— Você não viu a Grace, viu? — pergunta Charlotte, a voz suave arrancando-me do meu transe. — O fotógrafo está esperando por ela.

— Vou procurá-la — eu digo, feliz por ter uma distração.

Enfim, encontro Grace debaixo do grande toldo, no salão onde o bufê do casamento está sendo preparado.

— Por que este dia não pode correr tranquilamente? — ela se enerva. — A essa altura, eu devia ser a autoridade mundial em etiqueta de casamentos, de tanta revista de noivas que li, mas as coisas ainda estão dando errado.

Minha amiga segura uma taça de champanhe numa das mãos e embala Scarlett com a outra.

— O que foi agora? — pergunto.

— Houve uma confusão com o plano das mesas — diz ela, soprando uma mecha de cabelo errante do rosto. — Quando mandei um fax para o hotel na semana passada, a máquina aparentemente mastigou a beira da mesa principal, inclusive onde os pais de Patrick deviam se sentar. Agora estamos sem uma mesa grande para acomodá-los e não podem mudar nada sem desmontar o arranjo todo.

— Eles não se perguntaram onde ficariam os pais do noivo?

— Acho que pensaram que estavam mortos — diz ela.

Nenhuma de nós consegue deixar de rir.

— Bom, por que Charlotte e eu não saímos da mesa principal? — sugiro. — O pessoal pode muito bem nos colocar em outras mesas. Assim, Polly pode ficar lá com você e ainda haverá bastante espaço para os pais de Patrick.

— Você não se importa? — pergunta ela, aliviada.

— Claro que não — digo. — Prefiro isso a criar um incidente diplomático com seus sogros.

Ela me agarra e me beija no rosto.

— Você é demais, Evie — diz ela. — Lembre-me de lhe pedir para ser dama de honra em todos os meus futuros casamentos!

Só depois que as fotos foram tiradas consigo dar uma olhada no plano das mesas emendado e percebo exatamente no que me meti.

Fui colocada ao lado de Jack e Valentina.

Capítulo 11

— Como é possível que em meio a noventa convidados eu consiga ser colocada perto de Valentina e seu namorado-troféu? — pergunto. — Será que torturei filhotinhos de gato numa vida passada ou coisa assim?

Charlotte tenta não sorrir.

— Ela não é assim tão má — diz ela. — Acho que pode ser insegura.

Nós duas olhamos para Valentina.

— Kelly Brook? — Ela está dizendo em voz alta a um dos assistentes. — Ah, que gozado, porque a maioria das pessoas diz que sou parecida com Angelina Jolie...

— Eu *sei* que ela não é tão má — digo —, mas insegura? Ela não seria mais segura se fosse trancada a cadeado e protegida pelo Serviço Secreto britânico.

Charlotte ri.

— Mas então, vamos ver quem está na sua mesa. Ah, que sorte a sua! — eu digo, dando-lhe um cutucão.

Charlotte foi colocada ao lado de Jim, o primo preferido de Grace. Ele é trainee de cameraman da BBC e foi arregimentado para fazer o vídeo do casamento hoje. Embora seja um ou dois anos mais novo que nós, é uma das pessoas mais legais que se pode conhecer. No fundo, sempre pensei que ele daria um parceiro perfeito para Charlotte.

— Jim é um amor, você sabe disso — digo a ela, sem sutileza.

Charlotte ruboriza e vira o rosto. Ela faz isso o tempo todo — sempre por nenhum motivo aparente — e sei que esta característica a desespera, porque, com o fluxo de sangue à cabeça, todos os pensamentos ficam à plena mostra do mundo. Neste caso, se conheço Charlotte, posso ver muito bem que ela tem uma queda por ele.

— O que foi? — digo com brandura. — Você foi apresentada a Jim, não foi?

— Humm, fui — responde Charlotte. — Eu o conheci umas duas semanas atrás.

— Não acha que ele é legal? — acrescento.

— Humm — diz ela, o rosto agora da cor de um Valpolicella particularmente encorpado.

— Podia ser pior, sabia? — digo a ela.

— Não sei o que quer dizer — responde ela sem me encarar, brincando com os cordões da bolsa de cetim.

— Charlotte, não precisa esconder essas coisas de mim — digo, segurando a mão dela. Mas ela ainda parece uma adolescente numa conversa sobre métodos contraceptivos com os pais. — Vou jogar um verde, se quiser — proponho, quando ela não responde.

— Não! — diz ela de imediato. — Por favor, Evie, *não*.

— Tudo bem, tudo bem — digo, decidindo que está na hora de recuar. Por enquanto. Sei muito bem que, se Charlotte ficar agitada demais, vai fazer de tudo para nem falar com Jim de novo. A coitada definitivamente precisará da minha intervenção em algum momento, não tenho dúvida disso. Charlotte só teve um namorado na vida — Gordon, um especialista em impermeabilização —, que tinha a peculiaridade de não possuir uma só característica interessante. Seu único talento era que podia dizer tudo o que você jamais quis saber sobre as diferenças entre podridão seca e úmida e, acredite, são muitas e variadas. Mas isso foi anos atrás, e Charlotte já passou há muito do ponto de precisar de outra relação amorosa.

Antes de nos sentarmos para comer, vou empoar o nariz e procurar minuciosamente algum realçador de peito errante, um repolho nos dentes da frente e verificar se não enfiei por engano minha saia na calcinha. Depois respiro fundo e volto à área abaixo do toldo para localizar a mesa cinco. Jack já está lá, sozinho. Penso em desviar o caminho para não ter de ficar falando só com ele, mas ele me vê e ergue as sobrancelhas tranquilamente ao me reconhecer.

Ah, não — alguém me socorra, por favor. Já estou amarradona no gato da Valentina.

Capítulo 12

— Ora, se não é a dama de honra do gogó — diz Jack alegremente enquanto me aproximo da nossa mesa.

Eu devia ficar aliviada por ele ter escolhido este, e não o incidente anterior, para se lembrar de mim, mas ainda não consigo evitar uma leve irritação.

— Não tenho o direito de ser perdoada por isso? — pergunto.

— Prometo que não falo mais nesse assunto — ele sorri.

— E então, como conheceu a noiva?

Durante todos esses anos, já bati papo com inúmeros namorados da Valentina para saber que as duas horas seguintes provavelmente seriam torturantes como uma depilação com cera quente malfeita. Mas digo a mim mesma para ser educada. Provavelmente não é culpa dele ser tão inteligente como uma lampadinha de 5 watts.

— Estudamos juntas na Universidade de Liverpool — eu digo, antes de perceber que ele parece estar esperando que eu dê mais detalhes. — Dividimos uma casa nos dois últimos anos de faculdade.

— Mas você não é de Liverpool, é? — pergunta ele, analisando meu sotaque.

— De perto. Uns 45 minutos ao norte.

— É uma ótima cidade — diz ele. — Adoro.

— Então não mora lá? — pergunto, irritada comigo mesma por querer saber.

— Acabo de me mudar para lá — diz ele. — A trabalho.

Em outras circunstâncias, eu insistiria nessa linha de diálogo, mas a última coisa que quero é que ele pense que estou interessada nele.

— Não sabia que Valentina estava de namorado novo — digo, em vez disso, perguntando-me de imediato por que mencionei esse assunto.

— Na verdade, nós só saímos uma vez — diz Jack. — Sou sócio do clube de tênis dela.

Levanto a cabeça e vejo Valentina se precipitando para nós como se estivesse na Fashion Week de Paris, antes de se sentar e colocar a mão ostensivamente no joelho de Jack. Nossa conversa sofre uma parada abrupta.

— Ainda não tenho certeza sobre esse vestido — reflete ela, subindo um pouco a bainha. — Jack, o que você acha? Não consigo decidir se mostra perna demais.

Ela cruza as pernas lentamente, para mostrar exatamente o quanto de perna tem. Os olhos de Jack são momentaneamente atraídos a elas, antes de ele virar o rosto. Podia jurar que detectei um leve constrangimento.

Os outros convidados da nossa mesa estão chegando, a começar por duas tias de Grace. A tia Sylvia e a tia Anne são baixinhas amáveis que hoje se vestem de rosa-bebê e azul-claro, respectivamente. As duas usam chapéus imensos, o cabelo num penteado de algodão-doce e roupas meticulosamente coordenadas que dão a impressão de algo que se encontra num catálogo distribuído com a *Mail on Sunday*.

Os maridos, tio Giles e tio Tom, produziram-se tanto quanto as mulheres, embora sem o mesmo brio. Tio Tom fez uma tentativa corajosa de tapar a careca com um punhado de fios errantes colados no couro cabeludo como se sua vida dependesse disso. Acho difícil tirar os olhos dali.

— Oi, meu bem — diz uma voz que reconheço de pronto.

Levanto-me num salto e abraço Georgia, outra de minhas amigas da universidade, que está aqui com o noivo, Pete.

Georgia é de longe a pessoa mais rica que conheço, mas um ouvido destreinado jamais adivinharia — o sotaque parece mais com o da personagem de *Frasier* Daphne Moon do que com o da Lady Di.

O pai de Georgia teve uma infância quase pobre em Blackburn, mas subiu na vida com o próprio esforço. Hoje, sua empresa é a maior fabricante de sacos plásticos da Europa. Talvez pelas origens do pai, Georgia e sua família sejam os milionários mais simples que se pode esperar conhecer. Ela é a primeira a admitir que adora gastar, mas também é excepcionalmente generosa e às vezes dá a impressão de não ficar muito à vontade com sua riqueza.

— E então, como foi seu treino como dama de honra, Evie? — pergunta ela.

— Foi bom — digo. — Eu podia até ter ensaiado o que pretendo fazer no seu casamento.

Quando saímos da universidade, Georgia foi uma das poucas que não permaneceram em Liverpool e, embora mantivéssemos contato, nós quase não a víamos tanto quanto gostaríamos. Mas isso mudou nos últimos meses, porque os preparativos do casamento *dela* estavam mesmo avançando. Tivemos de nos reunir tanto para todas as provas de roupa que começo a imaginar como deve ser a vida de um manequim de loja.

— Aliás, adorei sua roupa — digo a ela.

Georgia sempre está incrível. Hoje veste um terninho creme que acho que é YSL — seu preferido — e um colar de diamantes simples, mas lindo.

— Ah, obrigada, meu bem — diz ela. — Comprei na Top Shop.

Abro um sorriso. Se este terninho é de uma grife popular, eu sou campeã mundial de sumô. Mas não serei eu quem vai dar esse fora nela.

Quando chega nosso primeiro prato, Jack se vira e pergunta se posso passar a pimenta. Mas quando estendo a mão para pegar, Valentina interrompe.

— Não se preocupe, Evie, tenho uma aqui — diz ela, tocando o braço de Jack ao lhe entregar a pimenteira. — Sabe de uma coisa — diz ela, baixando a voz e se aproximando mais dele —, li em algum lugar que a pimenta é afrodisíaca.

Não sei por que, mas de repente fico meio nauseada.

Capítulo 13

— Me diga uma coisa, Pete — diz Valentina ao noivo de Georgia. — Tem algum interesse por tênis?

— Sou o que chamaria de fã de poltrona — responde Pete, abrindo um sorriso para a futura esposa. Georgia quase cospe na bebida.

— O que ele quer dizer é que da última vez que jogou, ficou tão acabado que quase foi parar no pronto-socorro — explica ela.

— Obrigado pelo apoio, amor, é comovente. — Ele brinca — Agora vai contar às pessoas que sou ruim de cama.

— Eu ficaria deliciada em lhe dar umas aulas — diz Valentina, estendendo um de seus cartões vermelhos, sua marca registrada. — Fiz um trabalho incrível no *forehand* de Jack, como sei que ele vai lhe dizer. Não que o *forehand* de Jack não fosse acima da média, antes de mais nada — acrescenta ela, abrindo um sorriso sugestivo.

Estamos na sobremesa quando fica claro que Jack e eu mal trocamos uma só palavra desde que nos sentamos. Não é nenhuma tragédia, no que me diz respeito — óbvio —, mas começo a questionar a sanidade de Valentina ultimamente.

Ele se virou para mim em várias ocasiões, só para ser puxado de volta como se ela o segurasse pelas rédeas. Até agora, ela lhe pediu pelo menos quatro vezes para ver se seu batom estava borrado e desconfio de que ela preferia fingir uma morte súbita a deixar que ele entabulasse uma conversa com qualquer pessoa além dela mesma.

A única exceção é Pete, com quem Jack pôde ter uma breve discussão sobre a paixão dos dois por rúgbi. Terminou repentinamente, porém, quando Pete sugeriu que o acompanhasse a um camarote no fim de semana seguinte. O convite era apenas para um.

Para mim, o único revés significativo de tudo isso é que fico presa a tio Giles, à minha direita. Preciso destacar que não tenho nada contra o tio Giles, que é, para todos os fins, um homem amável. Mas se eu ouvir mais uma palavra sobre sua coleção de espingardas do século XIX, talvez pergunte se posso pegar uma emprestada para dar um fim à minha infelicidade.

— As espingardas são minha paixão desde a adolescência, sabia? — ele me diz.

— Hoje em dia, o senhor pode ser processado por isso — eu brinco, mas ele só franze a testa e passa à durabilidade da arte manual britânica.

Aproveito a oportunidade deste interlúdio para dar uma espiada no que Charlotte está aprontando na mesa 14 e fico feliz ao ver que ela e Jim estão imersos numa conversa. Pelo menos, Jim está. Charlotte picota o guardanapo de tão nervosa e agora parece cercada por tantos deles que dá a impressão de ter acabado de sair de uma nevasca. Mas, já é um começo. E devo dizer que ele parece interessado.

Capítulo 14

O pai de Grace fica tão aliviado ao se sentar depois do discurso que é de se pensar que ele acaba de falar para o estádio de Wembley. Foi o discurso mais curto e pacato da história dos discursos de casamento, mas mesmo assim todos nós rimos da sua única piada e aplaudimos intensamente no final.

Em seguida, é a vez de Patrick, que está acostumado a falar em público e parece significativamente mais à vontade que seu novo sogro. Ele endireita o paletó — do fraque que ele desesperadamente não queria usar hoje — e passa a mão pelo cabelo louro e basto. Grace o olha com orgulho.

— Posso dizer em meu nome e de... *minha esposa* — começa ele, sorrindo para o novo título de Grace —, que estamos encantados por todos vocês terem vindo aqui hoje. Grace e eu estamos juntos há sete anos e posso dizer com sinceridade que todo dia penso na sorte que ela teve de me conhecer.

O salão explode em gargalhadas para o que se mostra a primeira das muitas piadinhas infames de Patrick.

Só quando ele está perto de terminar seu discurso é que sinto alguém olhando para mim. Viro-me na direção de Jack e nossos olhos se encontram pela terceira vez naquele dia. Mesmo assim, sei que é ridículo. Sua acompanhante está sentada bem ao lado dele e eu já decidi que não estou interessada. Definitivamente não estou interessada.

Mas não posso deixar de examinar seu rosto inegavelmente bonito enquanto um leve sorriso, que quase posso chamar de sedutor, aparece em seus lábios. O salão explode em aplausos extasiados quando Patrick termina, e Jack e eu somos arrancados do... *sei lá em que diabos nos metemos.*

Enquanto os aplausos esmorecem, Valentina tem um lapso momentâneo de concentração e Jack parece aproveitar a oportunidade.

— Já foi dama de honra antes? — pergunta-me ele.

— Nunca. E você?

— Acho que não — ele sorri. — Já fui pajem, mas calças de veludo e uma gravata-borboleta não caem bem quando se tem 15 anos. Não gostei muito.

Acabo rindo.

— Bom — digo —, *é mesmo* uma regra nos casamentos que todos os envolvidos na cerimônia tenham de parecer um lixo para não aparecerem mais que a noiva.

Ele ergue as sobrancelhas.

— E o que há de errado com você?

Antes que eu possa pensar numa resposta a isso, Valentina o agarra pela mão e o arranca da mesa.

— Ainda não cumprimentamos os noivos direito — diz ela com firmeza.

É incrível como Valentina pode parecer uma coelhinha retardada num minuto e, no outro, uma diretora de escola vitoriana. Jack não tem alternativa a não ser acompanhá-la, embora eu tenha certeza de que ele ficou com cara de quem não está satisfeito.

— Mas então, Evie — diz o tio Giles, interrompendo meus pensamentos. — Você estava me perguntando sobre o cano das espingardas.

Eu *estava*?

Passo os dez minutos seguintes tentando me livrar do tio Giles e quando por fim consigo, vou direto ao banheiro das mulheres, onde sei que estou segura. Grace já está ali e entramos em cabines adjacentes.

— O Jack é um gato, não é? — grita ela.

Hesito. Eu me pergunto como responder ao comentário. Jack sem dúvida é um gato, mas ele tem um pequeno porém.

— Ele faz muito o gênero de Valentina — digo sem demonstrar interesse.

Grace fica um tempo calada.

— Como assim. Quer dizer que é burro? — pergunta ela. — Não acho que seja. Val contou que ele se formou em Oxford e agora é diretor executivo de uma ONG qualquer.

Desenrolo o papel higiênico em silêncio. Tudo bem, então ele estudou em uma universidade bacana e tem um bom emprego. Isso só quer dizer que ele recai na categoria "sem noção".

— Evie? — diz Grace.

— Sim? — respondo.

— Ah, você estava muito quieta, é só isso.

Saímos de nossas cabines ao mesmo tempo e ela me fita, semicerrando os olhos acusadores.

— O que foi? — pergunto.

— Você está a fim dele — diz ela.

Assumo o ar indignado de alguém acusado por engano de soltar um pum no elevador.

— *Não* mesmo! — digo, e marcho até a pia para lavar as mãos.

— Olha, não se preocupe, seu segredo está seguro comigo. Mas não conte a Valentina, pelo amor de Deus. Ela já falou pra caramba porque não a convidei para ser minha dama de honra. Dar em cima do namorado dela vai fazer com que ela tenha um ataque.

— Grace, eu não tenho nenhuma intenção de *dar em cima* de ninguém — digo, um tanto exasperada. — Se não percebeu, você conseguiu convidar três de meus ex-namorados para este casamento, então não seria nada adequado, mesmo que fosse verdade.

— Não vou me desculpar por isso — diz ela. — Só um deles era um ex quando fizemos a lista de convidados. Você conseguiu enfiar mais dois desde então.

— Bom, olha, Sra. Recém-Casada Convencida. Só porque achou um cara lindo e inteligente e o ama o suficiente para passar o resto de sua vida com ele não quer dizer que seja igualmente fácil para todo mundo.

— Então nenhum dos homens com quem você saiu era bonito ou inteligente, não é?

Franzo a testa. Ela sabe que tem um bom argumento.

— Olha — diz ela. — Talvez você só precise rever seus conceitos. Aquele início de romance esmorece em qualquer relação.

— Só que mais rápido no meu caso — eu digo, sentindo-me agora completamente deprimida.

Ela sorri e ergue as sobrancelhas.

— Mas então, se você está a fim de Jack... — diz ela.

— Eu não! — interrompo.

— Bom, só estou dizendo que *se* você estivesse... Eu não me preocuparia tanto com Valentina. Sabe quantos homens ela pega e, ao que parece, ele acaba de terminar um namoro de muito tempo... O que acho que significa que o lance com Valentina é uma maneira de esquecer a outra. Ela é uma cama de consolação, posso apostar.

Paro por um segundo, decidida a não transparecer demais. As palavras de Grace me deixam pensativa.

— Então — digo enquanto voltamos —, acha que eles estão transando?

Capítulo 15

O bom primo Jim está sozinho no bar, dando um tempo das filmagens dos convidados. O que é muito frustrante, porque a essa altura eu esperava que ele estivesse num canto sussurrando alguma poesia picante de Byron no ouvido de Charlotte.

— Oi, Jim. Humm, onde está a Charlotte? — pergunto. Tenho de passar a maior sutileza que posso. Meu objetivo é que ele peça Charlotte em casamento na semana que vem.

— Não sei — diz ele. — Não a vejo desde o jantar. Quer uma bebida?

— Não, estou bem. Ela é adorável, a Charlotte, não é? — pondero, bebendo despreocupadamente meu vinho.

— Sim — diz ele. — Ela é mesmo adorável.

— Sinceramente não acho que tenha conhecido alguém tão gentil, nem tão generosa, nem tão inteligente, ou simplesmente fantástica em tudo — acrescento, na esperança de não exagerar.

— Ela é mesmo uma ótima garota, não há dúvida nenhuma disso — diz ele.

— Não *é*? — concordo. Isto está mostrando um potencial enorme.

— Ah, lá está ela — diz ele, apontando para o outro lado da área sob o toldo, onde Charlotte conversa com a mãe de Grace.

Nem acredito nisso. Por um milagre, ela foi colocada ao lado do homem que a atrai — um homem que a descreve como "adorável" — e, na primeira oportunidade, ela sai para falar com a mãe de Grace. Ah, Charlotte, o que vou fazer com você?

— Está tudo bem? — pergunta Jim.

— Humm, sim... Por quê?

— Você estava balançando a cabeça com um ar reprovador, só isso.

— Ah, estava? — digo. — Desculpe. Humm, só estava pensando no último aumento dos impostos municipais. Tsc, que coisa terrível, não? Mas, então, pode me dar licença?

Vou andando com Charlotte à vista, quando vejo Jack do outro lado do salão. Está conversando com o noivo de Georgia, Pete e, justo quando me pergunto do que podem estar falando, ele se vira e olha para mim. Depois levanta a mão e... *acena*.

Penso em como reagir e percebo que parei de andar e pareço colada no chão. Estou genuinamente dividida sobre o que fazer. Acenar também seria uma declaração clara de interesse, e é a última coisa que quero fazer; mas não acenar parece simplesmente uma grosseria.

— Evie, *aí* está você — diz uma voz conhecida atrás de mim.

Fico paralisada. E ao me virar devagar, noto que a decisão foi tomada por mim. É Gareth. E é a primeira vez que nos falamos desde nosso rompimento.

— Olha — diz ele. — Precisamos conversar.

— Ah, meu Deus. Precisamos?

— Não se preocupe — diz ele.

— Não estou — respondo.

Na verdade, estou, e muito. E evitei Gareth o dia todo, porque, instintivamente, eu sabia que ele ia querer "discutir a relação", uma perspectiva que acho tão atraente quanto uma sessão de tortura medieval.

— Eu realmente acho que precisamos discutir nossa relação — diz ele.

— Acha mesmo? — pergunto, com uma sensação de desfalecimento nas tripas. — Não sei se esta é uma boa hora, Gareth.

— É tão boa quanto qualquer outra — diz ele com firmeza. — E eu acho muito importante. O caso, Evie, é que acabo de entender uma coisa.

— Ah, sim? — digo, olhando o salão, à procura de uma rota de fuga.

— O motivo para você terminar comigo. Foi — ele olha em volta para ver se tem alguém ouvindo —, foi *a lingerie*?

Um grupo de convidados a algumas mesas de distância começa a rir e, embora eu saiba que não podem nos ouvir, me remexo, pouco à vontade. Só a ideia da lingerie — seu horrendo presente de Dia dos Namorados comprado dos classificados de uma publicação pornô chamada *Hot and Horny* — instiga uma reação histérica. Nunca experimentei, mas não pude deixar de pensar que, mesmo com os dois buracos imensos no peito como ventilação, toda aquela borracha podia induzir uma assadura do caramba.

— Não posso fingir que não teria preferido La Perla, Gareth. Mas não — acrescento apressadamente, sem querer parecer insensível —, não foi por isso.

Mas é tarde demais. Seus olhos de cachorrinho estão fixos em mim como se eu fosse vivisseccionista. Sinto uma pontada de culpa.

— Então o quê, Evie? — ele geme. — Pelo amor de Deus, o que foi?

E Gareth funga. Eu disse funga, mas o ruído lembra mais um ronco. Um ronco tão longo e alto que parece uma máquina de cappuccino prestes a entrar em combustão espontânea. Isto só pode significar uma coisa: estamos seguindo para o desastre emocional.

— Não chore — eu peço, pegando sua mão. E fui sincera. Não só porque os tios de Grace, Marion e Bob, estão olhando.

Gareth pega um lenço de papel esfiapado do bolso e assoa o nariz da forma mais espalhafatosa que já vi. Uma assoada tão poderosa que seus olhos parecem prestes a saltar. Depois amassa o lenço e, em vez de recolocá-lo no bolso, joga-o sem o menor pudor na mesa ao lado.

Procuro me concentrar no que ele está dizendo, mas de repente acho muito difícil focalizar em qualquer coisa além do conteúdo do lenço, que me alarma como algo saído de *Caça-fantasmas*.

— Não vou chorar — diz ele com um sorriso corajoso e instável. — Não vou chorar.

Depois ele estaca por um segundo.

— *Aaaaahhh! Evieeeeee!* — ele se desmancha.

Desvio os olhos do lenço, de repente na dúvida entre desprezar a mim mesma e ficar desesperada para sair dali. Só me resta uma coisa a fazer. Viro-me para Gareth, pego seu braço e olho firmemente em seus olhos.

— Gareth? — digo, segurando-o pelo cotovelo. — *Precisamos mesmo* conversar sobre isso. Você tem toda razão.

Gareth não ficaria mais surpreso se eu sugerisse que fugíssemos para a Finlândia e adotássemos 12 renas.

— Ah — diz ele. — Então concorda? Que devemos conversar?

— Inteiramente. Mas o caso é que não posso. Não agora. Tenho que ajudar a mãe de Grace com... — olho o salão à procura de inspiração — ... os guardanapos.

Ele me olha como se eu fosse louca.

— O que você precisa fazer com os guardanapos? — pergunta ele. — Todo mundo já terminou de comer.

— Eles são um risco de incêndio — digo com autoridade. — Não se pode simplesmente deixar essa quantidade de papel por aqui, contraria os regulamentos da União Europeia. Basta um cigarro jogado de lado e este lugar vai parecer *Inferno na torre*. Sem Steve McQueen por perto para nos resgatar.

Ele faz uma careta.

— Nunca ouvi falar de nada disso. Além de tudo, eles não são de linho?

— Pior ainda — ofego. — Desculpe, Gareth, tenho de ir. A gente se vê depois. Eu *prometo*.

Capítulo 16

Charlotte passou os primeiros 18 anos da vida em um chalé em Widnes, que fica em Cheshire, mas não na parte rica, onde não há uma só mulher com peitos verdadeiros.

Ela teve pais amorosos que ficaram tanto tempo juntos pelos filhos que quase se esqueceram de que não suportavam nem olhar um para o outro. Hoje ela trabalha na Secretaria de Fazenda, com... Bom, tenho que admitir que nunca soube exatamente o que Charlotte faz. Sempre que ela fala no assunto com alguém, dá para ver os olhos das pessoas vidrados, como faz minha tia Hilda quando a casa de repouso lhe dá comprimidos demais.

A questão é que a formação de Charlotte não é muito excitante. Mas isso não explica por que ela é tão *desesperadamente* tímida e por que tem uma vida amorosa que perde para uma inexistente.

— E então, por que você foi conversar com a mãe de Grace? — pergunto a ela, depois de finalmente arrancá-la de uma detalhada conversa sobre por que a trança de cigana não está mais na moda no mundo das floriculturas.

— E por que não? — pergunta ela.

— Bom — digo, perguntando-me como colocar a questão —, só pensei que você e Jim pareciam ter uma boa conversa, só isso.

Ela fica meio confusa.

— E tivemos mesmo. Mas depois tive uma boa conversa com a Sra. Edwards também.

— Tá legal, sobre o quê? — pergunto, sentindo que isso precisa ser contestado.

Ela franze a testa.

— Principalmente sudoku.

Fico sem reação.

— Sudoku?

Ela dá de ombros.

— É. Ora, por que não?

— Você gosta de sudoku? — pergunto.

— Bom, não.

— Já jogou?

— Humm, não.

— Tem algum interesse nisso?

— Não, mas não me importo de falar sobre o assunto.

— Charlotte — digo —, a não ser que vá me dizer que a Sra. Edwards é faixa preta em sudoku, não entendo como isso pode ser mais interessante do que conversar com Jim.

Ela cora ao perceber onde quero chegar. De imediato me sinto culpada.

— Escute — digo a ela com brandura, afagando seu braço —, só quero dizer o seguinte: Jim acha você adorável.

Agora sei que espicacei seu interesse.

— É verdade, eu lhe garanto.

— Só ficamos sentados à mesma mesa, só isso — diz ela.

— E então... Do que ele estava falando?

— Tudo bem, tudo bem — diz ela, respirando fundo. — Bom, a gente falou muito sobre música.

— E? — estimulo.

— Bom, ele adora Macy Gray e toca violão nas horas vagas.

— Igualzinho a você! — exclamo.

— Eu não toco violão.

— Não, mas adora Macy Gray.

— *David* Gray — ela me corrige.

— Isso é só um detalhe — digo a ela. — Sinceramente, vocês foram feitos um para o outro. Vamos lá, volte e converse com ele.

De repente, somos distraídas por vozes masculinas vindas de trás da pilastra ao nosso lado. Não é que sejam particularmente altas — não há silêncio nenhum aqui mesmo —, mas o conteúdo da discussão é algo que não podemos deixar de ouvir.

— É uma pena que eu não seja mais solteiro — diz um deles. — Algumas mulheres aqui você não expulsaria de sua cama. Aquela que fez a leitura era *espetacular*.

Reviro os olhos. A única coisa mais irritante do que Valentina tentar chamar tanta atenção é o fato de que ela sempre consegue.

— Aquela dama de honra também era um pedaço... A loura — diz o outro e percebo que estão falando de mim. — Tem os peitos meio achatados, mas sem dúvida é boa.

Mas isto sim é um elogio duvidoso. Dou um muxoxo e estou prestes a voltar ao meu assunto preferido quando outra voz se intromete.

— Mas e a outra... a gorda? — diz uma voz.

Meus olhos se arregalam. De imediato sei de quem estão falando.

— Quem, a irmã feia do Shrek?

Eles caem na gargalhada e eu escuto, abismada, enquanto a cara de Charlotte se amarfanha. Tento pensar em alguma coisa para impedir que ela ouça o que temo que venha em seguida.

— Quantas tortas será que você precisa comer para encher um vestido daquele tamanho? — diz outra voz, sufocando o riso.

— O bastante para levar à falência uma cidade inteira se ela um dia parar!

Entra mais uma rodada de gargalhadas de bêbados.

O rosto de Charlotte está em brasa. Ela tenta demonstrar coragem, mas seu lábio treme e sei que ela está morrendo por dentro. Ah, meu Deus, vou ter de dar um fim a isso.

— Quanto você cobraria para trepar com ela? — diz alguém, e é nesse momento que percebo que não posso permitir que isso continue.

— Muito bem, já chega — declaro, sem saber exatamente o que vou dizer a eles, mas certa de que preciso fazer alguma coisa.

— Evie, por favor, não — Charlotte me implora.

— E por que não?

— Porque você só vai piorar tudo — diz ela. — Por favor, não me deixe mais envergonhada do que já estou.

— *Você* não tem motivo nenhum para ficar envergonhada — digo a ela.

— Por favor, Evie — repete ela. — Deixe pra lá.

Penso brevemente em não fazer nada, mas quando ouço o que vem em seguida, mudo de ideia rapidamente.

— Teria de ser muita grana — vem a resposta. — Seria como ficar preso sob um air bag gigante.

— Evie — diz Charlotte, os olhos lacrimejando. — Por favor, não diga nada. Eu imploro.

As palavras dela soam em meus ouvidos enquanto eu passo da pilastra e fico cara a cara com os três homens, ainda sem ter a menor ideia do que fazer. Olho bem para eles, mas estão distraídos, envolvidos no humor que acham inofensivo, e que na verdade é tudo menos isso. Sei que não posso trair Charlotte, mas preciso calar a boca dessa gente. E rápido.

O que faço em seguida é espontâneo. Pode chamar de instinto. Pode chamar de ataque de loucura. Seja como for, tenho certeza de que vai dar certo, pelo menos em certo nível.

Eu jogo minha bebida neles.

Digo que jogo, mas a técnica que escolho pode ser melhor descrita como "pulverização" — como pilotos de Fórmula 1 no pódio depois de uma vitória particularmente triunfante. A diferença é que esses homens não curtem nada. Dá para saber pelo que eles cospem e xingam, e pela fúria e assombro com que começam a tirar pedaços de limão do cabelo. Sinceramente posso dizer que depois de seis taças de vinho e champanhe, junto com uma injeção maciça de adrenalina, não sei quem fica mais surpreso com todo o incidente, se eles ou eu.

— Humm, desculpe — consigo pronunciar. — Escorreguei.

Giro com a maior rapidez que posso e pego Charlotte pelo cotovelo e caio fora de lá. Quando começamos a abrir caminho pela multidão, logo percebo que a multidão na verdade se tornou uma *plateia*. O tio Giles olha para mim como se eu fosse completamente psicótica. A tia Marion está com a mão na boca, apavorada. Os olhos da pequena Polly estão quase saltando das órbitas. Mas o pior ainda está por vir.

— Fez aquilo de propósito? — cochicha Valentina alegremente, achando divertido o que os outros consideraram espantoso.

— Claro que não, não seja boba — eu rosno, olhando para Jack ao lado dela.

Pergunto-me se o que acabei de dizer teria convencido alguém.

A expressão dele tende a indicar que não.

Capítulo 17

O bom-senso me diz que eu devia parar de beber depois desse pequeno show, mas a taça de champanhe que Grace acaba de me servir é praticamente o único consolo que tenho. Além disso, a sobriedade nunca é uma boa tática nos casamentos. Não quando todo mundo está fazendo o contrário com tanta convicção.

— Acha que Charlotte está bem agora? — pergunta Grace, quando eu lhe conto as últimas.

— Sei lá? — digo. — Arrastei-a para o banheiro feminino logo que aconteceu, mas ela não quis falar no assunto, por mais que eu tentasse. Só ficou dizendo que estava bem. Era óbvio para mim que não estava, mas sabe como é a Charlotte quando se fecha: se decide não falar, acho que nem o serviço secreto consegue arrancar alguma informação dela.

Pego uns amendoins na tigela à nossa frente e, quando começo a comer, noto que Grace fica distraída. Levanto a cabeça e vejo por quê: a boca do seu novo marido está colada em seu rosto.

— Oi, esposa — diz Patrick, parecendo adequadamente apaixonado, e um pouquinho embriagado.

— Marido. Como você está? — pergunta ela, sorrindo.

— Muito melhor por ser um homem casado — ele responde, beijando-a na boca.

— Ah, pelo amor de Deus — reclamo. — Sei que são recém-casados, mas estão estragando meus amendoins.

— Agora somos casados, então a gente pode se agarrar em público — responde Patrick. — Agora é tudo oficial.

— Não é para se *agarrar* em público quando se é casado — digo a ele. — É para *discutir* em público... Ninguém te contou?

Patrick se senta conosco.

— Como está se sentindo? — eu pergunto. — Diferente?

— Como assim? — pergunta ele.

— Quero dizer, agora que é um homem casado, sente-se diferente de ontem... Quando era jovem, livre e solteiro?

— Ontem eu ainda tinha 34 anos — diz ele. — Mas para responder a sua pergunta, não sei bem. Acho que não... Ainda não, pelo menos. Me pergunte amanhã... Eu posso me arrepender dessa história toda.

Grace lhe dá uma cotovelada nas costelas.

— E *você* se sente diferente? — pergunta ele a Grace, obviamente sem ter certeza da resposta que quer ter.

— Sinto — diz ela. — Diferente no bom sentido.

Ele se curva para beijá-la de novo. Eles parecem total e inteiramente apaixonados.

Quando Grace teve uma paixão de estudante, foi pelo arrojado-mas-perigoso Han Solo, não pelo legal-mas-não-tão-interessante Luke Skywalker. Assim, de certa maneira, não foi nenhuma surpresa que ela tenha ficado no fim com Patrick, e não com qualquer dos homens com quem saiu. Seus namorados "sérios" anteriores — um na sexta série e outro na universidade — duraram mais de dois anos, porém era evidente que nenhum deles era "o cara".

Não que eles não fossem legais. Deviam ser legais *demais*. Patrick tinha uma certa tensão e, com toda sinceridade, isso é para lá de atraente.

Na prática, significa que... Bom, pense da seguinte maneira, ele é rodado. Patrick namorou tantas mulheres antes de conhecer Grace que fazia o George Clooney parecer o papa.

O que é e sempre foi um estímulo para alguém como eu. Como Patrick, ex-solteirão convicto e diligente libertino, pode se apaixonar, ter dois filhos, manter-se fiel por sete anos e ainda se casar, então deve haver esperanças para uma incorrigível como eu.

— Parece que este casamento não será consumado esta noite — diz Grace mais tarde, olhando para Patrick, que oscila um pouco ao falar com uns convidados.

— Mas é a primeira noite de vocês como marido e mulher — argumento. — *Tem* que rolar. São as regras.

— Eu nunca o vi tão bêbado — diz ela, balançando a cabeça. — Acho que nem minha nova calcinha Agent Provocateur vai bastar esta noite.

— Pensei que essas coisas viessem com um certificado garantindo uma trepada — digo, mas quando a oscilação de Patrick fica mais acentuada, acredito que ela tenha razão. A única coisa que pode excitá-lo hoje é um desfibrilador.

— Mamãe, vai dançar comigo? — pergunta Polly, puxando a saia de Grace.

— Quando começar a discoteca prometo que vou — diz ela. — Ainda tenho de cumprimentar umas pessoas.

— Está começando agora, mamãe — insiste ela.

— Já pediu ao papai? — Grace quer saber.

— Já, mas ele está bêbado demais — diz Polly.

Grace não está em condições de discutir.

— Você sabe que ela tem razão — digo a ela, assentindo para a pista.

— Que Patrick está bêbado? — pergunta Grace. — Ah, sim, acho que já concluímos isso.

— Não, falo de a discoteca começar — eu a corrijo. — Não devia estar lá para a primeira dança?

Pousando a taça de champanhe na mesa, Grace pega Patrick pela mão. Eu os sigo até a pista, enquanto os outros convidados se reúnem em volta deles e começa a música da primeira dança do casal.

— Evie, *você* dança comigo? — pede Polly, agora puxando a minha saia.

— Não posso, meu amor — digo a ela. — É a primeira dança dos seus pais. Ninguém mais pode se juntar a eles.

— E por que não?

— É assim que as coisas são — respondo, percebendo que não é um argumento lá muito filosófico.

— Que coisa boba — diz ela de mau humor. — Mããããâe! — grita Polly. — Eu também quero dançar!

Os convidados ao lado começam a rir. Ainda bem que ela é uma fofa.

Patrick puxa Grace teatralmente e a curva em uma pose *à la* Scarlett O'Hara. Seu estado de embriaguez só é traído pelo fato de que ele quase a deixa cair. De certa forma, isso melhora o espetáculo, embora a expressão de Grace me leve a desconfiar de que ela está preocupada que ele quebre seu pescoço.

Os convidados vão cercando a pista e os aplausos e gritos ficam mais altos à medida que Patrick gira Grace, obviamente achando que destronaria Fred Astaire.

Baixo os olhos e percebo que perdi Polly. Não fico muito preocupada, porque ela correu por ali o dia todo, mas me surpreende que ela tenha desistido com tanta facilidade de achar um parceiro de dança.

Mas quando volto a olhar a pista, logo vejo a figurinha. Ela achou com quem dançar.

Capítulo 18

Jack levantou a pequena Polly pela cintura para que seus sapatos ficassem a um metro do chão e colocou seu braço em posição de valsa.

Ele a girava gentilmente, mas refreando os movimentos a um cantinho da pista, obviamente para não roubar a cena dos noivos. Mas, para ser franca, era meio difícil. Porque os olhos de quase todas as mulheres ali estavam grudados nele.

Elas ficaram hipnotizadas pelo ondular no bíceps de Jack enquanto segurava Polly com firmeza, pelos olhos grandes e sorridentes e pela curva sensual de seu traseiro, agora tentadoramente definido depois de ele ter tirado o paletó.

Pelo menos, imagino que seja isso que as esteja hipnotizando.

— Olha aquele bumbum! — ofega uma mulher a meu lado. Só posso supor que ela não está se referindo ao troncudo garçom de meia-idade que serve o bufê.

— Venham para cá! — grita Grace, acenando para Jack e Polly ficarem no meio da pista com eles.

Polly dá a impressão de que todos os seus natais e aniversários se juntaram num só, enquanto Jack a gira no meio da pista e ela ri ruidosamente, adorando a atenção. Quando a música acaba e Jack baixa Polly, tomo uma decisão. Vou lá falar com ele.

Sei que ele está com Valentina. Sei que banquei a pateta o dia todo. Sei que tenho três ex-namorados pairando por aqui. Mas isso não importa. Preciso falar com ele pelo menos por um motivo: provar a mim mesma que meu instinto está certo. Que o simples fato de ele estar aqui com Valentina o torna tão burro e superficial quanto qualquer outro com quem ela tenha saído. Pouco importa que ele seja um diretor executivo formado em Oxford. Que trabalha em uma ONG.

Respiro fundo e parto na direção dele. Mas de repente sinto um tapa no ombro e giro o corpo.

— Evie, precisamos conversar.

Ah, não.

— Ainda há tanto que precisamos dizer um ao outro.

Não, não, não, não, não. Isso já está ficando ridículo.

— De algum modo, nos desencontramos o dia todo — diz Gareth, com uma expressão tão sofrida que parece constipado. — Não sei como. Mas agora peguei você. Então podemos conversar direito.

— Gareth — eu digo —, sei que precisamos conversar. Eu sei.

— Então, que tal agora? — pergunta ele.

— Não é uma boa hora.

— Estou começando a ter a impressão de que você está me evitando, Evie — diz ele, semicerrando os olhos.

— Eu? — Sou a imagem da inocência. — Sinceramente, não estou. É só que... preciso escolher uma música.

Ele franze a testa.

— Mas eles contrataram um DJ — ele se opõe.

— Ah, não, o DJ não foi contratado — digo. — Ele vem junto com o hotel. Deixaram o sujeito aqui junto dos espetinhos de frango. O problema é que ele só vai tocar Neil

Diamond, se ninguém pedir outra coisa. Quero dizer, eu adoro "Cracklin' Rosie" tanto quanto qualquer um, mas às vezes a gente precisa de um pouco de Britney. Então eu tenho que ir. Desculpe.

— Espere — diz ele, e pega minha mão. — Queria te dar uma coisa.

— O quê? — pergunto, tomada por um pavor familiar.

— É um símbolo de nossa relação, Evie — diz ele, preocupante de tão profundo.

— Humm, tudo bem. — Estou dividida entre tentar imaginar do que ele está falando e não querer saber de nada.

— Um símbolo de tudo o que deu errado — continua ele. — Um símbolo que mostra o quanto estou disposto a mudar.

É nesse momento que me ocorre exatamente o que ele está prestes a me dar, e isso provoca um arrepio na espinha. Ele comprou uma aliança de noivado, eu sei disso! Ele tem aquele brilho de louco nos olhos.

— Ah, Gareth, não — engulo em seco enquanto ele põe a mão no bolso. — Quero dizer, não estou pronta para isso. Eu *nunca* estarei pronta.

Ele pega meu braço e olha dentro dos meus olhos.

— Eu sei, Evie — diz ele suavemente. — É exatamente o que estou tentando lhe dizer. Sei que não está pronta.

— O que quer dizer? — pergunto.

Ele pega alguma coisa no bolso interno do paletó, começa a desembrulhar e logo fica claro que não é uma aliança de noivado.

Na verdade, é a única coisa que prefiro ver menos do que uma aliança de noivado.

É *a lingerie.*

A lingerie que ele comprou para mim da revista pornô *Hot and Horny*. A lingerie preta de borracha com os buracos no peito. A lingerie que devia ter *Chama-tarado* escrito na frente.

O sangue some do meu rosto enquanto ele saca essa coisa do bolso feito um toureiro.

— Quis dizer isto — diz ele. — Foi *aqui* que eu errei. Não importa o que você disse antes, agora eu sei, e isto é a prova de que estou disposto a mudar.

Capítulo 19

É meia-noite e cinco e estou incontestavelmente sóbria. Não, não é bem a verdade. Não estou sóbria. Mas comparada com vários outros convidados, sou um bastião da virtude e da sobriedade feminina. O que é um milagre, é sério, quando se consideram as peripécias anteriores com Gareth.

Estamos parados ali no meio do salão e ele brande a fina flor da *Hot and Horny* enquanto todo mundo se sacode com "Sweet Caroline", e posso dizer com sinceridade que nunca fiquei mais consciente do que me cercava do que nessa hora.

Só havia uma coisa a fazer.

Arranquei *a lingerie* da mão de Gareth, virei-me e corri o mais depressa que minhas pernas puderam — isto é, até que dei um esbarrão na tia Sylvia e na tia Anne.

Elas olharam o que eu estava segurando e pareceram a ponto de desmaiar juntas. Agora o objeto ofensivo está enfiado numa lixeira do banheiro feminino, onde espero que fique até que alguém com traje de proteção o leve para ser incinerado, junto com tudo o que tem ali. E não posso deixar de pensar que é um fim adequado para sua existência.

De qualquer forma, andei pegando leve nas últimas horas. O que significa que não só consegui escapar de Gareth, como isso também me permitiu ser a testemunha silenciosa dos destaques induzidos pelo álcool na festa.

Valentina era a estrela do show. Na verdade, por cortesia de seus novos amigos Möet et Chandon, ela proporcionava mais diversão na última hora do que um circo itinerante. Sentada à mesa na lateral da pista, feliz por ter um momento de solidão, me divirto vendo-a dançar em torno do tio Bob, levantando suas pernas esguias.

— Posso me juntar a você? — diz alguém atrás de mim.

Viro-me e minha pulsação acelera. É Jack. De quem, a essa altura, já havia desistido completamente até de ter uma conversa.

— Sim. Claro. Perfeitamente. Por que não? — eu tagarelo, parecendo quase tão descolada quanto um nerd.

Enquanto ele puxa uma cadeira, nossos olhos são atraídos para a pista, onde Valentina agora passou para o cancã.

— Acho que você roubou o show antes com sua dança — eu digo.

— Ah, acho que podemos dizer com segurança que foi Polly quem roubou o show — ele sorri. Não tenho certeza disso. — Mas, então, você é repórter do *Daily Echo*, estou certo?

Tomo um gole da minha bebida e concordo, olhando para ver como ele reage. Algumas pessoas, acreditem ou não, não gostam de jornalistas.

— Perguntei porque eu mesmo estive no *Daily Echo* algumas vezes — continua ele.

— Não é um criminoso condenado, é? — pergunto.

— Não, não — ele ri. — Pelo menos ainda não me apanharam.

— Então por que saiu no jornal?

— Trabalho para uma ONG chamada Future for Africa — explica ele. — Criamos projetos sustentáveis no terceiro mundo... Ajudando agricultores e promovendo a cooperação entre eles... E cuidando de alguns campos de refugiados. Seu jornal fez uma matéria incrível sobre nós há pouco mais de um ano. Era uma reportagem de duas páginas. Estávamos com dificuldades na época e nem imagina o quanto isso ajudou. Não podíamos pagar pela publicidade.

Não sei por que, mas isso me surpreende. O mais perto que Valentina chegou de sair com alguém com consciência social foi quando tentou seduzir um seminarista que conheceu no segundo ano da faculdade.

E enquanto nós dois começamos a conversar, junto ao brilho intimista de uma única vela em réchaud e com a pista de dança parecendo estar a quilômetros de distância, fico bastante surpresa com o que descubro sobre Jack.

Para começar, sua criação. Apesar do emprego de alto nível e de ter um sotaque difícil de se identificar, ele foi aluno de uma escola pública na qual o histórico escolar só lhe garantiria um emprego em que perguntasse umas cem vezes por dia, "Quer suas fritas com o quê?".

Ele foi o primeiro da família a ir para a universidade, e essa universidade por acaso era Oxford, onde se formou em história. Viajou o mundo todo no intervalo de um ano, antes de finalmente arrumar emprego em uma ONG na qual foi promovido para o cargo de diretor executivo.

Hoje, ele adora crianças, porém gosta ainda mais das crianças africanas e diz que quer adotar um filho em algum momento de sua vida. É um vegetariano apóstata (certa noite, quando estava na rua, o cheiro de bacon o demoveu da ideia) que lê dois livros por semana — e lê de tudo, de Dickens a Lee Child.

A única coisa que vê na TV são episódios antigos de *Frasier* e como prefere ouvir rádio fica constrangido em dizer que sabe exatamente o que está acontecendo em *The Achers* em qualquer semana. É obcecado por esporte, adora comida apimentada (especialmente tailandesa), vinho tinto caro e chips de tortilla.

Ah, sim, e está se recuperando de uma separação.

Capítulo 20

São relativamente poucos os detalhes sobre o rompimento de Jack. Aconteceu recentemente. Eles ficaram um tempo juntos. Não há possibilidade de voltarem.

Fico sentada ali, assentindo, apreendendo tudo, parecendo sentir total empatia, como se soubesse *exatamente* o que ele está passando. Mas é evidente que nada pode estar mais longe da verdade. Não tenho a mais remota ideia do que ele está vivendo, porque o mais perto que estive de um relacionamento "sério" foi com a mulher que faz luzes no meu cabelo há cinco anos.

A verdade é que este é um assunto em que praticamente não tenho nada a contribuir. Pelo menos, não sem admitir meu espantoso histórico no quesito romance — e não estou com a menor pressa de fazer isso.

Por que não? Bom, só não quero que ele saiba que sou tão boa nos relacionamentos como nas viagens intergalácticas.

De qualquer maneira, eu não devia dar a impressão de que a conversa só gira em torno dele. Longe disso. Acabei fazendo muitas revelações — do pai de que não me lembro a meu esforço na carreira de jornalista, e o fato de que só tive tempo para depilar uma perna antes do casamento. (Não sei por que soltei essa. Arrependi-me de imediato.)

— Como é estar num casamento em que você não conhece ninguém? — pergunto a ele.

— Eu gostei. A gente logo conhece as pessoas. Para começar, tem você — diz ele, e percebo que meu coração está batendo mais rápido. — E hoje Pete e eu ficamos amigos para a vida toda. Nunca conheci ninguém que fosse tão obcecado por rúgbi quanto eu.

— E você joga? — pergunto.

— É, jogo. Sei que ser derrubado no chão por 15 caras todo sábado não é o que todo mundo costuma achar divertido, mas eu adoro.

Não sei se essa imagem me incitou, ou se foi todo o champanhe que acabei bebendo, mas de repente fico bastante excitada.

— Vocês dois... Juntos de novo! Humpf. Estou comechando a penchar que devia ficar com chiúme!

É de se pensar que Valentina, depois de dançar tanto, agora estaria sóbria. Mas não há provas disso diante de nós.

— Acho que fiquei um pouquinho chuja — diz ela, arriando no joelho de Jack.

— Dançou bastante? — pergunto educadamente.

Ela levanta a saia para demonstrar que as costas de uma perna e a frente da outra têm uma listra de sujeira preta.

— Danchei, mas não sei como icho pode ter acontechido. E vochê, Evie? — pergunta ela.

Jack, que tenta se assegurar de que ela não caia de seu joelho e se machuque, olha para mim.

— Acho que é porque você fez o splits, Valentina — eu digo.

— O splits? Eu fiz icho mesmo? Há! Às vezes até eu me churpreendo comigo.

Jack e eu nos olhamos.

— E todo mundo também — digo, sorrindo.

Ela pega o copo de Jack, obviamente percebendo que se passaram, oooooh, minutos desde que bebeu pela última vez, e quase escorrega no chão. Ele consegue detê-la, mas não com facilidade. As veias de seu pescoço ficam inchadas quando ele a ergue nos braços.

— Acho melhor levar Valentina para o hotel — diz ele, ofegante.

— Sim. Claro — digo.

— Jack, eu... acho... Eu acho... que a gente tem que ir lá danchar — diz Valentina, a cabeça caindo de um lado para o outro. Ele a puxa com mais força para garantir que ela não caia.

— Foi um prazer imenso conhecer você — diz Jack.

— Igualmente — respondo.

— Aproveite o resto da noite — acrescenta ele.

— Ah, acho que também vou embora agora — dou de ombros.

— Tudo bem — diz ele.

— É — digo.

— Tchau.

— Tchau.

E lá se vai ele. Com Valentina nos braços.

O que parece horrível, horrivelmente errado.

Quando Jack sai, olho o salão para ver se Charlotte ainda está ali e percebo que ela deve ter ido para a cama, como a maioria dos outros convidados parece estar fazendo. O DJ está guardando as coisas e não vejo nenhum motivo em particular para ficar aqui, especialmente porque Gareth ainda está de tocaia em algum lugar feito um klingon particularmente teimoso.

    Ao me curvar para pegar minha bolsa, vejo algo na cadeira a meu lado. É um telefone. Um telefone que só pode ser de Jack.

Capítulo 21

Domingo, 25 de fevereiro

Consigo descer a tempo de pegar o café da manhã. Encontro Patrick e Grace devorando pratos imensos de salmão defumado e ovos caipira mexidos.

— Então, ele se saiu bem? — pergunto, enquanto Grace e eu nos encontramos na mesa de sucos. — Ou você teve experiências mais românticas sentada na secadora de roupa?

— A última, receio — diz ela, servindo-se de um copo imenso de suco de laranja. — Ele nem conseguia ficar de pé, que dirá levantar. Ainda assim, temos duas semanas nas Maldivas pela frente, então há muito tempo para ele me recompensar.

— Supondo-se que a ressaca dele passe logo — eu sorrio. As bolsas sob os olhos de Patrick dão a impressão de espaço para uma semana de compras.

— Mas então, como foi para você depois que saímos? — pergunta ela.

— Tudo bem. O que quer dizer?

Ela semicerra os olhos.

— Sabe o que quero dizer — diz ela. — *Quero dizer* Jack. Fez algum progresso?

Olho como se ela tivesse sugerido algo ridículo — como se estivesse me perguntando sobre meu relacionamento promissor com Ken Dodd.

— Não sei de onde tirou a ideia de que eu estou a fim de Jack — digo. — Quero dizer, ele é muito legal e tudo...

— Não é burro... como eu te disse — ela me interrompe.

— Não, não é burro — concordo.

— Excepcionalmente bonito — continua ela.

Concordo com a cabeça.

— Ele certamente é o que algumas pessoas podem chamar de atraente — digo, decidida a continuar na evasiva.

— Inclusive você? — Ela ergue as sobrancelhas.

— Olha, pelo amor de Deus, ele está com a Valentina. — digo. — Por que está tentando me jogar pra cima dele?

Ela dá de ombros.

— Não sei, acho que vocês se dariam bem juntos — diz ela. Depois balança a cabeça. — Não, tem razão, não sei do que estou falando.

Sirvo um pouco de suco de pera para mim.

— Então você *não acha* que ficamos bem juntos? — murmuro.

Ela ri e me abraça.

— De qualquer maneira — digo —, se quer saber, pode ser que eu ainda veja Jack neste fim de semana.

— Ah, sim? — Ela olha, interessada.

— Ele esqueceu o celular aqui ontem à noite e terei o dúbio prazer de entregá-lo no Crown & Garter, onde ele e Valentina estão hospedados.

Grace reprime uma risada.

— Boa sorte — diz ela.

Uma hora depois, vejo-me na recepção do Crown & Garter, cara a cara com um hoteleiro que parece ter 132 anos.

— Então, acha que eles podem ter fechado a conta? — pergunto, com o celular de Jack na minha mão.

— Ah, não sei bem — diz ele, cambaleando enquanto pega um diário grande com capa de couro. — Minha mulher Edith tende a tratar dessas coisas, entenda. Mas ela cuidou das veias varicosas na sexta e está de repouso por uns dias. Então é só comigo. E acho que não estou tão por dentro quanto ela.

Seus dedos trêmulos viram as páginas para fevereiro do ano passado.

— Acho que não temos ninguém com esse nome — diz ele. — Tem certeza de que é o hotel certo?

Ajudo-o a virar a página.

— Acho que precisa olhar *este* fevereiro — digo gentilmente, abrindo na página certa. Em silêncio, dou uma olhada nas anotações. — Olha, aqui estão — digo, vendo o nome de Valentina. — Quarto 16. Tem algum registro da saída deles?

Ele franze a testa.

— Sei que devia ter — diz ele, começando a olhar a mesa. — Mas acho que fica em outro livro. Minha mulher Edith é melhor que eu nesse tipo de coisa. Só que ela cuidou das veias varicosas na sexta.

— Sim — digo. — Bom, talvez alguém possa bater na porta deles. Sabe como é, para ver se ainda estão lá.

— É uma ideia maravilhosa — diz ele, fechando o livro. — Isso resolveria o problema!

Eu sorrio.

— Ótimo — digo.

— Uma ideia muito boa — reitera ele.

— Então, vai pedir a alguém para subir lá? — pergunto.

Ele pensa por um segundo.

— Ah, eu faria isso, mas estou sozinho, como vê — diz ele. — Minha mulher Edith cuidou das veias varicosas.

— Tudo bem... Talvez o senhor mesmo possa ir — sugiro.

— Ah, não, não posso fazer isso. Preciso cuidar da recepção, caso chegue muita gente. Veja você, Edith...

— Cuidou das veias varicosas, eu sei — digo.

Olho a recepção vazia. A probabilidade de encher de gente nos próximos cinco minutos é tão magra que chega a ser anoréxica. Mas não tenho coragem de discutir com ele.

— Muito bem — prefiro dizer. — O que sugere, então?

— Só há uma coisa a fazer — conclui ele. — A senhora terá de subir e ver por si mesma.

Capítulo 22

Os ruídos que vinham do quarto 16 não eram o que eu queria ouvir. Consistiam em roncos longos e guturais, audíveis do outro lado do corredor, e tinham certa semelhança com uma britadeira. Só podem significar uma coisa: Jack *deve* estar ali com Valentina.

Respiro fundo e me pergunto o que diabos vou fazer. Ficar frente a frente com um casal que obviamente passou a noite transando como dois cavalos desembestados — o que mais explicaria o fato de que ainda estão dormindo às 11 da manhã? — não é uma perspectiva atraente.

E menos ainda dado o casal em questão.

Curvo-me para olhar por baixo da porta e ver se tem espaço suficiente para passar um celular e correr. Mas não dá para passar nem um cartão de crédito por ali. É inevitável. Vou ter de bater e suportar o que vier.

Fechando os olhos, dou algumas batidas curtas e incisivas antes de recuar, com o coração aos saltos, de uma ansiedade que só os dentistas costumam provocar.

Mas ninguém atende — e o ronco continua em um volume que superaria o de uma erupção vulcânica. Respiro fundo mais uma vez, tento de novo, agora batendo com mais convicção, antes de recuar e esperar.

Depois de mais um minuto esperando em vão que o ronco pare e alguém atenda à porta, noto que preciso de uma abordagem mais direta.

— Valentina! Jack! — eu grito, socando a porta com o punho.

Os roncos param de repente e são substituídos por uma série de grunhidos. Alguém está se mexendo.

— Jack! — digo através da porta, sentindo-me uma completa idiota, mas pelo menos querendo avisá-lo do que esperar quando estivermos cara a cara. — Humm, estou com seu celular. Só queria deixar com você.

A comoção que se segue dentro do quarto 16 envolve tantos estrondos, baques e outros ruídos bizarros que qualquer um pensaria que seu ocupante é um hipopótamo com distúrbio de hiperatividade e déficit de atenção.

Enquanto a porta se abre, preparo-me para terminar isso o mais rápido possível.

— Jack... — começo.

Mas não é Jack que abre a porta.

— *O quê?* Ooooh. Que horas são?

Valentina parece ter passado a noite nos recessos mais sombrios do inferno. Se eu não a conhecesse bem, diria que seu cabelo tinha sido penteado por um chimpanzé. A maquiagem nos olhos está borrada nas bochechas e faria Marilyn Manson parecer um fã do look natural. Mas pior do que isso era sua pele. Não era bem cinza. Era *off cinza*.

— Valentina. Pode entregar isso a Jack por mim? Ele deixou no Inn at Whitehall ontem à noite.

— *O quê?* — diz ela. — Ooooh. Entre.

— Ah, meu Deus, não... Não mesmo — digo, sem querer ficar frente a frente com um Jack pós-coito rolando na cama de Valentina. — Não pode entregar a ele por mim?

Mas ela me pega pelo braço e me puxa para o quarto, deixando-me poucas alternativas. Seu interior é uma cena de completa devastação. Há tantas roupas, sapatos e bolsas jogados na mobília que parece que uma bomba explodiu na Dolce & Gabbana.

Os lençóis estão embolados ao pé da cama, o abajur da mesa de cabeceira está caído e uma calcinha, tão mínima que poderia ser usada como um fio dental, está pendurada na porta do banheiro.

Quanto a Jack, não o vejo em lugar nenhum.

Capítulo 23

— Oooooh — Valentina geme, atirando-se na beira da cama. — Tem alguma coisa errada. Quero dizer, eu nunca estou em minha melhor forma de manhã, mas tem alguma coisa *muito errada* hoje.

— Você está bem? — pergunto, sem jamais ter visto efeitos tão drásticos de uma ressaca na minha vida.

— É a minha boca — ela geme. — Tem alguma coisa errada com a minha boca. Ai, meu Deus, está... está... *peluda*. E tem gosto de... parece que lambi asfalto. Ahhh, não, não é só a minha boca. A minha cabeça também. Minha cabeça está *latejando*.

— Bom, você não será a única a acordar mal esta manhã — observo.

Valentina tenta abrir o olho direito, que está cimentado com uma combinação horrenda de sono e quatro camadas de rímel.

— Está sugerindo que estou de ressaca? — diz ela, indignada.

Paro por um segundo.

— Valentina — começo —, você, sozinha, bebeu mais que um time de rúgbi. Parece que passou a noite dormindo a sono solto e precisei de exatamente oito minutos e meio de murros na porta para te acordar. Pode me chamar de Miss Marple, mas, sim, acho que está de ressaca.

— Eu nunca tenho ressaca — diz ela com desdém ao tentar, sem sucesso, ficar de pé sozinha. — Ah, talvez eu tenha pegado alguma doença que faz minha língua inchar e me deixa meio cega. Talvez Jack tenha me passado! Ele *deve* ter contraído isso em um daqueles lugares nas profundezas da África e trouxe com ele. Agora, cadê o banheiro?

Ajudo-a a se levantar enquanto ela tenta ir para o canto do quarto. Mas Valentina tropeça e bate a perna na cadeira.

— Aaaaai! — ela grita.

— Ah, meu Deus — digo.

— Aaaaai! — ela grita de novo.

— Ah, vamos lá, não pode ter doído tanto. — Estou começando a perder a paciência.

— Não é a dor que me incomoda — diz ela, fazendo uma careta. — É que vou ficar com uma mancha roxa imensa na perna, o que significa que vou ter que usar calça. E eu *odeio* calça.

— Bom, acho que você pode perfeitamente usar calça por alguns dias, para cobrir uma desfiguração tão horrenda como... como um hematoma de 2 centímetros — digo.

— Evie — Valentina fala comigo. — Minhas pernas não devem ser cobertas.

— Tá, tá — respondo. — A simples ideia é como colocar ladrilhos de poliestireno no teto da Capela Sistina, imagino.

Quando chegamos ao banheiro, ela se senta na privada, incapaz de ficar de pé na frente do espelho.

— Pode me passar a bolsa de maquiagem, por favor? — pede ela.

— O que acha que sou, sua camareira? — Eu suspiro, mas passo a nécessaire mesmo assim.

Valentina começa a vasculhar a bolsa, atirando no chão vários cremes, pós e loções cosméticas. Pego um deles — um soro anticelulite de Estée Lauder — e examino devagar o rótulo.

— Não tenho celulite, para sua informação — diz Valentina.
— Estou me precavendo para o futuro.

Depois de se cercar de fórmulas antirrugas, luvas de bronzeamento, esfoliantes faciais e Deus sabe lá quantos outros preparados cosméticos, ela finalmente localiza um frasco de colírio e está prestes a pingar o produto nos olhos.

— Não acha melhor tirar toda essa porcaria da cara primeiro? — sugiro.
— Que porcaria? — pergunta ela.
— Sua maquiagem.

Valentina para o que faz imediatamente.

— O quê? — diz, começando a ofegar. — O que você disse?

— Calma — peço, sem saber por que ela está ficando tão alterada.

— Eu dormi de maquiagem? É o que está dizendo? Não pode ser. Não, eu não faria isso. Não poderia. De jeito nenhum. *Nunca*.

Ela fica de pé num salto, histérica.

— *Ai, meu Deus!* — guincha. — MAS O QUE *isso fez com os meus poros?!*

Valentina cambaleia até a pia e, pela primeira vez hoje, encara o próprio rosto. Ela arqueja, sem fala.

— Não... Não... Não... — é só o que consegue dizer. — Isso não está acontecendo. Meu bom Senhor, me diga que não está acontecendo.

— Não seja ridícula — digo, enquanto a coloco sentada na privada de novo e lhe passo um lenço umedecido para ela tirar a maquiagem.

Ela o arrasta pelo rosto com uma expressão totalmente deprimida.

— Não está tão ruim — afirmo, perguntando-me por que estou sendo complacente com ela.

— Acha mesmo? — pergunta Valentina, num tom de dar pena.

Eu suspiro.

— Bom, você não é a Brigitte Bardot esta manhã, disso pode ter certeza. — Não consigo deixar de dizer.

— Oooooh.

— Mas olhe — continuo, desesperada por calar sua boca. — Um bom banho vai te deixar novinha, eu sei disso. — No fundo, acho que ela precisa de bem mais de dez minutos de abluções sob uma ducha de pressão.

— O que é isso? — diz Valentina de repente, olhando a face interna da perna.

— Ah — digo. — Você fez uma abertura total de pernas até o chão ontem à noite. Acho que sujou na pista de dança.

— Isso não — ela geme e descasca alguma coisa da sola do pé. Num exame mais atento, revela-se uma guimba de cigarro.

Valentina põe a cabeça entre as mãos e começa a chorar.

— Este — diz ela — é o pior dia de toda a droga da minha vida.

Capítulo 24

Valentina tomou um banho, vestiu-se e gostou quarenta minutos passando corretivo sob os olhos. Ficou muito melhor do que uma hora atrás, isto é, menos parecida com um zumbi, mas ainda não está no que chamaríamos de bom humor.

— Se esse velho idiota não fechar minha conta rapidinho — ela sibila para mim na recepção —, eu vou ficar muito irritada.

— Linda manhã, não? — sorri o hoteleiro idoso.

— Humm — diz ela, erguendo rapidamente os óculos de sol Jackie O para lhe lançar um olhar feio.

— Conseguiu dar alguma caminhada durante sua estada? — pergunta ele, animado.

Reprimo uma risada. Valentina está com um par de sapatos Gina de 350 libras e jeans Gucci, e carrega o mais sofisticado sistema de viagem Louis Vuitton. Não pareceria menos propensa a dar caminhadas se fosse perneta.

— Não — diz ela, sem a menor sugestão de sorriso.

— Que pena — diz ele —, a vista do Bowland é magnífica.

— Talvez da próxima vez — digo a ele, pensando que alguém tinha de preencher as lacunas da conversa.

Agora ela olha feio para mim.

— Minha conta já está fechada? — pergunta ela, tensa. — Preciso muito ir embora.

— Ah, desculpe, querida — diz ele. — Fica ouvindo minhas bobagens enquanto está esperando. As coisas ficarão muito melhores quando minha mulher Edith voltar a andar. Ela acaba de tratar das veias varicosas. De qualquer forma, sua conta está quase pronta.

— A propósito — diz Valentina —, o homem que chegou comigo ontem, o Sr. Williamson... *Jack* Williamson... Já fechou a conta do quarto dele?

O hoteleiro pensa por um segundo.

— O homem que estava com a senhora ontem... Sim, um camarada forte, de cabelo escuro, sei quem é. Ah, ele foi embora há muito tempo. Acordou bem cedinho, na verdade.

— Ele foi, é? — diz Valentina, obviamente ainda menos feliz.

— Quer levar o celular dele? — pergunto, quando estamos lá fora. — Quero dizer, imagino que voltará a vê-lo em breve.

— Duvido muito — diz ela, furiosa. — Se ele foi embora hoje de manhã, saiu sem nem se despedir de mim. E nem digo sem *dormir* comigo. E não sei como é para você, Evie, mas esse é o tipo de comportamento que não tolero num segundo encontro.

— É verdade — digo, sentindo uma onda de otimismo. — Terei de pensar em outra maneira de entregar isso a ele. Tem o endereço dele? Eu mesma posso levar lá.

Ela pensa por um segundo, depois arranca o celular da minha mão.

— Agora que falou nisso — diz ela —, terei de vê-lo de qualquer forma. Preciso marcar sua próxima sessão de tênis. Então, *eu* entrego o telefone.

— Ah — digo, odiando a mim mesma por ficar tão decepcionada e por não conseguir pensar num bom motivo para arrancar o celular dela.

Valentina abre a mala do carro e começa a empilhar a bagagem ali.

— E então... Acha que vai lhe perdoar? — pergunto, incapaz de me conter. — Sabe como é, por ir embora sem se despedir?

Ela entra no carro, baixando o visor para se olhar no espelho.

— Pode ser — diz ela. — Depende do que vai acontecer quando eu o vir. O que vou fazer agora mesmo. Diga, como estou? Passável?

— Sim, sim — respondo com relutância. — Sem dúvida passável... Mas não em sua melhor forma. Quero dizer, você mesma disse isso.

Sinto-me uma vaca dizendo isso a alguém, mas é de Valentina que estamos falando — e não acho que um atropelador dirigindo um tanque possa arranhar seu ego.

— Bom — ela suspira —, como a maioria das pessoas mataria para ter minha aparência passável, acho que deve bastar. Aliás, até a Penelope Cruz tem bolsas sob os olhos de vez em quando. A gente se vê depois!

E ela se vai, com o celular de Jack no banco do carona.

Capítulo 25

Fazenda Red Cat, Wirral, sexta-feira, 9 de março

— E então, quando foi que sua porca começou a falar francês? — pergunto, de bloco e caneta a postos.

— Ah, faz algum tempo — diz o fazendeiro, que parece não tomar banho há algum tempo também. — Temos uma criação aqui, tá vendo? Tentamos dizer a ela pra falar direito, mas ela insistia na língua estrangeira. Bom, a Lizzie aqui simplesmente aprendeu sozinha.

— Muito bem — eu digo, assentindo numa tentativa de esconder o fato de que acho essa história a maior picaretagem que ouvi o ano todo. — Não deve haver uma chance de ele... desculpe, *ela*... nos falar algumas palavras, não?

Ele chupa os dentes.

— Ela não faz isso a pedidos, meu bem — diz ele.

Tenho vontade de dizer que, considerando que um fotógrafo e eu viemos até aqui para entrevistar a picareta, certamente não é pedir demais um pequeno "Oui".

— Bom — digo em vez disso —, acha que podemos fazer alguma coisa que a convença?

— Um dinheirinho pode cair bem — sugere ele.

Que ótimo. Então a porca só vai falar francês se eu pagar. Ela obviamente é mais habilidosa do que eu pensava.

— Desculpe, mas não pagamos — eu digo. — Somos do jornal local... Não temos orçamento para isso. — O que não é bem a verdade, mas não acredito que vamos pagar por nada dessa história, muito menos por uma porca desatando numa versão perfeita de "Je t'aime... moi non plus" de Serge Gainsbourg.

Esta definitivamente não é a minha semana e, falando sinceramente, essa matéria é praticamente a gota d'água. Sou repórter do *Daily Echo* há quase oito meses e estava começando a ficar muito otimista com o progresso da minha carreira. Tudo bem, no início eu escrevia pouco mais de dois parágrafos de "curtinhas" — isto é, notícias resumidas — sobre festas escolares e vendas de objetos usados em garagens. Nada, caso não tenha imaginado, que pudesse ameaçar a relação de finalistas de algum importante prêmio de jornalismo.

Mas aos poucos a redação começou a confiar um pouco mais em mim, e as curtinhas de dois parágrafos se transformaram em textos de uma coluna, depois os textos de uma coluna viraram a notícia principal e de algum modo comecei a achar meu nome na primeira página de vez em quando, cobrindo de tudo, de casos judiciais a histórias de interesse humano.

Esta semana, porém, deu tudo errado. Terrivelmente errado. Porque foi nesta semana que nossa editora de notícias Christine — que me descreveu como "transbordando de entusiasmo e potencial" em minha primeira avaliação na empresa — saiu de licença-maternidade.

Seu substituto é o irremediavelmente desleixado Simon, que não consegue ver meu potencial porque fica ocupado demais olhando minha bunda. Ele me bombardeou com notas sobre festas escolares e fotonarrativas para o que ele afetadamente se refere como seu "espaço para amenidades". Na verdade, as matérias eram tão ridículas, que era preciso ter o miolo mole para chamar de notícia.

Daí o motivo para eu estar aqui numa fazenda "ribeirinha" nos confins de Wirral — e muito fora de mão para o *Daily Echo* — rezando para que Lizzie, a porca da raça Gloucester Old Spot, peça um croissant a alguém. *New York Times*, aqui vou eu!

Tudo bem, não é só isso. É o fato de que passei os últimos cinco dias tentando descobrir o que aconteceu quando Valentina foi à casa de Jack — e fracassei. Grace estava viajando em lua de mel, então ela está fora do jogo das fofocas. Tentei espremer alguma coisa de Charlotte, mas estranhamente Valentina não parece ter contado nada a ela. E eu certamente não vou procurar a própria Valentina.

Então por que estou tão desesperada para saber?

Só Deus sabe.

Passei os últimos cinco dias fazendo essa pergunta a mim mesma, entre a arrastada labuta em artigos sobre porcos bilíngues e cães com distúrbios alimentares.

— Mas essa matéria é um monte de bosta — cochicha Mickey, o fotógrafo. Mickey não é famoso por seu nível exagerado de paciência, mas neste caso ele sem dúvida nenhuma tem razão.

— Olha — digo a ele. — Nós dois sabemos que o bicho não fala francês mais do que eu falo mandarim. O caso é que Simon quer uma matéria sobre isso e não posso ir para casa de mãos abanando. Vamos tentar tirar uma foto e ir embora?

— Uma ova que ela não sabe falar francês — protesta o fazendeiro, evidentemente tendo me ouvido. — Mas ela não vai fazer isso sob estresse. E não ajuda nada vocês virem aqui dizendo que ela não é capaz.

Por fim conseguimos convencê-lo a posar com Lizzie em troca de algumas cópias da foto para ele pregar na parede. Mickey, ainda resmungando, faz isso em tempo recorde.

— Lembro quando este ainda era um jornal de respeito — reclama ele comigo.

— Não me culpe — respondo. — Estou tão satisfeita por vir aqui quanto você.

— E então — diz o fazendeiro —, quando vai sair?

— Ainda não sei — digo. — É uma daquelas matérias que chamamos de "gaveta". Se o centro financeiro for arrasado, acho que só sairá no próximo espaço disponível.

O que nunca vai acontecer, se eu tiver alguma influência nisso.

— Jornais de todo o país estão interessados na Lizzie — diz ele —, então é melhor que saia rápido.

— Obrigada pela dica — agradeço, tentando não sorrir com malícia. — Vem, Mickey, vamos embora.

Capítulo 26

Alderey Edge, Cheshire, sábado, 17 de março

Mais um sábado, mais uma prova de roupa. Mas desta vez é para o casamento de Georgia e Pete. E desta vez o orçamento é tão alto que devia ser listado na Bolsa de Valores.

— Quanto este casamento está custando exatamente, Georgia? — pergunta Valentina como quem não quer nada enquanto examina uma arara de vestidos que, notavelmente, nem tem etiqueta de preço.

— Uns 200 mil, pela última contabilidade — diz Georgia, de imediato, demonstrando que não queria ter deixado essa escapar. — Quero dizer, não importa quanto custa. Por mim, a gente podia se casar no cartório de Chorley.

— Graças a Deus já está marcado em outro lugar — murmura Valentina.

A realidade é que o grande dia de Georgia é nada parecido com uma sessão no cartório de Chorley. Na verdade, a cerimônia será nas ilhas Scilly e é claro que deve ser tão suntuoso que fará o casamento real parecer algo saído da eterna novela de TV *Coronation Street*.

Georgia tem seis damas de honra, e todas nós estamos aqui para a segunda prova, em uma butique tão chique que até os manequins na vitrine têm atitude. Bom, não é estritamente a verdade. Todas *deveríamos* estar aqui, mas Grace, como lhe é característico, está atrasada por causa de uma crise doméstica provocada por Polly ter alimentado o coelho com um resto de frango ao curry.

As duas primas mais novas de Georgia também estão aqui e só as conheci hoje. Beth e Gina têm 20 e poucos anos e são tão bonitas que podem ser confundidas com as irmãs mais novas de Catherine Zeta-Jones. Valentina não conseguiu esconder sua decepção quando elas chegaram.

Depois, é claro, tem Charlotte, que parece tão animada com a perspectiva de ser dama de honra de novo quanto um prisioneiro no corredor da morte.

— Você está bem? — pergunto, quando ela se senta ao meu lado no banco de veludo.

Ela assente e tenta sorrir.

— Não é bem a sua praia, né? — cochicho.

— Não mesmo — diz ela. — Engordei pelo menos 7 quilos desde o casamento de Grace. Eu não tenho me pesado, mas sei que engordei. Só minha calça de veludo Evans coube em mim esta manhã.

Baixo a revista de noivas que estive folheando e a abraço em solidariedade. Depois, a cortina é puxada e Georgia surge em seu vestido de noiva, sorrindo de orelha a orelha.

— O que acham, meninas? — pergunta, girando sua linda saia de seda, que roça o chão. Ela está incrível e até Valentina se une a nossa cacofonia de aprovação.

— Bom, tenho de admitir — digo a ela. — Você arrasou.

— Acha mesmo? — pergunta ela, sorrindo, animada.

— Perfeitamente. Mas acho que devia ter mais babados, a julgar por alguns destes — eu brinco, assentindo para a revista de noivas. — Alguns vestidos aqui parecem os das bonecas que minha avó costumava usar para cobrir os rolos de papel higiênico.

— Está animada, Georgia? — pergunta Charlotte com brandura.

— Histérica é uma palavra melhor — responde Georgia. — Não sei o que vou fazer depois que tudo terminar. A organização deste casamento já me levou um ano e meio. Nem sei mais conversar sobre outros assuntos além de tiaras e lírios. Minhas habilidades de diálogo foram destruídas.

— Ao que parece — diz Valentina, colocando na cabeça uma tiara enorme e elaborada —, alguns casais, depois de casados, têm dificuldade para encontrar alguma coisa em comum porque antes só falaram de coisas relacionadas com o casamento.

Que comentário infeliz.

— É um *fato notório* — diz ela, indignada. — É plenamente reconhecido pela psicologia. Li em algum lugar... Na revista *Glamour*, acho. Agora, o que vocês acham? — Ela se volta do espelho para nos mostrar a tiara.

— Tire o bronzeado e vai parecer a Bruxa Branca de Nárnia — digo a ela.

Valentina semicerra os olhos.

— Brincadeirinha — digo.

Mas algo no comportamento de Valentina me incomoda hoje, algo que estive tentando identificar desde que chegamos aqui — e acabo de conseguir. Já se passaram vinte minutos e ela ainda não falou em Jack.

Capítulo 27

Charlotte tinha a cara de alguém que está a cinco segundos de fazer seu primeiro *bungee-jump*. Na verdade, só precisava ir atrás da cortina com a costureira e provar seu vestido.

— Por que não vou depois de você, Evie? — diz ela, os olhos me implorando para aliviar sua pressão.

— Tá, tudo bem, sem problema — eu digo.

Nossos vestidos se chamam "Sonho de Peônia" e não têm alças, param na altura da panturrilha e são obscenamente caros como qualquer outra coisa a ver com este casamento. Visto o meu e ele está, graças a Deus, quase perfeito — o que quer dizer que, se eu não desenvolver um desejo irreprimível por massa e Big Macs de hoje até o dia do casamento, não terei de fazer outra prova.

— Pronto — digo, abrindo a cortina para a mesma rodada de aplausos que Georgia, Beth e Gina já tiveram.

— Não acha que está meio caído no busto, Evie? — pergunta Valentina num tom inocente. — Nem todo mundo pode se safar com um decote desses.

— Cabe perfeitamente — Georgia se mete, diplomática.

— Evie, você está fabulosa.

Volto a vestir meus jeans e me sento ao lado de Charlotte.

— Sabia que Jim vai ao casamento? — cochicho. — Georgia gostou tanto do vídeo do casamento de Grace que pediu para ele fazer o dela.

— Acho que sim — diz ela.

— E então, vai conversar com ele desta vez? — eu pergunto, cutucando-a gentilmente. — Ou vai passar a tarde toda falando de saquinhos de chá ou coisa igualmente fascinante com a tia Ethel?

Ela ri.

— Ah, você gosta do Jim, Charlotte? — Valentina parece um míssil guiado pelo calor quando se trata de fofoca. — Por que ninguém me contou? Odeio ser a última a saber dessas coisas.

Charlotte fica ruborizada.

— É o que a Evie pensa — diz ela.

Valentina reflete por um segundo.

— Acho que ele ficaria muito melhor se tirasse uns centímetros de cabelo — diz ela a Charlotte. — Você podia pedir a ele para pensar nisso, se vai acabar com ele.

— Eu nem mesmo disse que gosto dele — ela protesta, ficando ainda mais vermelha.

— Acho que precisamos de um plano de ação para juntar os dois — decide Valentina.

Solto um gemido.

— Georgia, por que não os coloca juntos no plano das mesas? — continua ela, aparentemente sem perceber que está deixando Charlotte sem graça.

— Humm, quer que eu faça isso, Charlotte? — pergunta Georgia, hesitante.

— Não — diz ela. Depois: — Bom, sim, tudo bem. Quero dizer, se você quiser. Não faz diferença para mim.

Valentina suspira ao pegar um longo Vera Wang e colocar o vestido diante do corpo para se admirar no espelho. Discretamente, me curvo para Charlotte de novo, desta vez sussurrando tão baixo que tenho certeza de que ninguém pode ouvir.

— Desculpe por isso.

— Está tudo bem — diz ela.

— Mas o caso — continuo — é que eu só falei nisso porque acho que ele pode gostar de você.

Ela franze a testa.

— Ele praticamente disse isso no casamento de Grace — acrescento.

Tudo bem, então eu posso ter enfeitado um pouco a conversa, mas é por uma boa causa.

— Gosta de mim? — pergunta ela.

— Bom, ele disse que você é adorável — sussurro. — E pelo modo como falou, definitivamente quer dizer a mesma coisa.

— E então, Georgia — diz Valentina em voz alta, interrompendo novamente minha conversa. — Os convidados de seu casamento... São muitos de seu círculo social?

Georgia abre um sorriso forçado.

— É claro que socializo com eles — diz ela. — Se é o que quer dizer.

— Sim, claro — diz Valentina, interrompendo-se. — Quero saber se eles têm algum tipo semelhante de, bom, posição?

— Posição? — repete Georgia.

— Posição *financeira* — diz Valentina, ressentindo-se do fato de que precisa dizer com todas as letras.

— Ah — diz Georgia. — Quer saber se haverá homens podres de rico e disponíveis? Um monte, meu amor, um monte. Eu prometo.

Valentina faz uma careta.

— Ah, Georgia — diz ela. — Nem acredito que pensou que eu fosse tão grosseira a ponto de só me interessar pelo dinheiro de alguém.

Não posso deixar essa conversa passar sem explorar mais detalhes.

— Então está solteira de novo, Valentina? — pergunto, tentando dar a impressão de apenas um vago interesse.

Ela faz um biquinho.

— No momento, sim — diz ela. — Decidi que devo me concentrar mais em mim. Além disso, Jack era muito legal e tudo, mas não faz meu tipo.

— Quando foi que isso aconteceu? — pergunto.

— Ah, conversei com ele no dia seguinte ao casamento de Grace — comenta ela.

— Sei — digo com indiferença.

— Está mais do que livre para ir atrás dele, Evie — diz Valentina com presunção. — Quero dizer, ele ficou muito aborrecido quando terminei, evidentemente, mas nunca se sabe... Ele pode querer um caso sem importância para poder esquecer. E sei que você é boa nesse tipo de coisa.

Capítulo 28

Valentina não se dá ao trabalho de fechar a cortina para trocar de roupa.

Simplesmente abre o zíper do vestido e o deixa cair no chão, ficando completamente nua, a não ser pelos saltos altos de cetim e por uma calcinha tão pequena que parece precisar de um microscópio e uma pinça para ser colocada.

Tudo bem, então o corpo de Valentina é perfeito de todos os ângulos — seios durinhos, pernas intermináveis e um bumbum tão empinado que nenhum retoque pode melhorar. Mas acho que todas ficariam mais à vontade se ela se comportasse menos como alguém que acaba de se inscrever numa colônia nudista sueca.

Virando a cabeça para se admirar de costas no espelho de corpo inteiro, ela passa a mão lentamente por uma de suas nádegas.

— Espero não ter engordado nada desde a última vez — diz ela. — Não tenho ido muito à academia ultimamente.

— Deve ser horrível ter de viver com toda essa celulite — digo a ela. — Existem grupos de apoio para pessoas que sofrem tanto do problema como você, sabia?

Ela dá um muxoxo e se vira para que a assistente a ajude a se vestir. Enquanto continuo folheando uma revista, Charlotte me cutuca.

— Você gosta do Jack? — sussurra ela.

Penso por um segundo, depois me vejo sorrindo.

— Vai contra todos os meus princípios, uma vez que ele saiu com a Valentina — digo. — Mas sim, acho que sim.

— O que vai fazer a respeito disso? — pergunta ela.

— Boa pergunta — respondo, só agora começando a entender as implicações do que ouvi.

— Valentina é a única ligação entre nós — continuo. — Perversamente, agora que eles terminaram, não consigo pensar em nenhuma oportunidade óbvia para vê-lo de novo. Isto é, além da perseguição, e acho que não sou capaz disso.

— Felizmente — ela ri.

Mas o sorriso logo some do rosto de Charlotte. Porque só resta uma pessoa para experimentar o vestido, e esta pessoa é ela. Charlotte vai para trás da cortina e a puxa até o fim, vendo se não tem nenhuma fresta por onde alguém possa ver. A assistente entra para tentar ajudá-la, mas é enxotada — e por uns bons dez minutos não vem nada de trás da cortina, apenas o silêncio.

Enfim, esgueiro-me até lá e tento sussurrar para Charlotte sem chamar muita atenção das outras.

— Está tudo bem aí dentro? — pergunto.

— Espere! Não entre! — diz ela, um tanto histérica.

— Tudo bem, tudo bem — digo. — Não vou entrar. Só queria saber como você estava se saindo. Já está aí há um bom tempo.

De repente a porta da butique se abre e entra Grace, um tanto descabelada e sem fôlego, como sempre.

— Como está o coelho? — pergunto.

— Rooney? Bom, o veterinário disse que ele vai ficar com o bumbum assado amanhã — diz ela. — Mas conseguimos evitar uma cirurgia importante. Como estão as coisas?

— Tudo bem — eu digo, aproximando-me para poder falar com ela em particular. — Só estamos esperando Charlotte sair, mas acho que ela está decidida a ficar atrás daquela cortina até o casamento acabar.

Grace me lança um olhar sagaz. Quando estou prestes a ver novamente se Charlotte está bem, ouvimos um grito. Esquecendo-se do fato de que ainda há alguém ali — agora já se passaram quase 15 minutos — a assistente puxou a cortina. E eu nunca vi uma expressão tão feia em ninguém na minha vida.

Capítulo 29

— Desculpe — ela está dizendo a Georgia, com o lábio tremendo. — Eu peço mil desculpas.

De início não consigo entender por que Charlotte está se desculpando. Mas depois, ao seguir seus olhos para baixo, tudo se esclarece. Ela ganhou mesmo uns 7 quilos. O vestido de Charlotte agora está tão apertado que, se ela tentar respirar, pode se ferir gravemente.

— Charlotte — diz Grace, tentando preencher o silêncio torturante. — Você está, humm, bonita.

Imediatamente, Grace fica constrangida com a própria falsidade. E quando estou tentando pensar em algo adequado para dizer, percebo que lágrimas escorrem pelo rosto da nossa amiga.

— Charlotte, por que está chorando? — digo com ternura.
— Está tudo bem, é sério. Não tem por que ficar chateada.

Ela tenta abrir a boca, mas não sai nada. Eu a abraço e as outras correm para fazer o mesmo.

— Venha se sentar aqui — diz Georgia, conduzindo-a para o banco de veludo.

As lágrimas agora jorram pelo rosto de Charlotte enquanto ela atravessa a sala, guiada por Georgia. Tento pensar em algo profundo para dizer, algo com significado suficiente para atenuar sua evidente dor.

— Quer uma xícara de chá? — pergunto, percebendo que não era isso que eu pretendia.

Ela balança a cabeça sem dizer nada. Ao se sentar no banco, cai na sala um silêncio estranho. Nós seis a olhamos, seus olhos vermelhos e inchados, o rosto quase sem nenhuma expressão.

Talvez seja a intensidade do momento que nos leva a ouvir o rasgão antes que seu traseiro chegue a tocar no assento. Ou talvez porque o buraco resultante seja tão grande. De qualquer maneira, o ruído do rasgo no vestido de Charlotte enquanto ela se senta no banco é de parar o coração.

E eu não sou a única a pensar isso. Grace e Georgia colocam a mão na boca. Os olhos de Valentina e Beth estão tão arregalados que elas parecem personagens de desenho animado. O queixo de Gina parece estar a centímetros do chão. E a costureira simplesmente dá a impressão de estar prestes a desmaiar.

Quase como um robô, Charlotte se põe de pé novamente para olhar a prova no espelho. É espetacular — um rasgão de 30 centímetros correndo como uma ferida bem no meio do corpete. Não nas costuras, mas no corpete em si — e a simples impossibilidade de consertar este estrago nos deixa tontas.

— Deixe-me ver — guincha a costureira, pegando Charlotte pelo braço para virá-la. Mas quando pensamos que as coisas não podem piorar, enquanto Charlotte gira a cintura, ouve-se outro rasgão alto. Agora tem uns 50 centímetros de extensão.

— Aaaaaaaarrrrgh! — diz a costureira.

— Ah, meu Deus — diz Georgia.

— Mas que merda — eu acrescento.

Capítulo 30

Faz parte da personalidade dos britânicos atribuir a uma simples xícara de chá o tipo de propriedade curativa que não se exigiria de um psiquiatra da Harley Street.

Não parece importar que desastre caia sobre nós, se a morte ou a destruição se lança em nosso caminho, a reação é sempre a mesma: "Coloquei uma chaleira para ferver, vamos tomar um chá?"

— Alguém quer mais? — diz uma das assistentes, metendo a cabeça pela porta.

— Certifique-se de que seja da marca Assam desta vez — diz Valentina, levantando a xícara.

A questão é que às vezes dá certo. Pelo menos, funcionou com Charlotte. Embora eu deva confessar que pode não ser obra do chá PG Tips. Charlotte passou a última meia hora revelando alguns de seus pensamentos mais íntimos a mim, Georgia, outras cinco damas de honra e uma costureira que claramente acha que sabe pelo menos tudo o que estava por trás dessa destruição, já que terá de consertar o vestido.

Os pensamentos revelados por Charlotte são novidade, o que é inacreditável, dado que nossa relação existe há mais tempo do que a maioria dos casamentos.

Pensando bem agora, são coisas que não deveriam me surpreender. Mas a realidade é que eu *fiquei* surpresa. Não ficaria mais surpresa se ela confessasse ter uma carreira secreta de stripper.

Por acaso a adorável Charlotte, com sua fala mansa — a Charlotte que, ironicamente, nunca vê nada de ruim nas pessoas —, não consegue ver nada de *bom* nela mesma. E por trás da timidez que sempre achei ser de sua natureza, está uma autoestima tão baixa que desafia a gravidade. Charlotte, ao que parece, não gosta de suas curvas e de suas lindas bochechas rosadas. Na verdade, ela as detesta.

— Eu sei que nunca disse nada, mas sempre me senti assim — diz ela enquanto beberica o chá, as mãos ainda tremendo um pouco. — Implicavam comigo na escola por causa da minha aparência e as pessoas nunca falavam nada na minha frente, mas eu sei o que todo mundo pensa de mim.

— Charlotte — eu digo, balançando a cabeça —, o que as pessoas pensam de você é que é incrível, que é uma pessoa *adorável* que...

— Bom, está tudo bem — interrompe ela. — Mas não finja que você ou minhas melhores amigas no mundo não me olham às vezes e pensam: mas ela é um horror mesmo.

— Na verdade, Charlotte, eu não ach... — começo de novo.

— Não vou ficar chateada com nenhuma de vocês — ela me interrompe. — Quero dizer, como eu poderia? E *sou* um horror. Sou gorda, não sei me vestir direito e nunca pus um batom na minha vida. Nem saberia como.

— A gente sempre achou que você só ficava... à vontade... com seu visual natural — diz Grace.

— Não, Grace, não fico — diz ela. — Eu me odeio.

— Sua confiança sofre quando você acha que sua aparência não é das melhores — Valentina suspira. — Às vezes nem quero sair de casa, quando preciso fazer as sobrancelhas.

Todas a ignoram.

— A questão — continua Charlotte — é que eu sei que a felicidade não está necessariamente em ser magra e bonita, mas tenho experiência suficiente sendo gorda e sem graça para saber que também não é isso. Adoraria ser tão bonita quanto vocês.

Estou prestes a repetir minhas reafirmações quando me ocorre que Charlotte pode ter razão. Pelo menos em parte. Se uma aparência melhor deixará nossa amiga mais confiante, então por que não a ajudamos a ser assim?

— Escute, Charlotte — digo. — Eu adoro você como você é, assim como todo mundo aqui. Mas se você realmente se sente tão mal, a gente pode ajudar.

— Como assim? — pergunta ela.

— Quero dizer que vamos te dar uma repaginada.

Ela fica cética.

— É sério — continuo —, vamos te ajudar a entrar em forma, vamos ajudar a fazer seu cabelo e a maquiagem, vamos ajudar a escolher as roupas... E qualquer outra coisa que você queira!

— Charlotte — diz Valentina, arquejando —, se quiser, vou te apresentar ao diretor do *Andrew Herbert*! Ele vai te deixar parecida com a Jennifer Aniston em três tempos. Ah, isso é tão emocionante!

— Sei que não pode ser tão fácil — argumenta ela.

— Que absurdo — diz Grace. — Você tem um rosto lindo, mas todo mundo fica melhor com alguma maquiagem.

— Na verdade, acho que o problema maior é meu peso — diz ela.

— Muito bem, então, você pode se inscrever no Vigilantes do Peso — sugiro. — Na verdade, todas nós podemos ir, para dar apoio moral. Você vai adorar, Valentina.

— Não pode começar simplesmente vomitando? — diz Valentina, fazendo uma careta. — Fez maravilhas pela Lady Di.

Dou um muxoxo.

— Acha mesmo que esse tipo de coisa pode ajudar? — pergunta Charlotte.

— Sim! — dizemos todas em uníssono e ela começa a rir.

— Ah, meu Deus, mas e o vestido? — diz ela. — Desculpe, Georgia, mil perdões.

— Por que está se desculpando? — diz Georgia com firmeza. — São desafios assim que provam o valor das costureiras... Não é verdade, Anouska?

— Claro, sem problema — responde a costureira de má vontade. — Vamos preparar outro a tempo. Não tem problema. É.

Charlotte de repente tem uma centelha nos olhos e quando a pego sozinha, não resisto a aproveitar o momento.

— Você tem de me prometer uma coisa — digo a ela. — Se conseguirmos dar essa repaginada, você vai começar a fazer algum esforço com o Jim.

Desta vez ela ri alto.

— Tudo bem! — diz ela, fingindo estar exasperada. — O que você quiser, Evie. O que você quiser!

Capítulo 31

Centro da cidade de Liverpool, sábado, 24 de março

Só conheço uma pessoa que pensaria em se casar de chapéu de caubói e um boá de penas, e esta é minha mãe.
— Acho tão divertido, não acha? — pergunta ela, posicionando-se diante do espelho de corpo inteiro.
— Vai parecer o J.R. do *Dallas* fantasiado de drag queen — digo.
Ela faz uma careta.
— Como consegue ser tão convencional?
— Todos os filhos têm de se rebelar contra os pais. No meu caso, ser convencional foi a única alternativa.
Ela afaga meu cabelo, algo que faz desde que me entendo por gente e provavelmente ainda continuará fazendo quando eu receber minha aposentadoria. Antigamente isso me deixava louca, mas agora é só uma das características singulares da longa lista de minha mãe e, como é uma das menos excêntricas e não chama tanta atenção do respeitável público, concluí que posso viver com isso.
— Já pensou em algo um pouco mais *discreto*? — pergunto, pensando no que dizem as revistas de noivas da loja. Mas no segundo em que digo isso, pergunto-me por que eu

me incomodo. Ela não faz a linha discreta, não a minha mãe. Discrepante, talvez, mas não discreta.

— Quer dizer chato — diz ela, continuando a olhar a arara. — Ah, isso pode ficar ótimo. — Ela pega um vestido longo e tradicional. Minhas esperanças se elevam momentaneamente.

— Será que fazem este modelo em xadrez? — pergunta.

Minha mãe vai se casar no final deste ano com Bob, com quem namora há seis anos. Dizer que eles foram feitos um para o outro é uma meia verdade. Porque embora eu antes considerasse minha mãe uma pessoa única, ela e Bob não poderiam combinar mais do que um par de sapatos.

Ele é um professor de filosofia barbudo que está sempre com aquelas sandálias que Jesus usava, tão fora de moda que só o próprio Todo-Poderoso as calçaria. Ela é uma professora de ioga com gosto por roupas numa gama alarmante de cores que tenho certeza de que podem provocar convulsões em algumas pessoas que as olharem por muito tempo.

Os dois têm uma expressão permanentemente relaxada que sempre faz as pessoas pensarem que andaram fumando substâncias dúbias. Embora eu não possa testemunhar o que eles aprontaram nos anos 1970, desconfio muito de que os dois já nasceram assim.

Nunca vou pensar em Bob com pai, mas fico feliz por ele e minha mãe se casarem. Ela merece ser feliz, e ele faz qualquer coisa por ela — desde que, é claro, não envolva nada que contrarie sua vasta lista de opiniões éticas, que vai da poluição na praia de Formby ao tratamento dos ursos tibetanos na China. Não que minha mãe um dia vá contrariar essas coisas — sua própria lista é comprida o bastante para encher as páginas amarelas.

Mas à medida que eu fui amadurecendo, passei a perceber que, apesar de ela me fazer comer mais lentilhas quando criança do que o sistema digestivo de qualquer um pode suportar — eu tinha 12 anos quando comi meu primeiro biscoito recheado — e do fato de que sua ideia de férias em família fosse passar seis noites num acampamento pacifista, mamãe é sem dúvida boa gente.

Meu pai, por outro lado, que ela conheceu num ashram indiano em 1972, desapareceu quando eu tinha 2 anos. Às vezes penso que consigo me lembrar dele, mas depois me pergunto se estas são apenas ideias formadas a partir de fotos antigas e fragmentos de informações coletados com o passar dos anos.

Eu não diria que minha mãe exatamente evita falar dele, mas o assunto raras vezes é mencionado, e eu não a pressiono. Não deve ser fácil ver o pai de sua filha simplesmente indo embora de casa um dia e nunca mais voltar. Ao que parece, ele saiu para comprar um LSD, o que já revela tudo o que se precisa saber sobre ele. Outras pessoas saem para comprar um litro de leite e não voltam. Meu pai nem mesmo fugiu com algum respeito.

— Sabe de uma coisa — diz ela, franzindo a testa para a arara —, acho que não quero um vestido de noiva. Eu ficaria uma boba num desses. Não são para mim.

— Você ainda nem experimentou nenhum — digo, agora preocupada. — Ah, meu Deus, não está pensando em colocar suas roupas de sempre, não é? Estou falando sério, mãe, se vestir um de seus blusões de mohair roxo e tamancos pintados, vou boicotar esse casamento.

— Não seja desagradável — diz ela, mas está sorrindo com malícia.

— Você precisa de algo *especial* — insisto.

— Será especial, independentemente do que eu vestir — diz ela. — Quem se importa com minha roupa, aliás? Além de tudo, está muito em cima da hora. É provável que nem consigam preparar tudo para mim a tempo.

— Sei que conseguem — eu digo. — Ande, vá experimentar alguns. Por mim. Por favor.

Ela faz a careta de uma adolescente amuada cujos iPod e celular foram confiscados e pega alguns vestidos da arara antes de ir lentamente para trás da cortina. A assistente da loja me encara com a mesma simpatia que vejo no olhar das pessoas para Grace quando Polly está fazendo birra.

Minha mãe experimenta cinco vestidos e quando decide abandonar o sexto, começo a pensar que ela pode ter razão. Todos são lindos nos cabides, mas de algum modo não parecem certos para ela. Todos ficam estranhos. Com isso quero dizer normais. E, com toda franqueza, o normal não é o estilo dela.

— Vamos dar um tempinho? — diz minha mãe, cheia de esperança. — Ah, vamos, Evie. *Por favor?*

Capítulo 32

Pela proximidade, conformamo-nos com uma das lanchonetes no Met Quarter, embora, como não podemos passar por executivos da moda, mulheres de jogadores de futebol e estilistas junkies, vou confessar que ficamos meio deslocadas.

Peço meu cappuccino de sempre enquanto minha mãe pede um chá de ervas que tem a aparência e o cheiro da água da lavagem das meias de alguém. Ela abre o jornal, o *Guardian*, que compra todo dia, embora pelos últimos 15 anos tenha reclamado que ele ficou "de direita demais". Ela também compra religiosamente o *Daily Echo*, mas desconfio, por ela ter perguntado recentemente se daríamos muita cobertura a um livro recém-lançado de poesia afegã, que ela não lia o jornal com essa frequência toda.

Pego em minha bolsa um exemplar de uma das antigas revistas de casamento de Grace e abro na última página, na qual há uma lista de coisas que já devíamos ter feito. A recepção está agendada, então posso eliminar esta. Quero dizer, mais ou menos. A festa de casamento acontecerá numa campina perto da casa de minha mãe, e Wendy, sua amiga que tem uma loja de produtos naturais, está cuidando do bufê. Será um suntuoso banquete de sopa de urtiga e falafels de feijão-mungo. Estou louca para ir.

— Acho que estou perdendo meu tempo perguntando se você já encomendou as flores, não é? — eu pergunto.

— Você não precisa desse "já" — diz ela. — Ainda faltam três meses.

— Dois e meio — corrijo. — E de qualquer maneira, segundo a lista, você já fez. Imagine só, aqui diz que você pretendia ter mandado os cartões dizendo às pessoas para esperarem os convites em breve. Que sentido tem isso? Por que não manda os convites e pronto?

— Capitalismo — diz ela com astúcia. — Elas querem comprar dois pacotes com convites. Mas não precisamos de convites. Pensei apenas em falar com as pessoas quando me encontrasse com elas.

Fico deprimida e não é a primeira vez hoje.

— Mãe — eu digo, tentando manter a calma —, não pode fazer isso. Sei que não quer que as coisas sejam formais demais, mas já estive em festas mais organizadas do que esta na sexta série da escola.

— Você se preocupa demais — diz ela. — Vai ficar tudo bem. Se quiser mandar os cartões, então mande. Mas não vou me dar a esse trabalho e Bob certamente também não vai.

Vejo que ser dama de honra deste casamento envolverá consideravelmente mais do que eu fiz no casamento de Grace — embora eu não tenha lá muita gente com quem dividir o fardo.

Além de mim, minha mãe convidou outras nove pessoas para ser damas de honra, inclusive Grace (que provavelmente pode fazer isso sem esforço), Georgia (que estava louca para ficar algum tempo sem casamentos), Charlotte (que está traumatizada o bastante com os preparativos do casamento de Georgia) e Valentina (que está emocionada — ela será de novo uma estrela).

— Pressuponho que você não convidou mais ninguém para ser dama de honra recentemente? — pergunto.

— Não. Na verdade, não convidei — diz ela. — Mas não sei por que se incomoda tanto com isso. Vai ficar tudo bem. Quanto mais, melhor.

— Me incomodo porque embora eu não esteja dizendo que você devia ser escrava das convenções...

— Deus me livre — interrompe ela.

— ... um casamento, se ainda não percebeu, é uma *cerimônia*... O que, por definição, implica determinadas convenções.

Ela franze a testa.

— O que estou dizendo é que você precisa seguir pelo menos *algumas* regras — eu digo.

— E quais regras estou quebrando? — pergunta ela.

— Que só se deve convidar *algumas pessoas seletas* para serem damas de honra — eu me irrito. — Minhas amigas ficariam felizes como convidadas. Quero dizer, você nem foi ao casamento de Grace.

— Só porque Bob e eu estávamos no Egito.

— Ah, sim, suas férias no Egito...

Mamãe faz uma careta como se pedisse para eu não expressar minha opinião novamente.

— Nós gostamos, eu já te falei — diz ela.

O que há de errado com o Egito como destino de férias?, você pode me perguntar. As pirâmides, o cruzeiro pelo Nilo, a tumba de Tutancâmon. Maravilhoso.

Bom, é só que as férias da minha mãe no Egito não tiveram nada disso e seriam o bastante para provocar um ataque cardíaco num cliente da Thomas Cook. Sua viagem foi organizada por um grupo ambientalista e envolveu minha mãe, Bob e vários outros lunáticos de mentalidade semelhante acordando às 5 horas da manhã todo dia para passar seis horas catando absorventes e outros poluentes insalubres nas margens do Nilo. Às vezes a minha mãe me preocupa.

— De qualquer maneira — continua ela —, todas as suas amigas ficaram muito felizes quando as convidei. Especialmente Valentina. Uma menina adorável.

— Não dirá isso quando ela tentar aparecer mais do que você no dia do seu casamento — murmurei.

Peço licença para ir ao banheiro e quando volto vejo uma coisa que me alarma um pouco. Minha mãe está com meu celular na mão. O motivo para eu ficar tão pouco à vontade com a cena é que a tecnologia e a minha mãe não se entendem muito bem. Esta é uma mulher que pensou que blogar tinha alguma coisa a ver com desmatamento.

— Tentei atender para você — diz ela. — Pensei que estava tocando, mas acho que era uma daquelas coisas de texto.

— Deixa eu ver — falo, pegando o celular e semicerrando os olhos. Eu sabia que era da redação tentando me pegar para uma grande matéria. Eu podia sentir.

— O que você apertou? — pergunto.

— Nada! — protesta ela.

— Bom, então não se preocupe — digo, ainda meio inquieta, mas colocando o telefone no bolso da minha jaqueta de brim.

Ela para por um segundo.

— Tudo bem, eu posso ter apertado alguma coisa — diz ela, sentindo-se culpada.

Ergo uma sobrancelha de forma acusadora.

— Eu não pretendia, só estava tentando atender para você.

— Tudo bem — digo. — Tinha uma mensagem?
— Sim — diz ela.
— Lembra o que dizia?
— Humm, alguma coisa sobre um casamento, de alguém chamado John. Não, desculpe, Jack. É isso mesmo, Jack. Sem dúvida era Jack.

Capítulo 33

Eu quase cuspi o café.

Já fazia semanas desde o casamento de Grace e eu não tinha notícias de Jack, nem o vi mais. O que era exatamente o que eu esperava, uma vez que ele e Valentina não estão mais juntos — embora eu possa me convencer da existência de Papai Noel antes de acreditar que ela o largou.

Mas de uma coisa eu tenho certeza: pensei nele o tempo todo. O que na verdade é meio irritante. Estava me sentando para escrever rapidinho uma matéria, quando de repente ele surge na minha cabeça, do nada. Com seus olhos castanhos e profundos, os ombros largos e a pele macia e... Bom, quando se tem um prazo de vinte minutos, garanto que não há nada mais desconcertante.

De qualquer forma, ainda mais irritante é algo que também anda invadindo meus pensamentos, e é o seguinte: Jack e Valentina não estarem mais namorando é um problema. Como eu disse a Charlotte, Valentina era a única ligação entre nós dois.

O resultado é que desde que soube do rompimento dos dois, parece que passo um tempo desproporcional refletindo sobre todas as possibilidades que tenho de "esbarrar" nele de novo.

Por exemplo, eu poderia fazer uma matéria especial para o jornal sobre a ONG dele? Isso seria antiético demais e acabei desconsiderando: não posso escrever matérias especiais sobre organizações porque por acaso fico acordando suada e culpada depois de sonhar com seu diretor executivo. Além de tudo, é óbvio demais.

Ou então, começar a praticar tênis e entrar de sócia no clube de Valentina? Desconsiderei também a ideia por ser pouco prática: eu jamais poderia agir com Valentina pairando por ali o tempo todo, mostrando mais corpo do que uma modelo de maiô. Além de tudo, é óbvio demais.

Pensei em frequentar a cafeteria perto da sede da ONG. Desconsiderei a hipótese por ser muito parecido com o comportamento de alguns ex-namorados meus. Além de tudo, é óbvio demais.

Assim, depois de passar um tempo irritantemente longo concentrada em planos astutos de como ver Jack de novo, continuo fazendo isso. E com toda concentração. Na realidade, estive tão concentrada que começo a ter dor de cabeça. Agora esta: um torpedo do homem. Só que minha mãe se meteu e apagou a porcaria.

— Pode, por favor, se lembrar exatamente do que dizia? — pergunto, tentando não ficar exasperada.

— Ah, não sei — diz ela. — Algo a ver com um casamento... Era isso. Tentei rolar as palavras para baixo, sabe como é, como fazem num processador de texto, mas elas desapareceram. Uma coisinha idiota, se quer minha opinião. Talvez esteja com defeito.

— O único defeito que vejo é no seu bom-senso — eu suspiro. — Pense bem, sim, mãe? Era de alguém que conheci no casamento de Grace. Isso ajuda?

— Não — diz ela vagamente. — Dizia algo sobre o casamento de Georgia e Pete.

O casamento de Georgia e Pete. Por que Jack estava me mandando torpedo sobre esse casamento?

— Ele é um de seus novos namorados? — pergunta ela.

— Não — respondo, irritada.

— Você precisa relaxar, sabia? — diz ela. — Parece terrivelmente estressada ultimamente, Evie. Por que não começa a fazer reiki comigo?

Dou uma olhada na agenda do celular para encontrar Georgia. Quando ela atende, o barulho ao fundo é tão alto que parece que ela está falando de dentro de um cilindro de aspirador de pó.

— Como está? — pergunta ela, toda animada. — Espero que esteja seguindo seu regime de beleza... Não quero nenhuma espinha nas minhas fotos de casamento.

— Eu ando fazendo tanta esfoliação que meu rosto está em carne viva — respondo. — Mas onde você está? Mal consigo ouvi-la.

— Sobrevoando o lugar, para dar uma última olhada — grita ela. — O que você está ouvindo é o helicóptero.

Georgia vai se casar em um refúgio exclusivo em uma das mais retiradas ilhas Scilly, na costa da Cornualha. O que sei que será lindo, mas ao que parece não é exatamente o lugar mais prático do mundo para se chegar e sair quando se está organizando um casamento.

— Então serei rápida — eu digo. — Pode pensar num motivo para o cara que Valentina levou ao casamento de Grace me mandar uma mensagem de texto sobre o seu casamento?

Mas ela é tragada de novo pelo som dos propulsores.

— Georgia, você está aí? — eu grito, e estou consciente de que a mulher na mesa ao lado deve estar deliciada por eu berrar enquanto ela tenta tomar uma tranquila xícara de café. — Georgia, não estou te ouvindo!

— Agora eu estou te ouvindo — gritou ela. — Parece que estou em *Apocalipse Now*. O que você disse mesmo?

— Eu perguntei se você consegue pensar num motivo para o cara que Valentina levou ao casamento de Grace me mandar uma mensagem de texto sobre o seu casamento?

— Quer dizer Jack Williamson? — diz ela.

— Ele mesmo.

Uma pausa.

— Nenhum — diz ela.

Que ótimo. Minha mãe entendeu errado.

— Quero dizer, não sei por que ele mandou um torpedo a *você* — acrescenta ela. — Mas ele *estará* no casamento.

Capítulo 34

Minha cabeça gira quando tento pensar num motivo plausível para Jack ir ao casamento de Georgia, agora que ele e Valentina não estão mais juntos.

— E por que ele vai ao seu casamento? — pergunto a Georgia. — Quero dizer, você mal o conhece.

— Ele e Pete vão juntos ao rúgbi quase todo fim de semana desde o casamento de Grace — ela diz. — Ah, espere aí, está picotando...

Sua voz desaparece de novo. Baixo o celular com os dedos trêmulos.

— Já sabe o que é? — pergunta minha mãe.

— Ainda não — digo, e começo a digitar uma mensagem. *Vc tem o número do Jack? Tenho reunião de pauta amanhã no trabalho e tenho de fazer uma matéria sobre ONGs.*

Aperto enviar e mando para Pete, noivo de Georgia. Depois tomo um gole do café, que agora está há tanto tempo na mesa que ficou praticamente gelado.

Parece durar uma eternidade antes que ele responda com o número do celular. Rolo a mensagem: *P.S.: Reunião de pauta? Mais parece planejamento familiar!*

Mas que droga. Resisto à tentação de dizer a ele que *não fui eu que mandei o primeiro torpedo*, mas desconfio de que pode não parecer tão cool como espero. Agora que tenho o celular dele, me sinto uma Indiana Jones depois de descobrir a Arca Perdida. É exatamente o que eu queria, mas não tenho ideia do que fazer com isso agora.

Começo a digitar uma mensagem.

Tive problemas técnicos. Pode enviar o torpedo de novo?

Ah, não. Pragmático demais. Indiferente, até. Estou perdendo alguma coisa aqui, sem dúvida.

Pode mandar o torpedo de novo? Foi tão bom que quero ler duas vezes!

Meu Deus, não. Mais cafona impossível.

Não pude ler seu torpedo... E estou louca para ler. Pode mandar outro?

Nada disso parecia bom, mas eu precisava escolher um. Com relutância, fiquei com o primeiro, embora tenha me arrependido no segundo em que enviei. O torpedo foi inventado para paquerar, mas a probabilidade de acelerar a pulsação do meu destinatário era a mesma do horário eleitoral na TV.

— Bom, podemos pegar a estrada? — pergunta minha mãe, dobrando o jornal e o deixando na mesa. — Não sei quanto a você, mas já tive assuntos de casamento suficientes por um dia.

Se eu fosse uma dama de honra melhor — e melhor filha, aliás — protestaria e insistiria que ela continuasse na busca pelo vestido perfeito. Mas agora eu tinha outras coisas em mente.

— Tudo bem — digo, levantando-me de um salto. — Vou pagar.

Estou no balcão esperando pelo troco quando meu telefone vibra. Tiro do bolso da jaqueta de brim e de imediato vejo que é dele. Abro a mensagem.

Só perguntei se vc estaria de serviço no dia 8, exibindo sua beleza e ensurdecendo os convidados.

Logo fico consciente de que estou sorrindo e que a mulher carregada de bolsas de grife ao lado me olha como se eu tivesse fugido de algum lugar. Dou-lhe as costas e começo a digitar.

Acho que prometeu que não falaria nisso de novo. Estou a ponto de enviar quando paro. A mensagem dele era definitivamente de paquera, então eu preciso avançar um pouco. Acrescento as palavras: *Está perdoado... Só desta vez.*

Não é vulgar, mas meio insolente. Boto o celular no bolso, incapaz de reprimir o sorriso, e pago antes de voltar para pegar minha mãe. Meu bolso vibra de novo.

Que bom. Não quero ficar na sua lista negra. Te vejo no casamento (aguardando ansiosamente por isso).

Excelente. A paquera continua. Muito bem — como responder?

Decido fazer um rascunho primeiro. Só para me certificar de escrever absolutamente certo. Mas por algum motivo empaco nas ideias de como responder. Começo a criar torpedos de fantasia — daqueles que não pretendo mandar, mas que podem me ajudar a elaborar o que realmente vou escrever.

Eu tb. PS: Desta vez vai levar A MIM para a cama?

Rio comigo mesma e vou apagar. De jeito nenhum eu chegaria a esse ponto. Mesmo sendo divertido. Nessa hora, sou interrompida por uma voz que conheço.

— Evie! Estou começando a pensar que você está me seguindo!

Capítulo 35

É Gareth. *De novo*. Eu digo *de novo* porque já me encontrei por acaso com ele três vezes desde o casamento de Grace, o que é uma situação em que não me sentiria menos à vontade se estivesse com um par de drenos tamanho quatro.

— Oi, Gareth — digo, desanimada.

— Oi! Sra. Hart — acrescenta ele, sorrindo e estendendo a mão para minha mãe. — Ouvi falar muito na senhora.

— Ah, na verdade é senhorita — diz ela, sorrindo e apertando a mão dele.

Há um silêncio canhestro.

— Este é Gareth, mãe — digo com relutância. — Ele trabalha na universidade com Bob. Ele faz trabalho administrativo.

— É muito mais do que só administração — ele me corrige.

— Ah, desculpe — digo. — Eu não pretendia... Bom, desculpe.

Outro silêncio canhestro.

— E então, como você *está*, Evie? — pergunta ele, sorrindo de novo. — Parece ótima.

Luto para dizer, "você também", porque, infelizmente, nada pode estar mais distante da verdade. Gareth desenvolveu uma urticária furiosa na testa e não se barbeia há tanto tempo que começa a parecer Tom Hanks na última meia hora de *Náufrago*.

— Hum, obrigada, Gareth.

— Meus parabéns pelas núpcias iminentes, *senhorita Hart* — ele diz a minha mãe.

— Ah, obrigada. Você irá ao casamento? — pergunta ela inocentemente. Procuro não gemer audivelmente.

— Se for convidado — ele fica radiante.

Ah, meu Deus. Eu sei o que virá agora.

— Ora, considere-se convidado — diz minha mãe, animada.

Se ela não vivesse do ensino da ioga, eu lhe daria um bom chute na canela ali mesmo. Como se lesse meus pensamentos, ela anuncia que precisa passar na loja de produtos naturais.

— Preciso de ginkgo biloba. Não vai demorar muito — acrescenta ela, deixando Gareth claramente se perguntando em que língua ela está falando.

— Evie, nunca tivemos uma conversa decente sobre nossa relação — diz ele, começando a franzir a testa.

Eu não tenho para onde fugir.

— Eu sei — digo a ele. — Mas não sei se ainda há alguma coisa a dizer.

— Bom, o caso é que eu andei pensando muito nisso e, bom, você sempre disse que tem problema com compromissos. Quero te ajudar.

A ideia é tão atraente quanto tratar uma afta com um pacote de fritas com sal e vinagre. Procuro continuar inabalável.

— Gareth, escute — eu digo. — Não há nada que você possa fazer para ajudar. É assim que eu sou. Ainda não estou pronta para me comprometer com ninguém.

— Mas você tem *quase 30 anos* — diz ele.

— *Ainda faltam três anos!* — eu grito.

Os olhos de cachorrinho aparecem de novo e agora são tão desolados que estou convencida de que ele anda tomando aulas com um basset.

— É que odeio ver alguém como você ficar para titia, é só isso — ele me diz.

Fico tentada a perguntar se ele realmente acha que um comentário desses vai ajudar em sua causa, mas, à luz do fato de que seu lábio começa a tremer, decido não dizer nada.

— Eu sei que te magoei, Gareth — digo com brandura.

— Você me magoou mesmo, Evie, magoou de verdade.

— E peço desculpas — continuo. — Peço mil desculpas. Sou uma idiota. Você é um homem encantador. Um dia vai encontrar alguém que te mereça, pode ter certeza.

— Mas eu sinto que você e eu temos uma ligação — diz ele. Não sei como deixar isso mais claro.

— Desculpe, Gareth — continuo. — Mil perdões. Desculpe por magoar você, desculpe por não ser capaz de ter um compromisso com você. Eu peço mil perdões, sinceramente.

Ele está prestes a dizer alguma coisa, mas quando vejo minha mãe voltando, decido tomar a iniciativa.

— Olha, aí está minha mãe. Preciso levá-la para casa... Está começando a chover.

— Você está de guarda-chuva — ele me diz.

— Ah, humm... Sim, eu sei. Mas ela tem um *distúrbio* — explico, curvando-me para cochichar com ele.

— Um distúrbio? — pergunta Gareth, franzindo a testa. — Que tipo de distúrbio?

— Ela *surta* sempre que entra em contato com água de chuva — digo a ele. — Se chama, humm, *Síndrome de Gremlins*.

Ele fica de cara amarfanhada.

— Peraí, quer dizer como no filme? — pergunta ele.

— Exatamente. Não é uma visão bonita. Detestaria que você se visse no meio de uma coisa dessas.

Ele está prestes a continuar me interrogando quando minha mãe aparece ao nosso lado.

— Pronto, terminei — diz ela, toda animada, erguendo a sacola de compras.

Gareth recua um passo, cauteloso.

— Desculpe por não poder conversar mais — eu grito, arrastando minha mãe.

— Tchau, Evie — ele grita com um olhar preocupado. — A gente se vê no casamento.

Droga, droga, droga.

— Mãe, sabe o que você acabou de fazer?

— O quê?

— Eu já saí com ele — digo a ela. — É a última pessoa que quero no seu casamento.

Ela não parece muito preocupada com essa novidade.

— Ele parece ser um cara legal — comenta ela.

— Você acha *todo mundo* legal — observo.

Ela franze o cenho.

— Era você que saía com ele.

A ideia fez meu estômago revirar.

— Eu sei — falo com raiva.

— De qualquer forma, só porque você terminou com alguém, não quer dizer que não possam ser amigos — diz ela.

— Eu sei. — Mas até agora consegui refutar inteiramente essa teoria.

De repente percebo que graças a essa distração eu nem respondi o torpedo de Jack, e a ideia imediatamente deixa meu espírito mais leve. Pego o celular no bolso para reler a mensagem, mas ao olhar a tela meu estômago dá um solavanco. Diz Mensagem Enviada.

Ah, porcaria. Eu mandei o rascunho. Ele vai pensar que sou tão piranha que faz as estrelas de filmes pornô parecerem professoras de escola dominical. Tenho de mandar outra agora mesmo, explicando a confusão. Mas como vou explicar isso?

Entro em pânico e começo a escrever outro texto. *Desculpe — era brincadeira. Não sou ninfomaníaca, é sério!* E envio o torpedo imediatamente.

Alguns minutos depois, chega outra. É dele. Uma frase. *Tentarei não ficar decepcionado.*

Capítulo 36

Casa de Grace e Patrick, Mossley Hill, Liverpool
Sexta-feira, 30 de março

Grace está toda suada de novo. Não com aquelas gotinhas brilhantes como uma modelo de propaganda de desodorante. Seu rosto está vermelho e o cabelo, colado na testa.

— Queria estar de volta às Maldivas — ela geme, curvando-se para procurar os sapatos embaixo da cama. — Lá eu podia lidar com o ritmo da vida.

— Posso fazer alguma coisa para ajudar? — pergunto, olhando o relógio e pensando que toda a despedida de solteira terá evoluído para doses de tequila e strippers homens quando finalmente chegarmos.

— Humm, sim — diz ela, vestindo a blusa. — Sei que pode. Deixe-me pensar... Já sei, vá perguntar a Polly se ela viu meus sapatos. Os que têm uns diamantes.

Polly está no térreo vendo *Bob Esponja* e parece tão hipnotizada que aposto que nem uma invasão alienígena na sala a arrancaria dali.

— Oi, Pol. Tudo bem? — pergunto.

— Tudo bem — diz ela, mal piscando.

— Você viu os sapatos da sua mãe? — pergunto. — Aqueles com diamantes?

— Não — diz ela. Mal vejo seus lábios se mexerem.
— Tem certeza?
— Humm, tenho — diz ela.
— Tudo bem — falo, perguntando-me o que vou fazer agora.
— Evie — diz ela quando estou saindo da sala. — Por que eles têm diamantes?

Agora parece mais a Polly.

Por que é uma das expressões *du jour* de Polly, junto com *o quê?*, *onde?* e qualquer outra coisa que indique o começo de uma pergunta. Ultimamente, do minuto em que acorda de manhã à hora em que vai para a cama, Grace, Patrick, qualquer um que tenha contato com ela é bombardeado com perguntas, perguntas e mais perguntas. O FBI podia aprender bastante com ela.

Nesta noite cobrimos temas variados, como religião: *Por que Deus faz as pessoas e depois deixa que morram?* Responda a uma dessas enquanto tenta passar delineador; física: *o que tem no céu depois das nuvens?*; matemática: *quantos números existem?*; história militar: *quando as guerras começaram?*; cinema: *por que Simba, o rei Leão, nasceu?*; educação sexual: *por que eu nasci?* E toda uma imensa miscelânea, que incluía: *quem vence uma luta entre o Super-homem e o King Kong? E por que a Sra. Harris (a professora) tem bigode, se ela é mulher?*

Segundo a mãe de Grace, é prova de que ela tem "uma mente inquisitiva".

— Acho que é só para enfeitar, para que fiquem mais bonitos — digo.

— Por que precisam ficar bonitos? — pergunta ela.

Vejo o potencial de uma longa discussão filosófica e, com o táxi marcado para as 19h30, não sei se teremos tempo.

Quando subo para ver o progresso de Grace, ela está jogando ao acaso objetos retirados do fundo do armário. São antigos cabides de casaco, sacos plásticos cheios de calças de malha, uma caixa cheia de hidratantes e maquiagem seca pela metade e uns seis pares de sapato, um dos quais está cheio de teias de aranha, imagine. Empilhados, é o tipo de coleção que se vê no canto mais sujo de uma venda de garagem.

— Merda — diz ela de repente. — Pode dar uma olhada no meu frisador?

O frisador começara a abrir um buraco na penteadeira e sinto o tipo de aroma que se espera de um churrasco rançoso. Encosto-o num frasco de loção de bronzeamento enquanto Patrick grita do térreo.

— O bumbum da Scarlett é para ficar assim?

Grace respira fundo e desce correndo, seguida por mim. Não sei bem que luz posso lançar nesta questão, mas pelo menos assim fico mais perto da porta.

— Humm — diz Grace quando se curva para examinar as provas. — Ela está com assadura das fraldas. Deixe secar por cinco minutos e passe Sudocrem.

— Tudo bem — diz Patrick.

— É evidente que você não está familiarizado como eu com a obra completa contendo os conselhos de Miriam Stoppard, ou saberia disso — acrescenta ela.

É claro que ela está brincando, mas não deixo de perceber que Patrick lhe lança um olhar feio — um olhar que é quase obsceno. É o tipo de expressão que Valentina lança às vendedoras se elas sugerem um tamanho maior do que P. Nunca vi essa expressão em Patrick, em particular não para Grace.

— Tem certeza de que compramos Sudocrem? — ele grita para Grace na cozinha.

— Tenho — ela responde aos berros, finalmente encontrando os sapatos.

— Tem certeza mesmo? — pergunta ele.

— Positivo — responde ela.

— Porque não está em lugar nenhum.

— Tem, sim.

— Não tem, *não*, eu lhe garanto — diz ele com firmeza.

— E eu lhe garanto que tem — responde ela. — Comprei na semana passada.

— Bom, talvez não tenha deixado aqui — diz ele.

— Deixei, sim.

— *Não pode* ter deixado — afirma ele. — Porque não está aqui. — Sua expressão agora é de fúria e ele parece mais um ditador militar do que um advogado corporativo.

Sei que é só uma briguinha doméstica, mas estou parada ali, num silêncio pasmo, porque é demasiado improvável no caso de Patrick e Grace. Eles simplesmente não brigam. Não normalmente, quero dizer. Mas *alguma coisa* está acontecendo aqui, disso eu tenho certeza, porque há ressentimento suficiente vindo só de Patrick para dar trabalho a um terapeuta familiar até o Natal.

Grace entra na sala, empurra-o para o lado e começa a vasculhar a bolsa de fraldas, pegando um tubo de Sudocrem.

— Ah — diz ele. — Não tinha percebido que era dessa coisa que você estava falando.

— O fato de que tem *Sudocrem* em caracteres grandes na lateral do tubo não te deu nenhuma pista? — pergunta ela. De novo, é um chiste leve, do tipo que eles costumam trocar o tempo todo.

Mas Patrick não está no mesmo humor. Resmunga alguma coisa enquanto ela sai da sala, mas Grace, diplomaticamente, decide não pedir uma resposta. Por acaso, ela não precisa.

— Mamãe — pergunta Polly —, o que é um pé no saco?

Capítulo 37

— Está tudo bem entre você e Patrick? — pergunto quando enfim entramos no táxi.

— Ah, meu Deus, está — diz ela sem interesse, enquanto tenta terminar de cachear o cabelo ao seguirmos pela Dock Road. No momento, ela só aprontou metade, o que significa que um lado está liso, como se tivesse sido passado a ferro, e o outro parece que foi transplantado de um leão. — Ele agora está bancando o velho rabugento, é só isso. Não é nada. Ah, droga.

O BlackBerry de Grace toca e ela empurra o frisador para mim como se fosse um bastão de corrida de revezamento para vasculhar a bolsa. Examina o número que aparece e solta um longo suspiro.

— É Adele — diz ela, desanimada. — Minha chefe.

— Ora, não atenda — digo a ela.

Ela hesita, mordendo tanto o lábio que é de se pensar que lutava com o tipo de dilema moral que leva as nações a uma guerra.

— Tenho de atender — resolve ela por fim.

— Não! — digo. — Você vai a uma despedida de solteira. Isso quer dizer assobiar para os barmen e ficar tão bêbada que nem se lembrará do nome do próprio marido. Não é hora de falar com sua chefe.

Grace morde o lábio de novo e olha pela janela. Eu sei exatamente o que ela vai fazer.

— Oi, Adele — diz ela, toda animada, atendendo ao telefone. — Ah, sim. Ah, desculpe. Bom, eu fiquei até tarde toda noite essa semana e... — Ela se cala para ouvir — ... mas, veja só, pensei que eu *tivesse* entregado esse relatório a você... — mais uma pausa — ... Ah, bom, se não estava certo... Sim. Tudo bem. Eu entendo. Vou ver o que posso fazer.

Ela baixa o telefone e solta outro suspiro imenso.

— O que é?

— Vou ter de voltar — diz ela.

— Por quê? — eu grito. — Grace, são 8 horas de uma noite de sexta-feira. O que é tão urgente que não pode esperar?

— Ah, só um relatório que ela pediu... Não vou te chatear com os detalhes. Mas ela precisa que eu faça outra coisa esta noite.

Grace está prestes a se curvar para dar outra ordem ao motorista e eu vejo que preciso agir. Felizmente sou mais rápida.

Eu me curvo e pego seu BlackBerry.

— O que está fazendo? — pergunta ela.

Abro a janela do táxi e estendo o braço — e o BlackBerry — para fora em meio ao vento da noite.

— Evie, o que está fazendo! — grita ela. — Sabe quanto isso custou?

— Sei — minto. Tenho tanto conhecimento e interesse por esses brinquedos de executivos quanto por engenharia mecânica.

— Olha, eu não me importo — acrescento. — Prometa que não vai voltar.

— Evie, *para com isso!* — diz ela. — Me dá! É propriedade da empresa!

— Prometa — digo a ela com severidade.

— Não posso... Vou ser demitida — argumenta ela, agora quase gemendo.

— Acha realmente que a demissão é uma perspectiva provável? — pergunto. — Quero dizer, quantos outros funcionários sequer *pensariam* em deixar uma despedida de solteiro para escrever um relatório?

Ela dá de ombros.

— Anda — eu digo. — Promete?

— Mas o que vou dizer a Adele? — pergunta ela.

— Deixa comigo. — Eu volto com o telefone. — Vou escrever uma mensagem de texto para você. É sério, deixa comigo.

Grace revira os olhos e começa a balançar a cabeça, mas pelo menos começa a ver o lado divertido disso.

Cara Adele, escrevo.

— Acho que a essa altura temos de ser vagas — digo a Grace. — *Emergência na família,* meu texto continua. *Explicarei tudo na segunda-feira. Desculpe, mas não posso ajudar no relatório. Grace.* — Pronto, perfeito.

— E o que vou dizer a ela na segunda? — pergunta Grace.

Dou de ombros.

— Tem dois dias para pensar em alguma coisa — digo a ela. — Ou espera que eu faça tudo por aqui?

Capítulo 38

Preciso dizer que fiquei meio cética quando Georgia escolheu o Simply Heathcotes como lugar para a despedida de solteira.

É um dos melhores restaurantes de Liverpool, abrigado em um impressionante prédio de granito e vidro, no coração do centro financeiro. E embora eu não esteja dizendo que o pessoal de folga, casais sofisticados e gente de fora da cidade não saibam se divertir, sei que se eu saísse para um jantar num local elegante, não ficaria satisfeita em compartilhar a agitação de uma despedida de solteiro.

Mas enquanto Grace e eu passamos pelas mesas até chegar a uma sala de jantar privativa no primeiro andar, fica claro que nossa festa será em um lugar reservado — e também não precisamos maneirar no tom. O que na verdade é ótimo. Porque, ao entrarmos, Georgia está desembrulhando um presente de uma de suas companheiras — um vibrador azul berrante de 25 centímetros que à primeira vista mais parece um sabre de luz do Darth Vader.

— Achamos que vocês não iam chegar nunca! — grita ela, tentando manter fora da sopa a placa de "aprendiz" presa à frente de seu vestido.

Esta deve ser a noite de Georgia, mas há outra figura que atrai de imediato nossos olhos. Charlotte. Tudo bem, então eu a vi mais cedo, depois de passar o dia com ela em uma excursão gigantesca de compras, seguida por uma sessão no cabeleireiro. Mas com o novo visual completo — cortesia de uma famosa remodelação de Valentina — ela está simplesmente deslumbrante.

— Santa mãe do céu! — eu falo. — Charlotte, o que aconteceu com você?

— *Fabulosa*, não é? — diz Valentina, admirando sua obra.

— Você está *incrível* — acrescento. — É sério, está mesmo.

Charlotte cora.

— Obrigada — diz ela, sorrindo.

Além de seu lindo corte de cabelo e da maquiagem de Valentina, Charlotte está usando uma jaqueta cor de framboesa ultrafeminina, mostrando um decote de matar. Como eu disse a ela quando a ajudei a escolher, ninguém é juiz melhor, porque eu sou quase tão voluptuosa quanto um greyhound.

— Ela está demais — diz Grace, enquanto nos sentamos em duas cadeiras reservadas para nós do outro lado da mesa. — Como vai a dieta dela?

Olho para Charlotte e vejo que ela escolheu uma salada. Embora esteja longe demais de mim para eu ter certeza, aposto qualquer coisa que ela disse para suspender o molho.

— Em seus primórdios — digo —, mas ela se saiu muito bem na primeira semana dos Vigilantes do Peso.

Verdade seja dita, Charlotte não só se saiu muito bem, como me botou no chinelo. Ela perdeu 3 quilos e foi recompensada com uma rodada de aplausos dos outros membros e um pacote de chicletes de alcaçuz diet. Eu, por outro lado, engordei 90 gramas e fui premiada com um olhar cético da líder quando disse a ela que não entendia, porque me ative religiosamente ao plano. Achei melhor não mencionar que encomendei uma comida com curry para degustar enquanto assistia ao DVD de *Lost* na quinta-feira.

— Três quilos em sete dias — continuo. — E ela não mostra sinais de que vai desistir. Pelo andar da carruagem, vai contar pontos para o oxigênio logo, logo. — Fico radiante com tudo isso. Depois me viro para Grace.

— Escute — sussurro para ela. — Eu não tive a chance de te contar uma coisa.

— O quê? — pergunta ela.

— Adivinha quem me mandou um torpedo?

— Quem? — pergunta Grace, passando manteiga num pão.

Ergo as sobrancelhas e sorrio.

— *Quem?* Anda logo, nesse ritmo vamos ficar aqui a noite toda!

Olho para verificar se alguém está ouvindo e me aproximo mais dela.

— Jack — eu digo, tentando não sorrir demais feito uma idiota.

— Ah, *é mesmo*? — Agora é Grace que ergue a sobrancelha. — Seria o mesmo Jack em quem você, definitivamente, sem dúvida nenhuma, não estava nadinha interessada?

— Não precisa falar assim — digo.

— Continue, o que ele falou? — pergunta ela.

Paro por um segundo, depois pego o celular para mostrar os torpedos a Grace, percebendo que me comporto como uma adolescente bobalhona.

— Você salvou? — pergunta ela, achando graça.

— Não resisti. — Dou de ombros.

E sabe de uma coisa, eu nem acredito em mim mesma.

Capítulo 39

Quando estamos na sobremesa — depois de tomar uma grande quantidade de vinho —, a conversa na mesa começou a parecer um programa de entrevistas. O assunto do debate deve ser inevitável nas circunstâncias: os prós e contras do casamento.

Do lado dos contras está Leona, uma das ex-vizinhas de Georgia, uma mulher com jeito de milionária e tão magra que provavelmente faz a dieta do Dr. Atkins desde que nasceu.

— Só o que precisa saber sobre a vida de casada — diz ela entre saudáveis goles de Chablis — é que você briga mais e transa menos.

Todas riem, mas esta noite todas tendíamos para o lado de Georgia, a noiva ruborizada.

— Ah, pelo amor de Deus — diz ela, rindo. — Grace, me dá uma força... Casamento é algo incrível, não é? Anda, diga a ela... Sei que posso contar com você.

Grace baixa o garfo e a faca. Por algum motivo ela parece não ter palavras.

— Grace? — eu a incito, pensando em cutucá-la com o garfo para ela acordar.

— Ah, desculpe — diz ela. — É ótimo. É maravilhoso. Sim, *realmente* é. Maravilhoso.

— E então, não aproximou vocês dois? — pergunta Georgia.

— Humm, bom, é difícil de dizer — responde Grace, na evasiva.

Franzo o cenho. Todas nós esperávamos mais entusiasmo por aqui.

— O que quero dizer é que Patrick e eu sempre fomos próximos — continua Grace. — Além disso, é diferente quando se tem filhos. Nada aproxima um casal como os filhos. Quero dizer, tente lidar com um bebê berrando às 2 da manhã quando os dois têm de trabalhar no dia seguinte. É uma experiência de vínculo como nenhuma outra.

Georgia sorri, aparentemente feliz com essa interpretação.

— E vocês estão felizes por terem se casado? — pergunta ela.

Grace hesita de novo.

— Claro que sim — diz ela, com firmeza excessiva. — Sim, sem dúvida. Quero dizer, no mínimo foi uma festa boa pra danar, não foi?

Quando a refeição terminou, fomos para a Mathew Street que, com seus bares e boates, é um ambiente muito mais convencional para uma despedida de solteira. Apesar da temperatura apenas alguns graus acima do congelamento, a maioria das mulheres está com o tipo de roupa própria para o clima de, digamos, Fiji. Os homens, enquanto isso, usam apenas seus olhares de apreço.

— Espero que não se importe, Evie — diz Georgia. — Todo mundo se ofereceu para levar parte dos meus presentes na bolsa, assim não tenho de carregar tudo. Acho que botamos as algemas felpudas na sua bolsa quando estava no banheiro.

— Bem que notei que parecia mais pesada, especialmente porque também estou encarregada do frisador de Grace. Ainda assim, as algemas podem bem vir a calhar. Se aquela Leona continuar falando dos horrores do casamento, a gente pode prendê-la em alguma grade.

Georgia ri ao chegarmos à porta de uma boate retrô que era um de nossos principais destinos quando éramos estudantes. A porta se fecha a nossas costas e somos bombardeadas com os acordes de abertura de "Native New Yorker", e Valentina não perde tempo para se refamiliarizar com a pista.

De mãos na cintura, fazendo beicinho, ela joga o casaco em uma cadeira à la *Saturday Night Fever* e vai a passos largos para o meio da pista, rebolando os quadris como uma showgirl profissional. Ou possivelmente um traveco.

— O que você acha? — digo a Grace e Charlotte. — Vamos nos juntar a ela? Ou querem se sentar um pouco primeiro?

Para falar a verdade, estou morrendo de vontade de ir para a pista. Mas a última pergunta foi para Charlotte, porque sei que ela em geral acha dançar tão atraente quanto fazer cancã nua na Church Street.

Mas estou a ponto de me surpreender.

— Vou com você, Evie — diz ela e ergo minhas sobrancelhas, incrédula. — Por que não? — acrescenta Charlotte, com um sorriso nervoso.

Charlotte dança de um jeito calmo e discreto — mas dança mesmo. E três ou quatro músicas depois ela realmente parece estar se divertindo.

— Charlotte — grita Grace mais alto que a música. — Eu sei que já disse isso, mas você está demais, sabia?

— Obrigada, Grace — responde ela. — Sei que ainda tenho um longo caminho pela frente.

— Tem? — pergunto retoricamente em voz alta. — Você já parece uma pessoa diferente.

— Ainda preciso emagrecer muito — diz ela —, mas estou decidida a ir até o fim.

— Ora, que bom para você — diz Grace.

— Quero dizer, eu adoraria ser como você — acrescenta Charlotte.

— Como eu? — Grace parece genuinamente surpresa.

— Você mesma — diz ela. — Você é atraente, tem uma linda família. Eu mataria para estar no seu lugar.

De repente, a ficha cai para Grace.

— Eu *tenho* mesmo sorte, não tenho? — diz ela, sorrindo.

Depois de uma boa meia hora dançando algumas músicas que ficaram nas paradas antes que eu começasse a comer sólidos, Grace parece pronta para um descanso.

— Quer outro drinque? — grita ela, competindo com os Jackson Five.

Concordo com a cabeça, e vamos para o bar enquanto Charlotte, inacreditavelmente, fica com os outros.

— Vinho branco? — pergunta Grace.

— Por favor — digo. — Mas acho que somos as únicas aqui que não tomam refrigerante alcoólico, sabe.

Ela faz uma careta.

— Se eu quisesse as calorias que há nessas bebidas, ficaria em casa e comeria uma das musses de morango de Polly — diz ela. — Ah, antes que eu me esqueça, você ainda está com o meu frisador, não está?

— Sim — digo a ela. — Eu peguei seu frisador, estou com as algemas felpudas de Georgia e na verdade tenho bastante porcaria dos outros na minha bolsa para uma feira de escambo. Agora, eu pago a bebida ou você paga?

Quando ela está prestes a sacar uma nota de 20 libras, sentimos a presença de alguém atrás de nós.

— Deixem isso por minha conta — diz uma voz vagamente familiar.

Viro-me e nem acredito nos meus olhos.

— Jack! — eu arquejo com tanto entusiasmo que pareço uma personagem extasiada de Jane Austen doidona de crack.

Vou ter de aprender um pouco de sutileza, não há dúvida.

Capítulo 40

Jack não está tão bonito como eu me lembrava. Está melhor.

— Como estão, Evie e Grace? — pergunta, sorrindo.

— Eu estou bem — diz Grace. — E você? Não nos vemos desde o casamento. Escute, muito obrigada pelo presente... Era lindo.

Jack deixou de lado a lista de casamento e comprou para Grace e Patrick um panô indonésio. Não só é de um bom gosto soberbo e inteiramente singular, como também tem a vantagem de ser uma ótima desculpa para substituir a paisagem de Whitley Bay que a mãe de Patrick deu aos dois há quatro natais.

— Que bom que você gostou — diz ele. — Fiquei em dúvida entre esse e um jogo muito impressionante de anões de jardim.

— Fez a escolha certa — ela ri.

— Achei que diria isso — diz ele. — E como você está, Evie? É bom ver você, em vez de apenas trocar torpedos. Não é o mesmo que uma boa conversa, não acha?

— Tudo ótimo — respondo, tentando pensar em algo bom para dizer, que vá incitar uma conversa inteligente e me faça parecer incrivelmente espirituosa. — Humm, não esperava ver você aqui — acrescento.

Um gênio em ação, Evie. Da próxima vez, que tal um *Você vem sempre aqui?*

— Não é um dos meus lugares habituais — responde ele. — Mas um colega de trabalho está indo embora hoje e decidi aparecer para beber alguma coisa. Mas isso foi há seis horas, devo confessar.

— Que safado — digo. Ah, meu Deus, o que eu andei bebendo?

— Escute, Evie, volto logo — diz Grace, obviamente pedindo licença para proveito meu. — Tenho de dar uma palavrinha com Charlotte.

Ela pega a bolsa e volta para a pista.

E então, cá estou eu, sozinha com o homem.

Jack sorri de novo.

— E então, soube que de algum modo consegui entrar na lista de convidados do casamento de Georgia e Pete? — diz ele.

— *Soube* — concordo com a cabeça. — O que presumivelmente quer dizer que você é o motivo para Pete passar tanto tempo no rúgbi ultimamente em vez de se preparar para o grande dia.

— Ah — diz ele. — Culpado da acusação. Espero que Georgia me perdoe.

— Ah, sei que vai perdoar. — Enfim, estou conseguindo algo meio parecido com uma conversa. — Mas não deixe que isso lhe suba à cabeça. Acho que metade do país foi convidada para esse casamento. Vai parecer mais uma torcida de futebol.

Jack ri e me olha nos olhos. Basta olhar para ele e o sangue sobe ao meu rosto. Tomo um gole do vinho, sentindo-me estranhamente nervosa e excitada.

— Quantas pessoas vão? — pergunta ele.

— Bem, umas duzentas, eu acho — digo. — Mas só alguns convidados estão aqui esta noite. Algumas de nós fomos jantar e... agora isso. Uma volta ao passado.

— Bom — diz ele. — É uma ótima surpresa ver você.

— É mesmo? — Estou começando a ficar um pouco mais relaxada, um pouco mais à vontade com toda a situação.

— Sim, é mesmo — diz ele. — Quero dizer, eu me diverti muito no casamento de Grace e Patrick. Se você tivesse deixado, acho que talvez eu teria conversado a noite toda.

Solto uma risada baixa, sentindo-me confiante o bastante para dizer algo um pouquinho sedutor.

— Bom — digo com um sorriso —, acho que eu *teria* deixado.

Jack me fita e meu olhar e meu sangue disparam de novo. A química entre nós é incontestável. Não se fala nada, mas nossa expressão fala montes. Ele sabe e eu também. E estou adorando isso.

— Oi, meu bem, tem uma caneta aí? — pergunta uma mulher ao meu lado, curvando-se para o bar.

— Humm — respondo, certificando-me de não tirar os olhos dele. Não quero interromper esse olhar tão cedo.

Coloco a mão na bolsa procurando pela caneta que sei que está em algum lugar por ali. Decidida a não tirar os olhos de Jack, vasculho a bolsa com uma mão só.

— Peguei o cara mais lindo que você já viu na vida uns vinte minutos atrás... Só que meu celular quebrou e não consigo achar nada para escrever o número dele — resmunga a mulher.

Mas não posso me envolver numa conversa com ela. Agora não. Não posso fazer nada a não ser olhar para Jack.

Atrevo-me a sorrir — uma sugestão de sorriso — e ele retribui o favor com um efeito arrasador.

Distraída, pego o frisador de Grace e coloco no balcão, para abrir espaço. Enfio a mão na bolsa de novo, localizo a caneta e a entrego à mulher.

— Obrigada — diz ela. Depois ela simplesmente dá uma risadinha e sai. E com uma expressão muito esquisita.

Não penso em nada disso ao me voltar para Jack. Até que percebo que ele também está com uma expressão muito esquisita.

Meio zangada porque o feitiço entre nós se rompeu, pego o frisador de Grace para devolvê-lo à bolsa. Quando está a aproximadamente 30 centímetros diante o rosto de Jack, percebo uma coisa.

Não estou segurando um frisador.

Tenho na mão o vibrador de 25 centímetros de Georgia.

Capítulo 41

O vibrador era azul no restaurante. Sob as luzes de discoteca, é fluorescente. Na verdade, é tão fluorescente que podemos orientar um avião com ele. Sei que entrar em pânico é a pior tática possível para empregar numa situação dessas. Mas, francamente, não consigo pensar em outra coisa para fazer.

Meus olhos se arregalam, eu seguro o vibrador e meto a coisa de volta com firmeza na bolsa, na esperança vã de que Jack não tenha percebido o que era. Mas o ponho na bolsa com tanta pressa que acabo apertando um botão. E o vibrador começa a *vibrar*.

Agora num pânico ensandecido, enfio a mão de novo na bolsa e tento desesperadamente achar o botão OFF sem ter de mostrar o vibrador em público novamente. Mas ao tatear freneticamente a coisa, com as mãos suadas e o coração aos saltos, percebo, para meu pavor, que ele tem pelo menos quatro botões diferentes.

O instinto assume e começo a apertar cada um deles — pensando que *um* dos botões deve desligar aquela porcaria.

Mas não desliga. Em vez disso, o vibrador se lança num saracoteio complicado, do tipo que se espera ver na linha de produção de uma fábrica de carros.

Minha bolsa ganha vida, arqueando como se habitada por um bichinho doido que recebeu uma série de choques elétricos. Começo febrilmente a apertar os outros botões, "My First, My Last, My Everything" de Barry White fazendo a trilha sonora deste espetáculo de horrores. Mas tudo o que aperto só faz acelerar o efeito de sacolejo e as vibrações ficam mais intensas... Mais intensas... E mais intensas.

Consciente de estar a menos de meio metro do homem dos meus sonhos enquanto luto com um consolo eletrônico de 25 centímetros, minha mente dispara com as possíveis táticas. Estou prestes a atirar a bolsa no balcão, gritando "bomba!", quando enfim, e misericordiosamente... Ele para.

Transpirando, tremendo, olho para Jack.

— Está tudo bem? — pergunta ele.

Engulo em seco.

— Hum, está — respondo, endireitando as costas e colocando a bolsa no chão, como se o que acaba de acontecer fosse a coisa mais normal do mundo.

— Está tudo bem com *você*? — eu pergunto, percebendo de pronto a pergunta ridícula que fiz. Não foi *ele* que teve uma briga, e perdeu, com um objeto de uma sex shop.

— Está, tudo legal — diz ele.

— Hum, Jack, *arrã* — eu digo. — Obviamente, não era meu.

— O que não era seu? — diz ele.

— Aquele... Aquele... *objeto* — sussurro.

— Quer dizer o vibrador? — diz ele.

— Era da Georgia! — apresso-me a dizer. — Ela achou que tinha me dado as algemas, entendeu, e...

— *Algemas?* — repete ele.

Ah, meu pai.

— Daquelas felpudas — digo, à guisa de explicação.

Estou prestes a perder a vontade de viver quando percebo uma coisa. Jack está sorrindo. Na verdade, ou muito me engano, ou ele se divertiu horrores com o episódio todo. Não consigo saber se isso é bom ou ruim.

— Imagino que ache isso engraçado — digo.

— Muito mais do que qualquer filme de comédia — afirma ele, e de novo me abre aquele sorriso largo e arrasador.

Eu rio, agora um tanto aliviada, o que pelo menos é um progresso com relação a estar mortalmente envergonhada. Olho para a pista, onde Valentina agora está com os braços no pescoço de um sósia de Rick Martin e balança os quadris como uma dançarina de flamenco. Charlotte, de algum jeito, terminou com um cara que dá a impressão de que passa suas noites de sexta-feira treinando para algum programa de perguntas e respostas. Começo a me perguntar onde está Grace quando a vejo abrindo caminho pela multidão para chegar a nós.

— Evie — diz ela, sem fôlego quando nos alcança —, preciso ir embora.

Mortificada, olho para Jack. Pelo amor de Deus, Grace, ainda não posso ir, eu penso. Mas enquanto minha mente dispara com desculpas para ficar aqui com Jack, de repente percebo que Grace está lívida.

— O que foi? — pergunto.

— É Polly — responde ela, claramente perturbada. — Está no hospital. Sofreu um acidente.

Capítulo 42

Enquanto Grace e eu corremos pela rua, encharcando os pés na água suja e recebendo a chuva em cheio no rosto, percebo que ela depende de mim para saber aonde ir. Chegamos à rua principal, com os faróis passando ininterruptamente por nós e por grupos de mulheres dando gritinhos correndo às soleiras das boates para não se molhar.

À primeira vista, Grace e eu parecemos com elas, mas não estamos correndo para nos livrar da chuva. Precisamos de um táxi. Rápido. Então, por que nenhum deles para?

A cada par de faróis que vejo vindo em nossa direção, lanço-me na rua com o polegar estendido, mas eles simplesmente se desviam de mim e buzinam. Quem quer pegar duas mulheres como nós? Devem pensar que estamos bêbadas. A verdade é que nós duas estamos tão perto da sobriedade como nunca.

— Vamos por aqui — eu digo, pegando a mão de Grace. Corremos pelo que parecem horas, mas provavelmente são só alguns minutos, até chegarmos a um ponto de táxi. Mas há uma fila de umas quarenta pessoas. Corro para a frente e seguro o casaco de um cara que está entrando num táxi preto.

— Ei, que merda é ess...

— Por favor — eu imploro. — Houve um acidente. A filhinha da minha amiga foi levada para o hospital. Precisamos deste táxi... *Por favor.*

Ele me olha de cima a baixo, depois olha Grace de cima a baixo e claramente percebe que não somos duas picaretas tentando furar a fila.

— Vamos, Becky, saia daí — diz ele à namorada dentro do carro.

— Como é? — diz a mulher, descruzando as pernas compridas e bronzeadas artificialmente. Ela está com um vestido de grife curto e, apesar da chuva, seu cabelo e sua maquiagem ainda estão intactos e perfeitos. — Esperei vinte minutos por este táxi. Não vou sair agora.

— Saia — repete ele.

— Não — diz ela. E então, quando ele se curva e a pega pelo braço: — Ai! Seu idiota! Tire suas mãos de mim! — Mas ela entende o recado e sai do carro com relutância.

— Obrigada — digo aos dois e pulamos no banco traseiro.

— Hospital Alder Hey, por favor — digo ao taxista. — Pronto-socorro.

O motorista me lança um olhar de apreensão; só há um motivo para ir à emergência do Alder Hey a essa hora da noite e não é dos mais felizes. Ele manobra o táxi e pisa fundo no acelerador.

Fico sentada no banco retrátil de frente para Grace e seguro suas mãos. Ela ainda está bestificada.

— O que você sabe? — pergunto.

Ela balança a cabeça com uma expressão de desespero e assombro.

— Não muito — diz ela. — Quero dizer, fiquei mandando torpedos para o Patrick a noite toda. Antes de mais nada, para tentar fazer as pazes com ele depois da nossa discussão. Mas ele não respondia. E eu estava ficando tão irritada com ele e... Bom, depois pensei que talvez ele estivesse dormindo na frente da TV.

Ela respira fundo.

— Continue — digo.

— Então, disse a mim mesma para esquecer e se divertir. Foi o que fiz. Fui dançar com Charlotte e dois caras — ela começa a fungar —, mas, quando fui ao banheiro, olhei meu telefone. Havia cinco ligações perdidas.

— E ele deixou um recado na secretária? — pergunto.

Ela assente.

— E mandou um torpedo... Muito curto. Só disse que Polly sofreu um acidente e eles estavam indo para o Alder Hey.

— Bom — digo —, pode ser que ela só tenha torcido o braço ou coisa assim.

Grace olha pela janela e seus lábios começam a tremer.

— Mas pode não ter sido isso — diz ela.

Aperto a mão dela.

— O caso — continua ela — é que Patrick em geral é o Sr. Pragmático quando as coisas acontecem. Eu entro em pânico, ele mantém a calma. É assim. Mas desta vez ele não parecia muito calmo.

Embora a parte mais racional de mim esteja dizendo que não deve ser nada — um braço quebrado, um galo na cabeça, talvez —, também há outra parte que diz que pode ser mais do que simplesmente nada.

Trabalho no *Daily Echo* há mais de um ano, e nesse período cobri todo tipo de histórias pavorosas envolvendo crianças. A gente simplesmente acha que essas coisas só acontecem com os outros. Não com a filha de nossa melhor amiga. Não com Polly.

Apesar da velocidade impressionante do taxista, a viagem parece durar uma eternidade.

— Ah, Evie — diz Grace, as lágrimas agora escorrendo —, não consigo deixar de pensar em todas as perguntas que Polly me fez hoje... Sabe como a Polly é. Eu tentava lavar o cabelo quando ela ficou me perguntando por que os cachorros têm rabo... Ou coisa assim. Sabe que eu disse?

Balanço a cabeça.

— Eu disse: "Eles simplesmente têm, Polly." Que tipo de mãe diz "eles simplesmente têm"? Por que eu não me detive um pouco para responder a ela?

Grace agora está aos prantos, soluçando incontrolavelmente e lutando para respirar. Sento-me ao lado dela, abraçando-a o mais apertado que posso.

— Grace, não seja boba — digo, enquanto o táxi estaciona na frente do hospital. — Você é uma mãe maravilhosa. E vai ficar tudo bem. Eu sei que vai.

Mas estou rezando para ter razão.

Capítulo 43

— Espero que ela esteja bem — diz o taxista, enquanto pago a corrida e Grace dispara para a recepção. — A garotinha da sua amiga, quero dizer.

— Eu também — respondo, entregando a ele uma nota de 20 libras.

— Ah, não quero pagamento, querida — diz ele.

— Mas é noite de sexta-feira — observo.

— Vá ficar com sua amiga — diz ele, empurrando a nota de volta.

Não tenho tempo para discutir.

— Minha filha acaba de chegar numa ambulância — Grace está dizendo à recepcionista. — O nome dela é Polly Cunningham. — Ela demonstra uma estranha calma.

— Um momento, por favor — pede a recepcionista, digitando no computador. — Muito bem — diz ela —, se passar por estas portas duplas à direita e seguir o corredor até a mesa, eles poderão ajudar a senhora.

Disparamos pelo corredor mas, antes de chegarmos, vejo Patrick andando em nossa direção com Scarlett nos braços.

— Patrick! — exclama Grace, correndo até ele.

— Tentei te ligar agora mesmo — diz ele quando se encontram. — Ela está *bem*. Só alguns cortes e hematomas, segundo disseram, mas está perfeitamente bem.

O rosto de Grace me diz que ela não sabe se o beija ou bate nele.

Polly, por acaso, caiu da escada. Disse que caiu, mas pareceu mais o tipo de proeza para qual as estrelas de cinema de Hollywood precisariam de um dublê especialmente treinado. Ela entrou no quarto de Grace e Patrick — algo que vem fazendo recentemente quando acorda no meio da noite — e quando viu que nenhum dos dois estava ali, achou que era uma boa ideia dar uma olhada no primeiro andar.

O que não seria nada demais, se ela não tivesse tentado fazer isso no escuro e com sua nova camisola comprida demais da Barbie. Quando chegou ao pé da escada, estava inconsciente. Patrick, obviamente, telefonou para os paramédicos e, embora ela tenha voltado a si quando eles chegaram, decidiram trazê-la ao hospital para fazer exames. Não quebrou nenhum osso, o que aparentemente faz dela uma espécie de milagre médico.

— Aposto que você ficou em choque — digo a Patrick.

— Pode acreditar — afirma ele, balançando a cabeça.

— Pelo menos Scarlett dormiu o tempo todo — acrescenta ele, assentindo para o bebê na cadeirinha portátil.

O bebê é uma visão de paz e contentamento, a sono solto, só a chupeta se mexe.

— Desculpe por termos brigado — diz Grace delicadamente.

— Me desculpe também. — E Patrick se curva para beijá-la na testa.

Sinto que minha presença não é mais necessária.

— Alguém quer um café? — pergunto. — Sei que tem uma máquina por aqui em algum lugar.

Dou um giro completo pelo hospital — duas vezes — antes de encontrar uma máquina de café. Por acaso, o pó acaba e só consigo comprar dois e acabo com uma canja de galinha que desconfio de que está liofilizada ali desde 1972.

Quando volto, Polly ainda está fazendo um último raio X por precaução e, para minha incredulidade, Patrick e Grace parecem estar no meio de outra de suas brigas de casal.

— Bom, desculpe, mas acho que um de nós precisa levar Scarlett para casa — Patrick está dizendo. — Ela vai querer comer se acordar.

— Sei que o hospital nos dará um pouco de leite em pó — diz Grace.

— Não pode pedir isso a eles — responde Patrick.

— E por que não? — pergunta ela.

— Bom, porque é um hospital. Eles não podem sair por aí dando esmolas a visitantes.

— Não sou visitante — argumenta Grace. — Sou mãe de uma paciente que acaba de ser admitida.

— Não importa — diz ele. — A paciente não é a Scarlett, é a Polly.

— Olha, vou pagar, se for necessário — afirma ela com impaciência. — Eles devem estar acostumados com esse tipo de coisa.

— Não seja ridícula — diz ele.

— Não estou sendo ridícula — responde ela.

— *Oi, gente!* — eu me intrometo, e os dois se viram para mim. — Comprei café.

Entrego a eles, feliz por pelo menos conseguir calar a boca dos dois.

— Desculpe se parece o conteúdo de uma bacia de lavar pratos.

— Não ligo — diz Grace. — Nas circunstâncias, bebo qualquer coisa que seja quente e líquida.

— Hum — diz Patrick, bebericando e fazendo uma careta. — Bom, não há dúvida de que é líquido.

— Olha, tenho de ir andando — digo. — Não precisam mais de mim por aqui.

— Ah, Evie, muito obrigada por vir comigo — agradece Grace. — Você é amiga de verdade.

— Tudo bem — respondo. — Se um dia souber de alguma corrida de 400 metros com atletas de salto alto, pode me inscrever.

— Desculpe por ter feito você deixar o Jack para trás — diz Grace. — Você parecia estar curtindo a noite.

— Ah, não se preocupe com isso — eu digo, tentando ver o lado positivo. — Estou feliz por Polly estar bem. De qualquer maneira, temos o casamento de Georgia. Não falta muito tempo.

— Não — diz Grace. — Não falta. Tchau, Evie.

— Tchau — acrescenta Patrick.

Por que desconfio de que estou deixando os dois para o início do segundo round?

Capítulo 44

Redação do Daily Echo, *quarta-feira, 4 de abril*

Eis um dilema jornalístico: como tornar interessante uma nota da página 23 sobre os planos de antecipar o horário de abertura de um posto do Centro Nacional de Saúde?

Estou sentada analisando o *press release*, a redação fervilhando ao meu redor. Jules, à minha direita, está com uma matéria quente — uma notícia de última hora sobre uma trama terrorista, centrada em uma lanchonete de Liverpool, que a polícia só revelou esta manhã. Laura, do outro lado, está ao telefone com os serviços de emergência, conseguindo uma declaração para sua reportagem de primeira página sobre um engavetamento de quatro carros na autoestrada M56. Até Larry, o cara de 22 anos em período de experiência, termina uma legenda para a foto de primeira página.

— É com você! — grita Jules, disparando para a redação, enquanto Simon, o editor, abre sua matéria, pronto para dar a ela uma revisada rápida antes que ela seja entregue a jato aos subeditores.

Olho meu *press release* de novo e suspiro. Não consigo me lembrar de quando foi a última vez que Simon me pediu para escrever algo para a edição do dia, alguma coisa que estimulasse minha adrenalina. Na verdade, nem me lembro quando foi a última vez que Simon me pediu para escrever alguma coisa que incitasse algo além de uma súbita crise de narcolepsia.

— É com você! — grita Simon, enquanto o subeditor pega a matéria, pronta para colocá-la na primeira página e meter nela uma manchete.

Ainda estou procurando inspiração, mas não consigo deixar de pensar que estaria mais inspirada vendo um lote de lustra-móveis.

— Muito bem, Evie Hart — grita Simon para mim depois de mandar a última matéria. — Venha cá.

Meu coração salta. Talvez eu o tivesse entendido mal. Talvez ele esteja prestes a me dar uma ótima pauta para a edição de amanhã. Talvez hoje eu esteja a ponto de ter meu nome na primeira página, afinal. Corro pela redação, de bloco e caneta na mão cheia de expectativa.

— Muito bem, Hart — diz ele, conseguindo secar o meu corpo e me fuzilando ao mesmo tempo. — Será que pode me explicar uma coisa.

Hesito.

— Sim? — digo.

— Como perdeu um furo.

— O quê? — pergunto, cada matéria que escrevi nas últimas duas semanas disparando na minha cabeça. — Quero dizer, que matéria?

— Nossa amiga quadrúpede — diz Simon.

— Desculpe, Simon — repito. — Não estou entendendo.

— *A porca!* — ele rebate, com uma expressão que me diz que é tão provável que eu consiga uma exclusiva hoje como ter o título de Miss Universo. — *A porca que falava italiano.*

— Na verdade era francês — digo, mas percebo que ele considera isso tão relevante quanto a cor favorita do bicho.

— Não dou a mínima se era suaíli — grita ele, batendo a papelada na minha frente. — Está no *Daily Star*.

Engulo em seco ao me deparar com a foto de Lizzie, a Gloucester Old Spot, e seu dono. Não sei qual dos dois parece mais convencido.

— Pensei que você tivesse dito que a matéria era de gaveta — diz ele.

— Eu pensei que fosse — balbucio.

— Não perguntou se ele estava falando com a imprensa nacional?

Volto mentalmente à minha conversa com o fazendeiro e penso por um segundo se tem algum sentido tentar mentir aqui. Moralmente, não tenho escrúpulos em empurrar uma delas para cima de Simon, que começo a pensar que tem o charme de um rato de esgoto. Mas mentir não é bem o meu forte. Na verdade, sou quase tão convincente como mentirosa quanto como atleta olímpica de arremesso de dardos.

— Ele falou sobre isso — admiti por fim, odiando a mim mesma por ser tão medrosa. — Mas confesso que não acreditei nele. Nunca pensei que outros jornais teriam interesse, e muito menos que a porca recitasse algum verso da *Marselhesa*.

Simon balança a cabeça e me sinto diante da diretora de escola pela quarta vez esta semana.

— Olha aqui, menina — diz ele, olhando meu corpo de novo. — Você precisa aprender a reconhecer uma matéria. E me deixe te dizer uma coisa, caso não tenha ficado claro para você: uma porca falante é uma boa matéria para qualquer um. Principalmente quando o bicho tem uma apreensão melhor de línguas do que metade dos estudantes deste país. Agora, saia da minha frente.

Quando volto à minha mesa, meus olhos se fixam na tela do computador e eu rapidamente me torno uma massa fervilhante de ressentimento, imaginando todas as coisas que eu *podia* ter dito a Simon... mas não disse.

Tudo bem, então meti os pés pelas mãos. Catastroficamente, segundo o editor. Mas com ou sem *Daily Star*, esta é uma matéria sobre uma porca falante. Não vai derrubar governos nem frear o aquecimento global. Além disso, escrevi a coisa semanas atrás. Posso ter dito que era de gaveta, mas não quis dizer até o Natal do ano que vem.

Pegando meu *press release*, faço um juramento a mim mesma. Vou conseguir uma exclusiva de primeira página para este jornal nem que seja a última coisa que eu faça na vida.

Capítulo 45

É bem difícil afogar as mágoas quando a pessoa com quem você está só toma Diet Coke porque qualquer outra bebida tem pontos coloridos demais para o Vigilante do Peso.

— Ah, tenha dó, Charlotte — digo. — Só uma tacinha de Pinot Grigio comigo. Por que não? Li em algum lugar que você queima mais calorias levantando uma taça de vinho do que no consumo do seu conteúdo.

— De suco de aipo — contesta ela. — E não, não posso, Evie. Não agora, que já cheguei tão longe. Estou decidida.

— Desculpe — digo imediatamente. — Não dê ouvidos a mim... Continue agindo como deve ser.

— Valentina vai chegar a qualquer minuto — fala Charlotte. — Ela esteve num encontro. Vai tomar uma taça de vinho, tenho certeza. Ao que parece, não saiu de acordo com o que ela planejava.

Cinco minutos depois, Valentina aparece e se joga na cadeira ao lado.

— Preciso de um copo d'água — diz ela, colocando a mão na testa teatralmente.

— Você também não — eu falo.

— Não, tem razão — diz ela. — Já tive minha dose esta noite, mas estou com medo de entrar em choque. Posso tomar uma taça de Chardonnay, por favor? — pergunta ela ao garçom que passa.

— Mas então, conte — peço. — O que houve no seu encontro?

— Você não vai acreditar — diz ela.

— Experimente — respondo.

— Muito bem, então... Zak é o cara que conheci na despedida de solteira da Georgia. E ele parecia *perfeito*. Um metro e noventa de beleza latina. Tem a própria empresa... no ramo de imóveis, pelo que ele disse. De qualquer maneira, ele telefonou na semana passada para me convidar para jantar e nem mesmo piscou quando sugeri o *Le Carriage*.

Ergo uma sobrancelha.

— Propor um lugar em que para comer você precisa fazer uma segunda hipoteca é um ótimo teste, Evie — ela me diz. — Então, eu cheguei 25 minutos atrasada...

Ergo a outra sobrancelha.

— Você precisa estar *desesperada* para chegar antes disso — diz ela com firmeza. — E, vocês não vão acreditar: ele ainda não tinha chegado.

— Ficou preso no trânsito? — pergunto.

— Aí é que está — diz ela, arregalando os olhos, incrédula. — Não. Ele simplesmente *apareceu*, meia hora atrasado, sem dar explicação nenhuma.

— Deve ter sido irritante — diz Charlotte.

— Irritante é pouco, Charlotte, é pouco — afirma Valentina, tomando um gole grande do vinho quando ele chega. — E ainda mais porque eu fiz um esforço. Estou falando dos sapatos novos *e* de um tratamento facial. Eu me dizia no caminho para lá que se ele levasse mais de dez minutos para querer passar o resto da vida comigo, eu ficaria surpresa.

Mordo o lábio, reprimindo um sorriso.

— Mas me deixe contar a história — continua ela. — Estou esperando no bar quando ele chega e, quando me alcança, o garçom lhe pergunta o que gostaria de beber. Sabe o que ele pediu?

Balanço a cabeça.

— Um Bacardi Breezer — diz ela. — E *verde*, se dá para imaginar. No *Carriage*, ora essa!

Charlotte e eu reprimimos o riso.

— Em vez disso, eles lhe prepararam um coquetel — diz ela. — Mas nos sentamos e ele olhou o cardápio. E vi que ele estava fazendo uma careta.

— Ah, meu Deus — eu falo.

— Então ele diz: "Odeio toda essa merda estrangeira." Dá para acreditar nisso? "Que merda estrangeira seria?", pergunto a ele. "Bom", diz ele, "o que é isso neste país: pou-lét?" Ele se referia a *poulet*.

Ponho a mão na boca, mais fascinada com a história do que poderia ter imaginado.

— "É frango" — explico a ele. — "Ah, é só isso?", diz ele. "Então vou pedir. Vem com fritas?"

Começo a rir, mas Valentina não parece achar nem um pouco engraçado.

— Ah, olha, nem dá para continuar — diz ela. — Mas deixa eu te contar só uma coisa, ele passou o resto da noite enfiando nacos de frango na boca feito um homem das cavernas, não elogiou a minha roupa e depois, para completar, achou que eu estava pagando! Há! Até parece!

— Meu pai do céu — exclama Charlotte. — É de se pensar que um empreiteiro não se comportaria assim.

— Isso é outra coisa — diz Valentina. — Ele não é empreiteiro coisa nenhuma. É corretor de imóveis. E *trainee*.

— Então você não dormiu com ele? — pergunto.

— Mas é claro que não! — diz ela. — Eu nem sonharia em dormir com alguém que quer que *eu* pague por uma refeição.

Sabe de uma coisa, é engraçado, mas eu já me sinto melhor.

Capítulo 46

Ilhas Scilly, sábado, 7 de abril

Quando Georgia disse que este lugar era incrível, ela não estava brincando. Ontem à noite, pegamos o avião para a principal ilha de Scillies, a St. Mary, com um sol vermelho cintilando na água e quase parecia que estávamos pousando nas Seychelles, e não numa parte do Reino Unido.

Logo fica evidente, ao pousarmos, que não estamos nas Seychelles ao encontrarmos uma loja de quinquilharias, três pubs e um supermercado que vendia exemplares da revista *Heat* e maços de Benson & Hedges. Mas ainda assim...

Depois fomos de lancha a uma ilha menor e de costa mais irregular que dá a impressão de ser praticamente desabitada, tirando o hotel. E que hotel: ao mesmo tempo suntuoso e moderno, com a vantagem a mais de uma localização de tirar o fôlego na beira do Atlântico. Este lugar tem tudo o que promete.

Hoje não há uma só nuvem no céu, eu estou no terraço de pátina da suíte nupcial de Georgia e uma leve brisa acaricia minha pele. A escada leva à praia particular, de areia fina e clara e mar cristalino. Na verdade, a única coisa que perturbou a paisagem a manhã toda foi Valentina fazendo uma prática de Pilates que envolvia um monte de flexões com o traseiro empinado.

— Este lugar é lindo — suspiro.

— É ótimo, não é? — diz Georgia, sentada no banco de um piano meia cauda com seu vestido de noiva, completamente pronta para a cerimônia. — Eu adoro isto aqui. Era aqui que passávamos as férias em família quando eu era criança.

— Então não iam a Butlins? — pergunto.

— Olha, já curti muito este resort, pode apostar — insiste ela.

— Tá, tá, se prefere assim — eu brinco.

A suíte é grande e luxuosa, mas também despojada de uma maneira que só os lugares realmente caros podem ser — com tapetes de fibra de coco, mobília patinada e uma ou outra paisagem impressionista nas paredes. Ainda falta cerca de 45 minutos para Georgia se casar mas, num acentuado contraste com a cena antes do casamento de Grace, ela parece pronta há séculos. Como era de se esperar, não posso dizer o mesmo da minha melhor amiga.

— Viu a Grace mais cedo? — pergunta Georgia em voz baixa, tentando heroicamente não entrar em pânico com o fato de que uma de suas damas de honra desapareceu em missão.

— Humm, brevemente — eu digo.

— Porque ela está começando a me deixar meio preocupada — continua Georgia. — Fiquei calma a manhã toda e, agora, olhe para mim. — Georgia estende a mão para demonstrar o quanto está tremendo.

— Ela vai aparecer — eu digo do jeito mais convincente possível. — É sério, não se preocupe.

De repente a porta se abre num rompante.

— Desculpe! Sei que estou atrasada — diz Grace, com a cara permanentemente esgotada que ela faz tão bem.

— Tentar localizar você esta tarde foi como descobrir o paradeiro de Osama bin Laden — eu comento.

— Eu sei, desculpe — diz ela de novo. — Fiquei com Adele ao telefone reclamando de um acordo que fiz, minha mãe ligou reclamando que Scarlett não quer comer a torta de carne e a lavanderia ligou reclamando que ainda não peguei o tapete que deixei lá há três meses.

— Grace — digo —, o que você realmente precisa é do seu próprio departamento de atendimento ao cliente.

— Bom, olha, agora você está aqui — diz Georgia, jogando o último vestido de dama de honra em sua direção. — Então vá se vestir. E seja rápida.

— Tá. Tudo bem. Sem problema — diz Grace, pegando o vestido. Ela se vira, andando para o closet, onde se choca com Valentina na porta.

— Oh... Grace — diz Valentina olhando-a com um pavor mal disfarçado. — Precisa que eu te empreste... uma cara nova?

Grace franze a testa.

— Obrigada, Valentina, você também está linda — responde Grace, esbarrando nela ao andar.

— Eu sei. — Valentina sorri. — Fiz um teste de alergia e descobri que tenho intolerância a alface. Não como mais desde a semana passada e acho que minha pele já está brilhando.

Neste momento, Charlotte surge do closet, toda vestida e preparada.

— Caramba! Você está ótima! — eu digo toda animada, o que a faz corar de pronto.

O que é uma pena, porque se ela nunca teve motivo para corar, agora tem.

Só para resumir, Charlotte está com um vestido de dama de honra *que cabe nela*. Além da perda visível de peso, seu cabelo e sua maquiagem — cortesia de seus próprios esforços combinados com os da Valentina — são uma visão de glamour sofisticado tão distante da velha Charlotte, que podia ser outra pessoa.

— Estou tão feliz com seu visual, Charlotte. Eu tenho *mesmo* umas habilidades ocultas, não tenho? — diz Valentina. — E realmente acho que a terapia de cabelo e beleza deve ser a área em que mais me destaco.

— Na semana passada você disse que era o boquete — observa Georgia. — Você me disse que podia fazer os cabelos de um homem ficarem em pé.

— Ah, sim. — Valentina sorri. — Isso também.

Capítulo 47

A cerimônia é simples e tocante de tão meiga. Georgia chora, a mãe de Georgia chora, Valentina finge chorar e aquelas de nós que estão bem perto conseguem até ver os lábios de Pete tremerem um pouco.

Estamos num enorme terraço com vista para a baía, o sol aquecendo nossa pele e há tantos convidados que sinto como se soubesse como é tocar no Royal Albert Hall.

Passo a cerimônia toda de costas para os convidados, perguntando-me onde Jack está sentado e se está óbvio que encolho a bunda para que pareça menor.

Como muitos convidados, ele só chegou à ilha esta manhã, mas sei que está aqui porque Grace o viu no brunch. Aparentemente, ele comeu frutas seguidas por ovos mexidos e torrada. Integral. Duas fatias, sem manteiga. Acho que Grace teria uma carreira promissora no serviço secreto, se quisesse.

Quando Georgia e Pete se beijam pela primeira vez como marido e mulher, meu espírito se eleva, sabendo que estou prestes a ficar cara a cara com Jack de novo. Isto é, se eu descobrir onde ele está.

Ando pelo corredor atrás do feliz casal e de Valentina e Beth, e na frente de Grace, Charlotte e Gina, tentando localizá-lo do jeito mais disfarçado possível.

De repente, sinto um cutucão nas costas e olho para trás, vendo para o que Grace está chamando minha atenção. Eu o vejo de imediato. Olhando nossa procissão, avisto o único de meus ex-namorados presentes. Felizmente, é um dos poucos que não me importa que esteja aqui.

Seb e eu ficamos juntos na universidade por sete semanas inteiras, o que na época era uma performance que me satisfez bastante — embora, se eu soubesse que ainda ficaria solteira por muitos anos, talvez não me animasse tanto.

Ele acabou tendo o mesmo destino de todos os meus casos amorosos subsequentes, mas o término sem dúvida foi um pouco mais tranquilo.

Nem me lembro o que nos separou, mas lembro que não senti alívio quando aconteceu. Longe disso. Na verdade, na época eu tenho certeza de que realmente lamentei. Até pensei em dizer isso a ele mas, quando consegui preparar o discurso, era tarde demais e ele estava com outra.

De qualquer maneira, nunca pude entender por que ocorreu este sinal de um padrão que seria inabalavelmente previsível. Mas pelo menos o lado positivo de tudo isso é que me encontrar com ele — e já faz dois anos desde a última vez — não é tão traumático quanto é com os outros.

Quando me vê olhando para ele, Seb sorri e ergue a mão para acenar. Sorrio também, mas estou impedida de acenar pelas convenções e pelo maldito buquê enorme que carrego; é tão pesado que estou convencida de que alguém escondeu halteres por baixo de toda aquela folhagem.

— *Ele* não está nada mal ultimamente — sussurra Grace ao chegarmos ao fundo do salão.

Odeio admitir, mas é verdade.

Capítulo 48

Aparentemente, ninguém contou ao fotógrafo que isto devia ser uma comemoração. Com costeletas com aspecto de palha de aço e uma pele tão vermelha que parecia ter sido incendiada, o cara parece ter feito aulas de sedução com a Gestapo.

— Muito bem, se todos puderem se aproximar mais um pouco — berra ele. — Mais perto, *por favor*!

Pegando o braço de uma senhora vestida com um vermelho-cereja de dar enxaquecas, ele a empurra para perto da vizinha. Ele parece inteiramente incapaz de entender que não vai conseguir instantaneamente colocar tanta gente no lugar certo.

— As damas de honra precisam avançar um pouco. Não, não tanto assim! — grita ele. — Parem aí. Não, aí *não*, um pouco para trás.

Valentina está fazendo beicinho e, pela primeira vez, entendo por quê. Mas alguém logo muda isso.

— Eu podia jurar que vi alguém parecida com você no último casamento a que fui — diz uma voz atrás de mim e reconheço Jack de imediato.

Levo a mão à boca para reprimir um sorriso.

— Dama de honra à esquerda, pode baixar a mão, *por favor* — trombeteia o fotógrafo. — Muito bem, podemos tentar de novo?

— Se não se comportar, Srta. Hart, será mandada para a fila de trás — sussurra a voz atrás de mim.

Tento não rir, temendo que vá parecer uma careteira profissional nessas fotos se não tiver cuidado.

— Posso fazer isso se você não me meter em encrenca — curvo-me para trás e murmuro através de meu sorriso fixo.

— Não é minha culpa se você não consegue fazer o que deve — responde ele. — Aposto que sempre ficou de castigo na escola.

Estou pensando em algo espirituoso para dizer quando o fotógrafo manda que todos desçam do tablado, exceto a noiva e as damas de honra. Todos os convidados seguem para o hotel, claramente desesperados por uma bebida, e fica evidente que Georgia podia ter contratado um controlador de multidões para este evento.

— Parece que terei de deixar você aqui — diz Jack, com um sorriso largo. — Falo com você depois, sim?

Sim, *por favor*.

Uma das coisas que começo a aprender sobre os casamentos é que as fotos consomem tanto tempo que, quando terminam, a maioria dos convidados já está irritada e os protagonistas da festa já estão com câimbras nas pernas. Quase uma hora e dez minutos depois de começar essa maratona, receio começar a ficar de saco cheio.

— Viu a hora? — digo a Grace, que está a meu lado.

— O que tem? — pergunta ela.

— Já passa das cinco da tarde e estamos todas inteiramente sóbrias. Isso não parece certo num casamento.

— Eu ouvi essa — fala Georgia.

— Desculpe — eu digo, levantando a mão. — Não estava reclamando, é sério. — É claro que estava.

— Não, você tem razão — diz ela. — Olha, Bruce — diz ela ao fotógrafo —, a partir de agora, teremos só fotos espontâneas, está bem? Vamos, meninas, onde fica o bar?

Ela segue para o bar, deixando o Sr. Bombril sobrando feito um inútil, enquanto o restante de nós tenta segui-la com a maior rapidez possível numa praia quando se está de salto 5. Quando chegamos ao terraço, viro-me para Grace e respiro fundo.

— Minha maquiagem está intacta? — pergunto a ela.

Ela sorri com malícia.

— Está.

— O cabelo está legal?

— Está.

— E o batom?

— Evie — diz ela —, você está linda. Tão linda, que se não conseguir pegar Jack esta noite, nunca mais conseguirá.

Capítulo 49

A recepção é num salão imenso com a parafernália de casamento que você só encontra em uma matéria de vinte páginas da revista *Hello!*. Há centros de mesa de um metro feitos de rosas e plumas brancas, um bolo de oito andares coberto com chocolate branco e frutinhas vermelhas e uma enorme rede acima de nós cheia de balões.

— Essas plumas não são divertidas? — diz minha mãe, aproximando-se de mim com duas taças. — Preciso perguntar a Georgia onde ela as comprou.

— Mãe, como sua recepção será *em uma campina*, não sei se a decoração de gala vai dar muito certo — respondo, pegando uma taça de sua mão.

— Ah, eu não estava pensando nelas para a recepção — diz ela. — Pensei que podia fazer um arranjo de cabeça. Sabe como é, algo meio *Moulin Rouge*. É claro que elas precisam ter uma cor que combine com o meu vestido. Eu já te disse que escolhi o verde?

Não sei se as ilhas Scilly estavam prontas para o senso de moda da minha mãe, mas seu estilo peculiar hoje está a toda. Ela escolheu um poncho roxo, um chapéu de abas moles estilo anos 1960 e uma saia tão curta que devia ser considerado crime uma mulher na idade dela vesti-la.

A única coisa positiva que posso dizer sobre esse traje é que ela tem pelo menos pernas meio decentes. É uma pena que no momento estejam exibindo uma meia-calça estampada de laranja que a fazem parecer viver os primeiros estágios de uma gangrena.

— Oi — diz uma voz, e eu me viro, com a pulsação acelerando. É Jack. — Pensei que tivessem caído no mar, vocês ficaram lá fora com aquele fotógrafo por muito tempo.

— Nem me fale — eu digo, olhando-o nos olhos.

Ele me olha como se tentasse me dizer alguma coisa. Não consigo identificar o quê.

— Meu nome é Jack — diz ele por fim, estendendo a mão para minha mãe.

Ah, meu Deus, *minha mãe*. Por algum motivo tive uma amnésia momentânea de sua presença. Com o chapéu maluco. E a meia-calça horrenda. E... *Ah, mãe, por favor, comporte-se.*

— É um prazer — diz ela, sorrindo. — Meu nome é Sarah... Sou mãe de Evie. Você é um dos ex-namorados da minha filha, imagino?

A mulher é incorrigível.

— Não, mãe — eu me intrometo rapidamente. — Jack é...

— Ah, desculpe. É só que ela parece ter angariado tantos ultimamente — acrescenta ela. — Aonde quer que eu vá, esbarro com alguém que já ficou com ela.

— *Ha ha ha ha ha ha ha ha!* — eu solto, com vontade de estrangulá-la. — Essa é boa, mãe. Mas então, humm, é... Er...

Tento engrenar a conversa em torno de um assunto que não permita que minha mãe me envergonhe. Mas de algum modo é muito difícil pensar em um.

— Bom, é ótimo conhecê-la, Sarah — diz Jack. — Mas já imaginei que eram mãe e filha. Vocês são muito parecidas.

Valha-me Deus! Espero que ele não pense que tenho um guarda-roupa semelhante.

— Oh, com licença um minutinho — diz minha mãe. — Estou morta de fome.

Minha esperança é que ela desapareça para encontrar o que comer, mas não, infelizmente. Como uma jogadora de rúgbi, ela quase derruba uma garçonete que passava com uma bandeja de canapés bem a nossa frente.

— Sabe se algum desses é orgânico? — pergunta ela.

A garçonete, que parece mal ter idade suficiente para ter saído da escola, balança a cabeça.

— Não sei. Desculpe.

— Alguma coisa com gelatina?

A menina balança a cabeça de novo.

— Não sei — diz ela.

— Alguma coisa vegan?

— Humm, acho que talvez esse tenha espinafre — diz ela, apontando para algo vagamente verde empoleirado no alto de um quadrado de massa fofa.

— E a massa não tem gordura animal nenhuma?

— Não sei dizer.

— Mãe — interrompo. — Precisa mesmo perguntar tudo isso?

— Claro que sim — diz ela. — E você também devia perguntar, mocinha, com suas alergias.

Minhas alergias consistem em uma só — a mexilhões — e mesmo assim não tenho uma reação há anos.

— Agora, onde é que eu estava mesmo? — diz minha mãe. — Os ovos... São caipira?

A garçonete olha como se sua cabeça estivesse a ponto de explodir se minha mãe perguntasse mais alguma coisa.

— Posso entrar e perguntar ao chef, se quiser — sugere ela. Minha mãe dá de ombros.

— Sabe de uma coisa, vou arriscar — diz ela, e começa a carregar um guardanapo com canapés suficientes para uma pequena família sobreviver por uns dois dias.

Tento pensar algo para dizer a Jack que o distraia desse interlúdio bizarro, mas novamente é um esforço pensar em alguma coisa adequada.

— Seu quarto é legal? — pergunto, e de imediato percebo que ele pode pensar que estou querendo um convite a uma visita privativa. — Não que eu queira ver — acrescento apressadamente. — Bom, quero dizer, eu não me *importaria* de ver. Mas não porque eu queira... Ah, você entendeu. — Ai, meu Deus. — Humm, o meu tem uma varanda — digo. Evie, sua burra. Até minha mãe parou de devorar os canapés e está se perguntando aonde eu quero chegar.

— Sim, é — diz Jack.

— É o quê? — pergunto. — Quero dizer, o que é? Quero dizer... *o quê*?

— Sim, meu quarto é legal — diz ele calmamente. — E tem uma varanda que dá para a baía. Na verdade, é espetacular. Nunca estive nas Scilles e começo a me perguntar por quê. Seria bom voltar um dia e ficar mais tempo.

— Humm, é um lindo lugar, não é mesmo? — diz minha mãe. — E todo esse luxo é um prazer e tanto. Não estou acostumada com isso. Minhas férias em geral são muito diferentes.

Ah, não. Não fale na semana limpando a poluição do Egito. Não fale na semana limpando a poluição do Egito. Por favor, não fale na semana limpando a poluição do Egito.

— Passei uma semana limpando a poluição do Egito — anuncia minha mãe.

— Que engraçado, uma menina no meu trabalho fez uma coisa parecida — comenta Jack. — Ela adorou. E pelo jeito que falou, deve mesmo ter sido ótimo.

— Viu? — diz-me minha mãe. Depois ela se vira para Jack. — A Evie acha que sou louca.

— Eu sei que você é louca — murmuro.

— Bom, entendo por que não agradaria a todos — diz Jack. — Mas prefiro isso a uma semana em Benidorm.

— Viu? — repete mamãe. — É o que penso. Evie, devia ouvir mais seus amigos.

Não gosto do rumo que essa conversa está tomando.

— Bom, sim — digo —, eu também prefiro isso a uma semana em Benidorm — o que não é bem a verdade —, mas tem muitos outros lugares que prefiro ir a isso. Não sou dessas pessoas que acham que uma viagem ao exterior não vai além de um guia de viagens para solteiras, como deve saber.

— Bom, não — diz minha mãe. — Além disso, você logo estará velha demais para isso mesmo.

Capítulo 50

As mesas podem ter sido decoradas com cristais e folhas de ouro branco, mas há uma coisa que não me agrada. Jack e eu não vamos nos sentar juntos.

Pior ainda, ele foi colocado ao lado de outra dama de honra, Beth, uma prima de Georgia. Não só anos mais nova que eu, mas com uma pele morena tentadora, é glamorosa sem fazer esforço nenhum.

Ainda assim, não é de todo mau. Pelo menos estou sentada ao lado de Jim, o que me dará a oportunidade de descobrir se ele gostou do novo visual de Charlotte.

— O que achou da transformação de Charlotte? — pergunto quando chega a entrada.

— Ela está incrível — diz Jim. — Bem diferente. Mas acho que antes ela também estava legal.

Eu sorrio.

— Sempre que te vejo, você me pergunta sobre a Charlotte — acrescenta ele. — Parece que você está tentando nos juntar.

— Eu? — digo. — Isso nem me passou pela cabeça.

Paro por um segundo enquanto ele ergue uma sobrancelha cética.

— Tudo bem, se eu estivesse — continuo — e eu disse *se*... Você ficaria muito bem com a Charlotte. Ela é um anjo.

Jim ri.

— Muito sutil — diz ele. — Mas olha, eu sei. Não preciso que ninguém me convença.

— Não precisa?

— Não. Eu te disse da última vez — diz ele. — Acho que ela é adorável.

Estou esperando pelo "mas", como, "acho que ela é adorável *mas* eu não estou a fim dela".

— E eu gosto mesmo dela — ele conclui.

— Mas? — digo.

— Não tem mas — ele me fala. — Eu gosto dela. De verdade. Pronto, está satisfeita?

— Quando diz que *gosta* dela — insisto, colocando outra garfada de salmão defumado e *crème fraîche* de lima na boca —, você *realmente* gosta? Quer dizer que está interessado nela, sabe como é, de forma romântica?

Até eu acho isso de uma pieguice ridícula, mas não consigo pensar em outra maneira de colocar a questão.

— Sim — ele sorri. — Meu Deus, o que mais preciso dizer? Sim, acho que ela é adorável. Sim, estou interessado nela. Sim, estou a fim dela. Agora está satisfeita?

— Você *está a fim* dela? — repito, quase caindo da cadeira. — É mesmo? Que incrível! Isso é demais. Meu Deus, vocês foram feitos um para o outro.

— Humm. Não tenho certeza disso — diz ele.

— Como assim?

— Quero dizer — diz ele — que não acho que o sentimento seja recíproco.

Não acredito nesse sujeito.

— Mas é! — digo a ele. — Garanto que é.

— Humm — ele fala de novo, claramente sem se convencer. — Nunca tive essa impressão.

— Ah, é só a Charlotte. Ela é incorrigível. O que quero dizer é que ela pode ser meio tímida. Não precisa que eu te conte isso.

— E acha que é só isso?

— Não tenho dúvida. Deixa comigo — eu digo.

Estou louca para contar a novidade a Charlotte.

Capítulo 51

Sinceramente, não preciso ir ao banheiro. Mas ir ao toalete das mulheres depois da sobremesa pelo menos me permite pegar um longo e desnecessário desvio para passar pela mesa de Jack. Endireito o vestido e respiro ao ir na direção dele, tentando esconder o efeito alarmante e imediato em minha barriga provocado por uma grande fatia de cheesecake com geleia de cereja silvestre.

Ao me aproximar, vejo Beth curvada na mesa na direção de Jack, rindo, enrolando uma mecha de cabelo no dedo e fazendo tanto beicinho que faria Angelina Jolie precisar de implantes labiais. Ela, percebo arrependida, não quis a sobremesa. Prendo ainda mais a respiração e passo por ali, na esperança de que Jack me olhe.

Mas ele não olha — e aposto que sei por quê. Se houvesse um concurso de paquera, Beth seria medalhista de ouro e recordista. Ela fita os olhos dele com tal intensidade, que a essa altura ele deve conhecer suas córneas com a intimidade de um oftalmologista.

Do ângulo em que me encontro agora, não consigo ver o rosto de Jack — apesar de me esticar para ver a reação dele a toda essa sedução. Mas de trás, acho que ele não parece muito preocupado com o fato de seu espaço pessoal ser invadido com a determinação de um esquadrão de artilharia. Sinto uma pontada de ciúme. E não gosto nem um pouco disso.

Obrigo-me a deixar essa cena fazendo um retorno e pegando outra rota para o banheiro, agarrando Charlotte pelo caminho. Esta pode muito bem não ser uma viagem perdida.

— Tenho uma coisa para te contar — eu digo, enganchando seu braço no meu.

— O que é? — pergunta ela.

— O Jim está a fim de você.

— Você ainda fala nisso — diz ela, revirando os olhos.

— Não, desta vez não é especulação minha — revelo com entusiasmo. — Ele disse isso mesmo.

— Ah — diz ela.

Não é exatamente a reação que eu esperava. Acho que ela não acredita em mim.

— Charlotte, sinceramente, não estou inventando, nem enfeitando, nem nada disso. Ele *disse que está a fim de você* — eu conto. — Com todas as letras.

— Tudo bem — diz ela, impassível.

— Ora essa, não está feliz? — pergunto, incrédula. — Pensei que você gostasse dele.

— Eu gosto dele, mas *como amigo* — ela me diz.

Tenho de pensar por um segundo.

— Está me dizendo que não o quer realmente? Tipo, você *realmente* não está a fim dele? — pergunto, sem acreditar que esta seja uma explicação plausível.

— É — diz ela. — É exatamente o que estou dizendo.

Franzo o cenho.

— Mas ele realmente, verdadeiramente, gosta de você, Charlotte, e ele é tão lindo.

— Bom, desculpe, Evie, mas o sentimento não é recíproco — diz ela, começando a ficar exasperada, o que não lhe é característico. — Não sei mais o que dizer sobre isso.

Estou me esforçando para saber como reagir.

— Bom, não vou chutar cachorro morto, Charlotte, mas devo dizer que estou surpresa. Ele é bonito, inteligente, é muito legal, e agora admitiu publicamente que gosta de você. Meu Deus, o que mais você quer?

— Você não entenderia — ela suspira. Depois ela entra numa das cabines, com um pedaço de papel higiênico preso no salto. Antes mesmo de eu ter a chance de argumentar.

Concluo que afinal posso muito bem usar o banheiro e entro no reservado ao lado. Quando estou prestes a sair, reconheço uma voz de fora. É Beth, falando com a companheira dama de honra nauseante de magra e linda, Gina.

— Ele te deu mesmo o número do telefone? — Gina está perguntando.

Solto a maçaneta e decido que prefiro ouvir essa conversa.

— Estou com ele bem aqui — diz Beth, rindo. — Ele não tem uma letra linda? A quem estou enganando, ele não é todo lindo?

Gina agora ri.

Baixo a tampa da privada e me sento para pensar na situação. Por que tenho a horrível sensação de que sei de quem elas estão falando?

— E quando vai ligar para ele? — pergunta Gina.

— Depende — responde Beth —, se vou conseguir pegar o homem esta noite ou não!

As duas dão uma gargalhada e, por algum motivo, começo a ficar meio enjoada. Aquela porção a mais de geleia de cereja foi definitivamente um equívoco. Estou morrendo de vontade de ficar e ouvir mais, porém me preocupa que alguém pense que desmaiei aqui e tente arrombar a porta se eu não sair agora. Giro o trinco e vou até a pia.

Charlotte, ao que parece, já se foi.

— Oi! — digo toda animada a Gina e Beth.

— Oi! — elas respondem em uníssono.

— Estão se divertindo? — pergunto, alegrinha.

— *Ela* certamente está — diz Gina, assentindo para Beth, e as duas começam a rir.

— Ah, sim? — eu digo, o retrato da inocência. — E por quê?

— Ah, nada — diz Beth. — Só tirei a sorte grande no plano das mesas, é só isso. Aliás, o cara do meu lado, o Jack... Acho que ele disse que conhece você, Evie. Vagamente.

— É, ele conhece — respondo, atirando minha toalha no cesto. — Ele me conhece. Vagamente.

Capítulo 52

Estou discutindo quem venceu o páreo do tamanho do discurso com um grupo de amigos de Georgia quando sinto um tapinha no ombro.

— Há quanto tempo — diz Seb, com um largo sorriso.

— Puxa vida, como você está? — pergunto, dando-lhe um beijo no rosto.

— Muito bem, na verdade — diz ele. — E você?

— Ah, ótima. Como está o trabalho?

Seb estudou física na universidade, mas não seguiu a carreira tradicional de um diplomado em ciências — arrumou emprego em um banco de crédito. Não é minha ideia de diversão mas, para sobreviver, eu escrevo matérias sobre animais de criação talentosos. Além disso, para quem se interessa por dinheiro, não dá para desmerecer a opção profissional de Seb. Da última vez que o vi, ele tinha ascendido com tanta rapidez que deu a impressão de ter um salário que uma jornalista como eu só conseguiria aos, aaaah, 112 anos.

— Tudo ótimo no trabalho — diz ele. — E o seu?

— Humm, nada mau — respondo, sem querer entrar no assunto de Simon hoje. — Ainda mora em Woolton?

— Não, me mudei no ano passado — diz ele. — Queria um lugar um pouco maior, onde coubesse minha mesa de sinuca.

Balanço a cabeça, achando graça.

— Sua namorada deve ser muito compreensiva, deixando você encher a casa de brinquedos de meninos.

— É, bom. Bom, a mesa de sinuca chegou depois que ela foi embora — revela ele, fitando meus olhos. — A gente se separou no ano passado.

— Ah — digo. — Eu lamento.

— Não, está tudo bem — ele dá de ombros. — Só não estava dando certo, então concordamos em seguir caminhos diferentes. Foi tudo muito amigável.

— Que bom.

— Foi uma ótima refeição, não foi? — pergunta ele.

— Fabulosa — eu digo, embora ao falar perceba que a estranha sensação de antes, quando estava no banheiro, agora ficou pior. Eu definitivamente não me sinto cem por cento. Não posso situar por que, mas certamente não estou com todos os cilindros funcionando bem.

— Bom, devo dizer que você está incrível — continuo, decidida a não demonstrar que há alguma coisa errada.

Além disso, não era só uma conversa educada. Fui sincera. Os anos desde a universidade foram gentis com Seb. Suas feições, antes de bebê, agora são mais angulosas e maduras, e sua pele, antes pálida, tem um brilho e um bronzeado.

Passamos uns bons vinte minutos com reminiscências, colocando a vida em dia — em igual medida —, e descobrimos que muita coisa mudou. Mas muita coisa não mudou nada.

— Tenho de admitir — ele diz finalmente. — Eu estava morrendo de vontade de falar com você hoje.

— Estava mesmo? — pergunto. — Por quê?

— Sei lá — diz ele. — Quando vi você andando no casamento mais cedo, bom, você estava demais. Linda. E isso me fez pensar.

— No quê? — pergunto.

— Em por que eu deixei você escapar.

Capítulo 53

Decido andar um pouco para ver se meu enjoo diminui.

Mas depois de vinte minutos tentando evitar que o vento embaraçasse meu cabelo, ouvindo a festa de casamento cada vez mais animada, percebo que não deu certo. Ao voltar à recepção, encontro a minha mãe.

— Oi, mãe — digo.

— Arrrrgh! — ela exclama.

— O que foi? — Meu cabelo não está assim tão ruim!

— Evie, você comeu mexilhão? — pergunta ela, a expressão cheia de preocupação.

Franzo a testa.

— Acho que não, mas...

Pensando bem, mais cedo eu comi uns canapés cobertos com uma gororoba inespecífica. Meus olhos se arregalam ao ver a expressão da minha mãe — e não gosto do que vejo. Levanto as mãos para tocar o rosto e descubro a prova necessária. Ao que parece, eu *comi mesmo* mexilhão. E, pela primeira vez em pelo menos dois anos, provocou uma reação. Era tudo o que eu precisava num dia como o de hoje.

— Aqueles canapés filhos da puta — eu digo. — Eu nem queria aquelas porcarias. Só comi para passar o tempo enquanto não me livrava de uma conversa com a tia Vera de Georgia.

— Olhe. Não entre em pânico — diz minha mãe, decidindo, de modo irritante, que ela seria a personificação da calma e da racionalidade. — Vamos jogar uma água na sua cara. Pode diminuir o inchaço. Vamos, eu levo você para dentro disfarçadamente.

Minha mãe e eu nos esgueiramos pelas portas, tentando, como duas gatunas muito amadoras, atravessar o salão sem sermos vistas.

Coloco a mão no rosto como quem finge uma dor de cabeça e minha mãe vai andando na minha frente — a intenção era me ocultar para ninguém ter o menor vislumbre da minha pessoa. O que não seria problema, a não ser pelo fato de ela tropeçar toda hora em mim e eu quase acabar de cara num ninho de merengues.

Quando chegamos ao toalete, respiro fundo e me olho no espelho.

— Aarrrrrrgh! — digo.

— Ah, o que é isso! Não está tão ruim — fala minha mãe.

— Devo lembrar a você que foi exatamente o que disse antes — resmungo. — E não era da sua cara que estávamos falando.

Não chego a ponto de dizer que pareço o Homem Elefante, mas, com os olhos inchados e bochechas cheias de manchas, desconfio de que neste momento ele ficaria na minha frente em um concurso de beleza. De repente, a porta se abre e Grace entra.

— *Ai, meu Deus...* — diz ela, com a cara de alguém que acabou de ver um acidente de carro.

— Não grite, por favor — peço. — Não vou suportar mais gritaria.

— O que houve com você? — pergunta ela. — Parece que foi espancada.

— Muito obrigada. Eu precisava mesmo que alguém me animasse um pouco. Tive uma reação alérgica a mexilhão.

— Pensei que não tinha uma dessas há anos — diz ela.

— E não tive — respondo. — Mas deve ser porque eu não comia mexilhão havia anos.

— E por que comeu hoje? — pergunta ela.

— Não percebi... Ah, olha, isso não importa — digo. — O fato é que parece que enfiei a cabeça numa colmeia. O que eu vou fazer?

Minha mãe suspira.

— Não há muito o que você possa fazer, a não ser esperar que passe — diz ela com senso prático. — E veja o lado positivo.

— E qual é? — pergunto.

— Existem tribos na Papua Nova Guiné que acham esse tipo de coisa muito atraente — ela me informa. — Fazem de tudo para ter um efeito desses no rosto.

Obrigada, mãe. Muito obrigada.

Capítulo 54

Na falta de um saco de papel para colocar na cabeça, Grace e eu achamos um canto mais tranquilo e escuro no salão.

— Essa garota faz a Valentina parecer uma amadora — diz Grace, olhando para Beth.

Não satisfeita em ter tido o prazer de sua companhia por quase duas horas e meia durante o jantar, Beth agora parece ter grudado em Jack feito uma sanguessuga, embora uma sanguessuga muito bonita.

— Por que não vai ali e separa os dois? — diz Grace.

— Como é? Ficou maluca? — pergunto a ela.

— Pensei que você estivesse a fim dele — diz ela.

— Sim, e vai ajudar muito quando ele me vir com a cara do fantasma da ópera.

Ela toma um gole da bebida e examina meu rosto de novo.

— Já vai passar, sabe disso — diz. — Quanto tempo acha que dura?

— Algumas horas. Só queria que anoitecesse logo.

Grace toma outro gole e olha ao longe.

— Está tudo bem? — pergunto. Não sei bem o que é, mas Grace hoje está diferente.

— Sim, sim — diz ela. — Só estou meio cansada, é só isso. Scarlett decidiu que é uma boa ideia começar a acordar para brincar às 2 da manhã, todo dia, e a coisa está ficando feia pra mim.

— Como é, e você não tem humor para uma cantiga de ninar a essa hora da noite? — pergunto.

— Não. Não é curioso?

Valentina de repente aparece em nossa mesa.

— Então, ainda está inchada? — pergunta.

Franzo a testa.

— Por que não diz simplesmente "ainda está feia"? — sugiro.

— Não quero ferir seus sentimentos — ela dá de ombros. — Mas: "ainda está feia?"

Digo a mim mesma para ignorá-la.

— Quantas pessoas vieram a este casamento? — continua ela.

— Pouco mais de duzentas — respondo.

— Inacreditável — diz ela, balançando a cabeça. — É de se esperar que a lista inclua pelo menos uns poucos solteiros convenientes.

— Tem um monte de solteiros aqui — argumenta Grace.

— Eu disse solteiros *convenientes* — ela corrige Grace. — A diferença é grande.

— Você quer dizer alguém com a aparência de Orlando Bloom e a conta bancária de Donald Trump — sugiro.

Valentina dá um muxoxo.

— Não sei por que todo mundo pensa que sou fútil — diz ela. — Mas sim, esse tipo de coisa é um bom começo.

— Seb não está solteiro? — pergunta Grace.

— Er, está, mas ele me disse que está dando um tempo dos relacionamentos — comento apressadamente. — Ele terminou com alguém recentemente e quer ficar sozinho.

— É o que todos eles dizem — diz Valentina. — Ainda não conheci um homem na vida que não pudesse ser convencido. Quem é esse Seb mesmo?

— Aquele cara que eu namorei na faculdade — digo a ela. — Sabe quem é, aquele que estudava física.

Ela faz uma careta. Se há uma coisa certa para afastá-la de um homem, é a ideia de que eu já estive com ele. Peraí um minuto. Por que estou tentando afastá-lo de Valentina? Que me importa que Valentina seduza Seb?

Ah, Evie, toma jeito.

Capítulo 55

— Tem certeza de que está tudo bem? — pergunto, quando Grace e eu ficamos sozinhas novamente.

Ela suspira.

— Os casamentos fazem a gente pensar na própria relação, é só isso — diz ela. — Quando íamos a casamentos antes, eu ficava parada lá, olhando as pessoas passarem, imaginando se um dia faria a mesma coisa. Agora que já fiz, passei o dia todo hoje tentando analisar meu casamento.

— E? — eu a espicacei. — Seu casamento está bem, não está?

— Ah, está tudo bem, é sério — diz ela. — Patrick só anda num humor estranho ultimamente.

— Como assim? — pergunto.

Ela franze a testa.

— Não é nada específico — diz ela. — Por exemplo: este fim de semana é a primeira vez que saímos juntos desde a lua de mel. Então, hoje de manhã, pegamos um quarto lindo com uma vista fabulosa e acho que eu só esperava que a gente... sei lá, caísse nos papéis de sempre.

— E quais são esses papéis? — pergunto, na esperança de ela não estar se referindo a algo que envolva enfermeiras e médicos.

— Bom, normalmente — continua ela —, eu seria a sensata e começaria a pendurar minhas roupas, depois talvez dissesse que ia tomar um banho para me refrescar. A essa altura, Patrick jogaria as malas no chão, colocaria a mão na minha bunda, diria que o banho que se danasse e... Bom, você pode adivinhar o resto.

— E o que aconteceu hoje? — pergunto.

— Desfiz todas as malas e estava passando xampu no cabelo quando ele entrou no banheiro para anunciar que ia sair e só ia demorar uns cinco minutos. Então, sabe como é, eu disse: "Aonde vai?"

— O que ele disse? — pergunto.

— Que ia dar uma caminhada porque estava com dor de cabeça — ela me responde.

— E qual é o problema disso?

— Bom, para começar, essa frase não devia ser da mulher?

— Não seja tão sexista — repreendo. — Olha, não parece nada, Grace, é sério.

— Talvez — diz ela carrancuda. — Mas sabe a caminhada dele?

— Sim?

— Durou umas duas horas.

Nossa conversa é interrompida por alguém ao microfone e, quando levantamos a cabeça, vemos que é Georgia. Ela está claramente encorajada pela bebida, embora não tão bêbada como eu esperava, dado que a champanhe hoje praticamente foi servida por gotas intravenosas.

— Conheço várias noivas que fazem discursos hoje em dia, mas não pretendo dizer nada — começa ela, com a fala meio arrastada. — Quero dizer, vocês já tiveram de ouvir Pete, o meu pai e nosso padrinho Phil, e sei que já foi o suficiente.

Mas à medida que o dia passava, eu fiquei pensando: por que aliviar a barra de todo mundo com tanta facilidade? Além disso, quem nos conhece vai saber que eu jamais gosto que Pete tenha a última palavra.

Há uma onda de risos.

— As pessoas costumavam me dizer, "você vai saber quando encontrar o amor da sua vida" — continua ela. — "Você simplesmente *vai saber*." Bom, eu era cética, tenho de admitir. Mas já conheço Pete há mais de um ano e, durante esse tempo, descobri muito sobre ele. Descobri que ele é generoso, carinhoso, sabe contar boas piadas, é inteligente, é um horror para se lembrar de datas (então não vou criar expectativas com o presente de primeiro aniversário de casamento)... E sei que ele me ama, mesmo nos dias que não estou muito amável.

Um ou dois "aaaahs" espontâneos vieram das tias de Georgia, seguidos por outra onda de risos.

— Mas não é só isso — prossegue ela. — O motivo para eu ter feito essa coisa incrível hoje... Me casar... É que descobri que todas aquelas pessoas estavam certas. *Eu simplesmente soube* que ia passar o resto da minha vida com um homem, *simplesmente sabia* que era Pete.

Ela se vira para olhar o marido, que está bem na frente da multidão, rindo de orelha a orelha.

— Eu te amo, meu amor — diz ela rapidamente.

Ele avança para abraçá-la, e Georgia atira os braços em seu pescoço, ainda segurando o microfone.

— Eu também te amo, sua vagaba piegas — sussurra ele.

Grace e eu nos olhamos e sorrimos. Pete claramente não sabe que o microfone está a 5 centímetros de sua boca, transmitindo para todo o salão o que ele acredita que são sentimentos inteiramente privados.

— E posso te dizer uma coisa? — sussurra ele, enquanto duzentos convidados esperam ouvir o que ele tem a dizer. — Seus peitos ficam demais nesse vestido.

Capítulo 56

Isso não está nada bom. Aqui estou eu, num lugar tão romântico que podiam engarrafar e vender como um substituto do Viagra.

Mas estou sentada falando com o namorado da minha mãe, como se fosse a garota sem acompanhante no baile da escola. Na verdade, se eu pudesse sonhar com um acompanhante para um baile de escola, seria este aqui. O inchaço pode ter passado um pouco, mas as manchas continuam. E minhas tentativas desesperadas de encobrir o rosto com o pó facial de Valentina só me deixaram com uma lividez que assustaria crianças pequenas.

— O problema é só o seu rosto, Evie? — pergunta Bob.

— Desculpe, Bob — eu digo, virando-me para ele e ficando momentaneamente animada ao ver sua gravata-borboleta verde e seu paletó riscadinho. — Não é só isso.

— Mais problemas com namorados? — pergunta ele. Depois de seis anos com minha mãe, ele está pra lá de familiarizado com minha vida amorosa.

— É. Mas não é... do tipo costumeiro.

— Oh?

— Desta vez é complicado.

Ele assente e volta ao seu suco de tomate.

Franzo a testa.

— Você devia dizer, "Pode me contar" ou coisa assim, Bob — digo a ele. — Sabe como é, me convencer a me confidenciar com você. Para tirar isso do meu peito.

— Oh — diz ele, passando a mão pela barba, nervoso. — Ah, bom, evidentemente sou todo ouvidos.

— Tudo bem — começo, respirando fundo. — Bom, eu realmente gosto de um cara que está aqui hoje. Isto é, no começo eu não gostava dele, porque ele estava saindo com Valentina. Mas eles se separaram e eu percebi que estou a fim dele.

— Ah, sim — diz Bob.

— Só que agora outra pessoa parece ter metido as garras nele.

— Ah, meu Deus — diz Bob.

— Não... Espere, não é só isso — insisto. — Agora um dos meus ex-namorados está aqui e diz... palavras dele... que ele não sabe por que me deixou escapar. E ele é legal *de verdade*.

— Ah, bom — diz Bob imediatamente. — Saia com ele, então.

— Ainda não terminei — digo a Bob. — Eu estava prestes a dizer que ele é realmente legal, mas no fundo desconfio que não serve para mim.

— Oh — diz Bob.

— E o outro serve.

— Ah — diz Bob.

Olho para a pista, onde Beth agora ensina Jack a dançar tango. Ela não chamaria mais atenção se desse cambalhotas pela pista só com uma calcinha do Mickey Mouse.

— Entendi — diz Bob, e fica evidente que ele não entendeu. Bob é bom em culinária vegan e na obra de Jean Paul Sartre, mas duvido que um dia pudesse ser um Dr. Phil.

— Esse que você acha que não serve para você — diz ele. — Qual é o problema dele?

— Não me lembro bem — respondo. — Já faz séculos desde que eu terminei com ele.

Bob fica pensativo.

— Não é só a questão do que há de errado com ele — eu continuo. — Acho que a verdadeira questão é que quando eu olho para Jack, meu coração dá saltos mortais. Quando olho para Seb, bom...

— Mal tremelica? — diz ele.

Eu sorrio.

— Mas ele é amável e bonito, e tem um bom emprego, não parece ter nenhum hábito antissocial horrível nem nada disso. E ele evidentemente ainda gosta de mim. E eu gosto dele o bastante para não querer que ele seja seduzido por Valentina.

— Humm — diz Bob, assentindo.

— O que acha que eu devo fazer? — pergunto.

Bob tem o olhar de uma criança de 8 anos que acaba de ser solicitada a explicar os princípios da metafísica.

— Bom — diz ele, pensando bem —, já perguntou a sua mãe?

Eu rio e seguro a mão dele.

— Não se preocupe, Bob — eu suspiro. — Aliás, preciso saber onde comprou esse paletó.

— Ah, gostou? — pergunta ele. — Também achei que era bem elegante.

De repente sinto alguém vindo do outro lado do salão em nossa direção e, ao levantar a cabeça, percebo, para meu horror, que é Jack.

— Ah, meu Deus — eu digo, levantando-me de um salto e pegando minha bolsa.

— O que foi? — pergunta Bob. — Parece que você viu um fantasma. Quero dizer, parece que você *realmente* viu um fantasma.

Toco freneticamente meus olhos e sinto que ainda estão inchados — o suficiente pelo menos para que eu não queira que Jack me veja assim. Faço uma rápida análise do salão. Estou desesperada para achar uma rota de fuga. Preciso sair daqui.

Agora.

Capítulo 57

Passo de forma atrapalhada por um grupo de mesas e cadeiras, tentando chegar à porta o mais rápido possível. Mas para onde quer que me vire, alguém bloqueia meu caminho — e todos me olham como se eu fosse a protagonista de *A noite dos mortos-vivos*. Começo a abrir caminho aos empurrões pelos convidados, como se fossem pinos de boliche, sabendo que isso é o cúmulo da grosseria, mas pensando que terão de me desculpar nesta ocasião.

Sem fôlego, finalmente saio para o ar fresco, onde o sol está se pondo e as ondas do Atlântico se quebram na praia. Tirando meus Jimmy Choos e carregando um em cada mão, começo a ir para trás de uma pedra que vem a calhar. Parece o lugar mais adequado para mim neste momento: minha própria pedra na qual me esconder.

Viro para ver se alguém está atrás de mim e para meu alívio consegui despistar Jack. Suspiro e me sento do outro lado da pedra, olhando o mar, e de repente me sinto mais relaxada do que estive o dia todo. É ótimo ficar sentada ali sem nada além das ondas e da companhia de alguns cormorões.

De repente, vejo algo na água e sei de imediato que é maior que um peixe. Examino o local onde vi... E acontece de novo. Recordo dos livros de biologia e me dou conta de que deve ser uma foca. E lá está, uma cabecinha saindo da água e se virando para mim. Eu sorrio.

— O que está olhando? — digo a ela. — Estou tão mal que agora recebo olhares feios até de você?

— Evie — chama uma voz. — É você?

Franzo a testa para a foca de novo por um segundo, momentaneamente me perguntando que diabos está acontecendo. Depois ouço passos ao meu lado.

Jack me achou!

De pronto deixo a cabeça cair nas mãos.

— Não olhe para mim! — exclamo, percebendo que essa tática provavelmente terá o efeito contrário ao que eu realmente quero.

— Só vim ver como estava sua reação alérgica — diz ele. — Sua mãe me contou o que houve.

— Ah, meu Deus, obrigada, mãe — eu falo, a cabeça ainda enterrada nas mãos.

Jack se senta ao meu lado.

— Vai ficar assim a noite toda, cobrindo o rosto com as mãos? — pergunta ele.

Levanto a cabeça, as mãos ainda no rosto.

— Provavelmente — resmungo.

Ele dá uma gargalhada.

— Bom, então, tudo bem — ele ri. — Mas deve achar que sou tremendamente frívolo.

— Como assim? — pergunto.

— Bom, você obviamente acha que não vou querer ficar sentado aqui, conversando com alguém, só porque tem alguns... pontinhos no rosto.

— Não são pontinhos — digo. — São manchas.

— Só umas manchas? — pergunta ele. — Isso não é nada.

— Olha — eu digo, ainda com as mãos cobrindo o rosto —, agradeço por seus sentimentos, mas minha vida ficaria muito mais fácil se você voltasse para a festa e treinasse para seu concurso de dança de novo.

— Ah, está brincando, não é? — diz ele. — Não suporto toda aquela coisa. Agora vamos, Evie, seja sensata. Deixe-me ver você.

Pensei por um segundo. Ou provavelmente mais por um minuto. Contrariando todo o meu bom-senso, retiro as mãos devagar... E olho nos olhos dele.

— *Ah... meu... Deus!* — exclama ele.

— Arrrrghhh! — eu digo, recolocando as mãos no rosto.

— Estou brincando! — fala ele. — Evie, sério, é brincadeira!

Ele pega meu braço, provocando uma pequena onda de choque por minhas veias. Depois, retira lentamente minhas mãos.

— Sinceramente, era brincadeira. Desculpe — diz ele. — Mil desculpas. Olha, Evie, não acho que esteja tão ruim como você pensa.

Eu faço uma careta.

— Sei que só está sendo educado — digo. — Mas obrigada assim mesmo.

Jack pega uma pedra e começa a brincar com ela enquanto ficamos olhando o mar.

— Acho sua mãe ótima, aliás — diz ele.

Olho para ele, surpresa.

— Sério? — pergunto. — Quero dizer, *eu* acho que ela é ótima também, mas a maioria das pessoas correria 1 quilômetro só de ver aquela meia-calça.

Ele sorri.

— Ela já convidou você para o casamento? — pergunto

— Convidou — responde ele. — Devo deduzir pela pergunta que não foi nenhuma deferência a mim?

— Acho que posso dizer que sim — digo a ele. — Eu devia avisar que não será nada tão civilizado como este. Espero que goste de vinho de urtiga, para colocar desta forma.

— Vai valer a pena só por isso — ele brinca. — E você será dama de honra de novo?

— É, pela terceira vez este ano. Sou uma dama de honra em série.

Ele ri e olha para mim.

— Mas de qualquer forma — diz ele —, estou feliz por ter escapado um pouquinho.

— Eu também — confesso. — Mas imaginei que sua noite já estivesse comprometida.

— Quer dizer com Beth? — pergunta ele.

— Humm — eu digo, assentindo.

— Não — diz ele. — Ela é um amor e tudo, mas não, certamente a noite não está comprometida. Não com Beth.

Capítulo 58

Essa devia ser a melhor notícia que ouvi a noite toda, mas algo ainda me incomoda. Por que exatamente — se ele *não* estava comprometido com Beth — ele lhe deu seu número de telefone? Mordo o lábio e penso nisso, fingindo procurar algo na bolsa. Será que devia levantar o assunto? Colocar as cartas na mesa e esclarecer toda a questão desde o princípio?

Não. *De jeito nenhum.* Quero dizer, o que eu tenho a ver com isso? Precisamente nada. Mas quando foi que isso me impediu? Estou pensando se existe um jeito de mencionar o assunto sem parecer uma doida obcecada, quando de repente algo desvia minha atenção.

A mão dele roça na minha.

Não consigo saber se foi só um acidente. Mas ele repete o gesto. Desta vez, seus dedos se fecham nos meus decisivamente, provocando um jato de eletricidade por meu corpo. Viro-me para ele, de dedos entrelaçados, a mão dele apertando a minha.

— Se não for uma pergunta pessoal demais — diz ele, olhando em meus olhos —, você está saindo com alguém?

Sei que agora devia fazer biquinho e parecer sedutora, mas infelizmente a única coisa que consigo fazer é sorrir incontrolavelmente.

— Não é uma pergunta pessoal demais — respondo. — E não, não estou.

Agora é ele que sorri.

— E você? — pergunto.

— Não — diz ele, balançando a cabeça. — Como você sabe, tive alguns encontros com Valentina, mas isso foi desde que, bom, desde que minha namorada e eu terminamos.

— Ah — eu digo, de certo modo desejando que não falasse nisso.

Há uma curta pausa enquanto penso no que dizer.

— E foi, sabe como é, amigável? — pergunto, mais por educação do que por realmente querer o desenrolar desta linha de conversa.

— Humm. Acho que sim — diz ele. — Mas não acho que isso torne uma separação menos traumática quando terminamos um relacionamento de tanto tempo. Fomos namorados por mais de três anos.

— Você era apaixonado por ela? — pergunto.

Ele pensa por um segundo.

— Eu pensei que fosse — diz ele. — Mas quando penso agora, as coisas já não estavam dando certo muito antes de nos separarmos.

— Não acha que há uma chance de vocês voltarem, então? — pergunto.

— Não, nenhuma — diz ele. — Foi preciso muito tempo para chegarmos a essa conclusão, mas agora sei que agimos bem ao tomarmos caminhos diferentes.

Ele se detém por um segundo.

— Mas isso não me impediu de fazer uma promessa a mim mesmo.

— Oh?

— Bom — diz ele —, de jeito nenhum vou deixar que aconteça de novo.

— Que parte? — pergunto, insegura.

— A parte de ser abandonado por alguém de quem realmente gosto — diz ele.

De repente me sinto pouco à vontade.

— Acha que é uma idiotice? — pergunta ele, obviamente sentindo o clima.

— Não... Meu Deus, não. É terrível quando esse tipo de coisa acontece... Ser largado e essas coisas.

Ele sorri.

— Você parece falar por experiência própria — diz ele.

Meu Deus, pareço? Como isso foi acontecer?

De repente me ocorre que tenho duas opções. Uma, posso jogar limpo. Posso dizer a Jack que, na verdade, eu sou a pessoa mais desesperadamente disfuncional que ele pode ter conhecido quando se trata de relacionamentos. Nunca me apaixonei. Nunca fiquei com ninguém por mais de três meses. Nunca cheguei perto de ter uma desilusão amorosa.

Ou eu posso inventar.

A segunda opção é bem mais atraente.

— Bom, sim — eu digo. — Quero dizer, eu tenho tanta experiência quanto qualquer um.

— Vamos lá, pode falar — diz ele.

Ah, merda. Não podemos falar de nada menos complicado, por exemplo, o conflito árabe-israelense?

— Ah, não, não quero te entediar com isso — eu digo, balançando a cabeça como se discutir toda a coisa fosse doloroso demais. Ele ergue uma sobrancelha e eu começo a pensar que, se não falar logo, ele vai achar que está cheirando mal, e muito.

— *Tudo bem*. Eu tive um namorado.
— O nome? — pergunta ele.
Olho em volta, buscando inspiração.
— Jimmy — digo, na esperança de que qualquer conhecimento que ele tenha da indústria da moda não se estenda a identificar os nomes de estilistas de sapatos.
— E quanto tempo ficaram juntos? — pergunta ele.
— Aaaaah, um tempinho — eu digo. — É, um bom tempo.
— O quê, dois anos, três?
— É.
— Qual dos dois? — pergunta ele.
— Hã?
— Dois ou três anos?
— Ah, dois. E meio.
Ele espera que eu dê mais detalhes. Finjo não perceber.
— E o que aconteceu? — pergunta ele por fim.
— Bom, como eu disse, ficamos juntos dois anos e meio e, um dia, do nada, ele terminou comigo.
— Sei — diz ele.
Estou dolorosamente ciente de que, graças à completa falta de detalhes dessa história, ela não seria mais suspeita se envolvesse o coronel Mostarda, uma sala de jantar e um candelabro ensanguentado. Preciso desesperadamente preencher algumas lacunas.
— Basicamente — digo de roldão —, ele me convidou para dar uma caminhada em Sefton Park. Bom, nós andamos sem parar até que chegamos ao coreto, ele se virou para mim e disse: "Evie, preciso te dizer uma coisa."
Mais detalhes, Evie, mais detalhes. Respiro fundo.
— Eu não sabia o que ele ia dizer — continuo. — Podia estar prestes a me pedir em casamento, pelo que eu sabia.

Firme agora, Evie.

— Meu Deus — diz Jack.

— Humm — acrescento, e estou apavorada ao perceber que desenvolvi uma expressão pesarosa de Lady Di.

— E então ele segurou minha mão — continuo — e disse: "Evie, não quero mais ficar com você." E sabe como é, eu teria chorado, mas o lugar estava lotado de adolescentes andando de skate.

Meu bom Senhor, o que estou dizendo?

Jack aperta minha mão como se dissesse que não preciso continuar se não quiser, e estou dividida entre o nojo de mim mesma e me sentir comovida com sua gentileza. De qualquer maneira, meu coração agora está acelerado.

Felizmente, Jack de repente se distrai com alguma coisa e aproveito a oportunidade para respirar fundo e me obrigar a relaxar.

— Ah, olha ali! — diz ele, apontando o mar.

Olho para a água e me pergunto o que procurar.

— Não estou vendo nada — digo.

— É uma foca! — exclama ele.

Estou a ponto de dizer que já tinha visto, mas decido pelo contrário, porque ele fica muito perto de mim quando aponta. Vasculho a água mas desta vez não consigo ver a foca. Deve ser porque é um esforço me concentrar em qualquer coisa que não seja a curva de seu braço em minha cintura.

— Ainda não estou enxergando — eu digo sem fôlego.

— Você evidentemente tem uma vista melhor que a minha.

De repente sei que ele olha para mim e eu me viro para olhá-lo também. Nossos rostos estão no máximo a 15 centímetros de distância. E então ele sorri.

— O que foi? — pergunto, indagando-me se ainda tinha manchas ou alguma geleia de cereja presa nos dentes.

— Nada — diz ele com brandura.

Meu coração bate como louco. Ele vai me beijar — eu sei. Nunca tive tanta certeza em minha vida. Meus olhos se fecham enquanto ele me puxa, o calor de seu corpo queima o meu. Mesmo antes de nos tocarmos, já posso sentir a maciez de sua boca. Quase posso sentir o gosto de sua boca, sentir sua língua molhada... Estou tão excitada com a expectativa de nossos lábios se encontrarem que quase desmaio.

— Eviiiieeee!!

Ah, meu Deus.

— Eviiieee! Você está aí?

Se eu não soubesse muito bem, pensaria que era o Cão dos Baskerville.

— Evie, precisamos de você!

E ficaria muito feliz em matar Valentina.

Capítulo 59

Viver deve se resumir a aprender lições, e aprendi uma importante hoje. Nunca mais vou concordar em ficar com a chave de uma amiga que está menstruada e, portanto, pode querer entrar no quarto a qualquer momento para ter melhores opções de produtos higiênicos do que os oferecidos no toalete feminino.

A amiga a que me refiro é Charlotte — Valentina simplesmente foi arregimentada no grupo de busca. Charlotte não conseguiu encaixar o dito cartão em sua própria bolsa porque, apesar de ser excepcionalmente bonita, cintilante e combinar bem com o vestido, também era tão pequena que não acomodaria nada além de um batom amostra grátis da Clinique e dois grampos de cabelo. O que, devo observar, de certo modo desmente o objetivo da bolsa, pelo menos para mim.

A pobre Charlotte se desculpou quase ao ponto da autoflagelação quando descobriu onde estive na última meia hora. O que fez com que eu me sentisse um pouquinho melhor, mas não muito. Porque, entre o pai de Georgia parando para bater papo comigo e minha mãe pegando Jack de tocaia para uma discussão sobre a anuidade dos associados da Anistia Internacional, eu, de algum modo, consegui perdê-lo novamente.

O que foi um descuido danado da minha parte.

— Não vai se safar assim com tanta facilidade — diz uma voz atrás de mim, incitando uma pequena cambalhota em meu estômago.

Ansiosa, giro o corpo, mas percebo que é apenas Seb.

— Puxe uma cadeira — eu digo, tentando, em nome da boa educação, não demonstrar a decepção que sentia. — Está gostando da festa?

— Está espetacular — diz ele.

— Não sente falta da sua mesa de sinuca? — indago.

— Ah, posso passar uma noite sem ela — responde. — Mas escute. Seu escritório não fica longe do meu trabalho. A gente devia sair para beber alguma coisa depois do expediente. Ou quem sabe almoçar.

Eu hesito.

— Ah, vamos — diz ele. — Nunca conheci uma jornalista que rejeitasse um convite para almoçar de graça.

— Ah, então você está pagando? — pergunto.

— Mas é claro.

Sorrio. Não quero um romance com Seb de novo — tenho muita certeza disso —, mas ser amiga de um dos meus ex-namorados pode ser o tipo de novidade que me agrade no momento.

— Claro — digo. — Vamos almoçar, sim.

Enquanto tomo um gole da minha bebida, vejo Charlotte sentada sozinha ao lado da pista de dança.

— Pode me dar licença um minuto, Seb? — pergunto. — Só preciso dar uma palavrinha com alguém.

Toca "I Just Can't Get You Out of My Head" e Valentina, como previsível, está no meio da pista, com rebolados tão parecidos com um vídeo da Kylie quanto alguém de um 1,65 metro pode conseguir.

— Valentina parece estar sofrendo de umas convulsões — digo a Charlotte ao me sentar ao seu lado. — Acha que devemos procurar um paramédico ou dar um tiro nela para acabar com seu sofrimento?

Charlotte ri.

— Então não está com vontade de dançar? — pergunto.

Ela meneia a cabeça e sorri.

— Mesmo que eu tivesse perdido 60 quilos, não acho que me veria dançando desse jeito — diz ela.

— Espero que não — eu comento. — Não haveria espaço para duas pessoas fazendo esses passos. Você acabaria arrancando os olhos de alguém.

— Só quis dizer que eu não teria a confiança de algumas pessoas — diz ela, agora olhando para minha mãe e Bob, os dois agitando os braços como um par de dançarinos insanos de Morris.

— Agora você tem tudo para ser confiante — eu digo. — Você está incrível, já emagreceu bastante.

— Tenho um longo caminho pela frente antes de ser membro ouro dos Vigilantes do Peso — ela suspira.

— Mas vai chegar lá, quem duvida disso? — questiono.

— Vai além desse ponto, eu sei.

Ela assente confiante.

— Ah, eu vou mesmo — diz ela, sorrindo. — Não abri mão de meus milk-shakes e os substituí pela porcaria da coca diet por nada.

De repente, Valentina se curva parecendo integrante do grupo de dança Legs and Co e se joga dramaticamente ao nosso lado.

— Tudo bem, eu desisto — diz ela. — Se houver um único solteiro desejável aqui, vou para o inferno se não o achar.

— Quer um drinque? — pergunta Charlotte.

— Não — diz ela. — Estou pegando leve depois do casamento de Grace. Cá entre nós, eu não me senti muito bem no dia seguinte, embora talvez fosse mais pela carne, que aposto que não era orgânica. E eu tinha um bocado de alface crespa na minha entrada que não fez nenhum bem às minhas enzimas. Já contei que tenho intolerância a alface, não contei?

Charlotte assente, depois fala.

— Bom, sei que não é a *sua* cara lutar no front masculino, disso eu tenho certeza.

Valentina faz uma careta.

— Está sugerindo que sou fácil, é? — pergunta ela.

— Não... Meu Deus, não! — diz Charlotte rapidamente. — O que quis dizer é que você em geral tem um enxame deles a sua volta.

Esta aparentemente era a coisa certa a dizer.

— Eu sei — responde Valentina, sorrindo. — Mas posso contar um segredo a vocês?

— Conte — eu digo. É desnecessário dizer que Charlotte jamais trairia sua confiança.

Valentina fica radiante.

— Eu vou me casar — ela nos revela.

Capítulo 60

Tentei não parecer surpresa, mas é complicado quando quase se engasga com o cubo de gelo, de tanto choque.

— Eu ouvi bem? — pergunto a Valentina. — Você vai se *casar*?

— Não fique tão surpresa, Evie — diz ela. — Simplesmente chega uma hora na vida de uma garota que não basta ser dama de honra. E eu *já cheguei lá*.

— Ora essa, caramba, Valentina. Isso é maravilhoso — digo.

— É mesmo — acrescenta Charlotte, curvando-se para dar um beijo de parabéns em seu rosto. — É mesmo maravilhoso. Mas com quem vai se casar? E quando será o grande dia?

— Bom — diz ela —, definitivamente será antes do final do ano que vem, embora a essa altura me faltem alguns detalhes. O processo de planejamento está nos primórdios.

— Tudo bem, mas como Charlotte disse... Quem é? — pergunto.

— Este é o detalhe que me falta — diz ela.

Charlotte e eu franzimos a testa.

— Então você *na verdade* ainda não encontrou alguém? — pergunta Charlotte.

— Bom, não, não encontrei, mas não estou muito preocupada com essa parte — diz Valentina. — Quero dizer, um casamento não pode ser tão difícil assim. Mulheres gordas e feias de todo o mundo parecem conseguir isso ultimamente. Acredito que com alguma dedicação vai ser uma moleza para mim.

— Você é a primeira pessoa que conheço que consegue fazer o casamento parecer uma prova de matemática — digo.

— Além disso — continua Valentina, me ignorando —, a autoconfiança é tudo. Autoconfiança e fixar objetivos claros. Acredito piamente que depois que você decide que quer uma coisa, deve partir para conseguir. É o que estou fazendo. Devia pegar meu manual emprestado, Charlotte.

— Charlotte — eu digo —, por favor, não faça isso. Por nós, por favor, não faça.

De repente Valentina ofega.

— O que foi agora? — pergunto.

— Aquele ali — diz ela, apontando a mesa ao lado da porta. — Não é o padrinho de Grace e Patrick?

Edmund, que foi mesmo padrinho de Grace e Patrick, vê que o observamos e acena para mim. Retribuo o cumprimento, consciente de que o radar para homens de Valentina agora está a toda.

— Sim — respondo, com desânimo.

— Eu *sabia* — diz ela, sorrindo e abrindo a bolsa.

Lanço um rápido olhar a Charlotte e ela sabe exatamente o que estou pensando. Edmund pode ter a fala mansa, ser despretensioso e nada mais do que uma nota 5 no quesito aparência. Mas, como alguém que também deve herdar metade de Cheshire, ele não poderia ser mais disputado se tivesse o segredo da vida eterna. Agora que penso nisso, fico admirada de Valentina ter levado tanto tempo para localizá-lo.

— Sabe de uma coisa, acabo de me lembrar... Ele ficou olhando as minhas pernas quando fiz a leitura — ela diz a Charlotte. — E isso só pode significar uma coisa.

— Que sua meia tem um fio puxado? — pergunto.

— *Não* — diz Valentina, me olhando com severidade. — *Significa* que ele é um homem de bom gosto. Agora, o que mais vocês sabem sobre ele?

Charlotte e eu não respondemos.

— Ah, vamos lá — diz ela. — Desembuchem. *Charlotte*?

— Ele é médico... cirurgião — Charlotte solta, cedendo à pressão.

— É mesmo? — Valentina ronrona. — Mas *que coincidência.*

— Por quê? — pergunto.

— Em algum momento da vida, pensei em ingressar na profissão médica — diz ela —, mas depois percebi o quanto isso envolvia limpar a bunda de octogenários. Mais alguma coisa? Anda, Charlotte.

— Bom — diz nossa amiga com relutância —, acho que o pai dele é uma espécie de... *lorde.*

— Como é?! — exclama Valentina, sem fôlego. — E ninguém me disse nada? Ninguém *nunca* me disse *nada*.

Agora ela está vasculhando sua bolsa e pega uma grande e aleatória coleção de pertences cuja dona anterior devia ser a Mary Poppins.

Primeiro o creme para as mãos, depois para os olhos, o facial, para manchas e para as unhas. Depois vem a maquiagem, em uma quantidade que um travesti acharia exagerada. Ela abre o espelho e rapidamente retoca o rosto, dando um cutucão na face da pobre Charlotte com o pincel de blush e comentando o quanto sua aparência ficaria melhor se ela tivesse se dado ao trabalho de acentuar mais as bochechas.

— Muito bem — diz ela, fechando bem a bolsa e piscando para nós duas. — Vejo vocês depois. Ou, se eu tiver sorte, não verei!

Capítulo 61

Há uma coisa que não entendo. Charlotte estava decidida a *não* se interessar por Jim.

Mas no momento está no bar, bebendo sua 17ª Diet Coke do dia, conversando com ele como se ele fosse o último homem do planeta.

Enquanto isso, Valentina passou a última hora tentando convencer Edmund de que no fundo é uma garota rural — depois de passar um único fim de semana no Lake District como guia em 1987 — e pedindo-lhe para dar sua opinião médica sobre uma lesão no tendão da perna. O que obviamente envolve Valentina levantar muito a saia para colocar a mão dele em seu traseiro.

Ainda assim, uma parte de mim a admira. Porque aqui estou eu, com Jack de novo, ao que parece totalmente incapaz de engendrar uma situação em que ele possa sequer pensar em me beijar.

— Os noivos já foram embora? — pergunta ele.

— Acho que sim — respondo. — Há séculos.

— Oh — diz ele.

— Foi um longo dia — suspiro.

— Sim — concorda ele. — Foi mesmo. Um dia muito longo.

Para falar com sinceridade, estou começando a ficar meio preocupada. Acho que o clima acabou. O que é má notícia por quaisquer razões — especialmente porque minhas manchas quase desapareceram e, se eu não for digna de ser beijada agora, nunca serei.

Os últimos acordes de Jack Johnson tocam e isso só pode significar uma coisa. É o final da noite. A maioria dos convidados já saiu. Um grupo pequeno, mas obstinado, fica a postos no saguão preparando-se claramente para uma maratona de bebedeira.

Mas não há dúvida de que o evento está em seus estertores e os funcionários do bufê, embora ainda sorridentes, também parecem cansados o bastante para deixar claro que estão loucos para que todos desapareçam dali e os deixem ir dormir.

— Parece que estamos prestes a ser expulsos — diz Jack.

— Acho que sim — respondo. Posso estar sorrindo, mas me sinto meio ansiosa. Nosso quase beijo na praia não foi só casual, foi?

— Bom, acho que a taxa de criminalidade não é muito alta por aqui, mas posso acompanhá-la até seu quarto? — pergunta ele.

— Seria ótimo — digo. — Nunca se sabe, eu posso correr o risco de ser assaltada por uma foca de passagem.

Ao sairmos da parte principal do hotel e seguirmos pelos caminhos iluminados pela lua, a noite está repleta de uma estranha combinação de sons: ondas se chocando nas pedras e convidados em variados estados de embriaguez cambaleando para a cama.

— Foi maravilhoso rever você hoje — diz ele.

Não posso deixar de perceber que ele não tentou segurar minha mão de novo, como fez antes. Aproximo-me dele para que possa fazer isso, se quiser. Mas ele não o faz.

— É — eu digo. — Você também.

Penso brevemente em me atrever a segurar a mão dele, mas me surpreendo decidindo pelo contrário. Evidentemente não sou tão "pra frente" como gosto de pensar. Minha mãe ficaria horrorizada. A distância entre o prédio principal do hotel e a minha suíte é frustrante de tão curta e Jack se vira para mim quando chegamos à porta.

— Então, boa noite — diz ele suavemente.

— Boa noite para você também. — *Para você também*? Que foi, agora virei apresentador de telejornal noturno?

— A gente se vê de manhã — acrescenta ele.

— É — eu digo. — A gente se vê.

De repente fica dolorosamente claro que ele está prestes a sair sem me dar um beijo. Vasculho a bolsa à procura do cartão e, quando o pego, sem ser beijada, noto que jamais senti uma decepção tão grande. Isso deve transparecer na minha cara.

— O que foi? — diz ele.

— Ah, nada — respondo, desviando o rosto e agora me sentindo envergonhada.

Mas ele pega meu queixo e vira meu rosto para ele. Depois passa a mão na minha nuca, onde seus dedos acariciam a linha do cabelo; seus olhos estão fixos e minha respiração acelera cada vez mais.

Ele me puxa e, enquanto fecho os olhos, nossos lábios se encontram. Sua boca é plena e macia, e descubro que ele tem um gosto ainda mais delicioso do que eu podia ter imaginado. Nossas línguas lentamente começam a explorar a boca um do outro. Mas logo a gentileza inicial é substituída por outra coisa, uma ânsia tão clara nele como em mim. Nosso beijo fica mais apaixonado e, ao me puxar para mais perto, seu corpo se aperta contra o meu.

Com a mão firme na base das minhas costas, ele move a boca para a lateral de meu pescoço e a sensação dos lábios dele na minha pele provoca ondas de choque por todo o meu corpo.

Sem fôlego, formigando, olho a noite estrelada.

Este pode ter sido o beijo mais sexy da minha vida.

Capítulo 62

Acordo com um sorriso pregado na cara. No início não sei bem por quê. Só sei que ontem foi um bom dia, que hoje será um bom dia e, quanto a amanhã — bom, estou tremendamente otimista com o amanhã também.

Rolando de costas, puxo o lençol até o peito como Joan Collins fazia em *Dinastia*. Ao abrir os olhos, as cortinas estão fechadas, mas já posso ver o sol se derramando e criando desenhos nas paredes. Fecho os olhos de novo e imagino o rosto de Jack, que agora vi bem de perto. Vi seus poros, os pontinhos naqueles olhos castanhos e a cicatriz mínima na face.

Começo a imaginar Jack me despindo. Tirando minhas roupas, peça por peça. Depois beijando meu pescoço, meus seios, minha barriga, minhas coxas.

Nada disso aconteceu na noite passada, apresso-me a acrescentar. Em vez disso, fiquei aqui, sozinha. E gostaria de dizer que me sinto bem angelical com isso, só que "angelical" é a descrição menos adequada para o que sinto quando se trata de Jack.

De repente percebo que o telefone toca. Não pode ser tão tarde que queiram que eu saia do quarto, pode? Procuro na minha mesa de cabeceira e, depois de conseguir derrubar tudo, inclusive um copo antes intocado de água e a Bíblia que resolvi ler ontem à noite depois de não achar meu livro, finalmente localizo o despertador e olho o mostrador.

São 9h30. Lembro-me distintamente de ler que o check-out é às 11 horas.

Coloco um travesseiro na cabeça, mas o telefone insiste por meus ouvidos como um trem de carga e finalmente me conformo em atender.

— Hhhr? — eu digo, dando um pigarro. — Desculpe, alô?

— Evie, é a mamãe.

— Ah, oi — eu digo, percebendo que, a julgar por minha voz, eu passei a noite toda fazendo gargarejos com aguarrás.

— Oooh — diz ela. — Está de ressaca?

— Não, não estou — respondo, e é quase verdade. Tudo bem, então minha boca está meio parecida com um sovaco de urso, mas não é nada com que eu não possa lidar.

— Só queria saber se você vai dar uma caminhada esta manhã.

— Sim — eu digo, lembrando-me que Jack e eu concordamos ontem à noite que nos encontraríamos depois do café da manhã para a caminhada pela ilha que Georgia organizara.

— Bom, estamos esperando por você — diz ela.

— O quê? — Sento-me ereta. — Achei que só sairíamos às 10h30.

— E já são — diz ela.

De repente me lembro de que tentei ajustar o despertador ontem à noite, mas desisti e disse a mim mesma que eu acordaria a tempo de qualquer forma. Minhas habilidades técnicas nunca estão em seu auge de madrugada e eu obviamente consegui alterar a hora também.

— Não se preocupe com o café da manhã — continua ela.

— Peguei um saquinho com sobras do bufê, então você pode ficar com parte dele. Tenho 12 ovos cozidos na minha mochila.

Ao desligar o telefone, salto da cama com a velocidade de um ganhador do Grand National antes de correr para o banheiro e jogar uma água na cara, raspar as últimas crostas de maquiagem da noite anterior e escovar os dentes com tanto vigor que se pensaria que eu estava esfregando o degrau de uma porta.

Mas quando estou vestida, prestes a sair — em menos de três minutos —, fico em dúvida se devia ter cuidado melhor da minha aparência. O problema é que não há nada que eu possa fazer agora.

Quando chego ao terraço principal, onde o encontro foi marcado, todos já tinham ido. Isto é, todos menos Jack e Edmund, que estão conversando e tomando café. Jack olha na minha direção e meu estômago dá aquele estranho solavanco constante nas últimas 24 horas.

— Novos em folha, não estamos? — pergunta ele, sorrindo.

— Estou esquentando, prometo! — eu digo. — Tive um probleminha com o despertador. Oi, Edmund. Como está nesta manhã?

— Maravilhoso — responde ele, e suspeito que parte de seu entusiasmo tem relação com o modo como Valentina se familiarizou com a parte superior de suas coxas ontem à noite.

— E então, todos prontos para ir? — pergunto.

— Só estamos esperando Valentina — diz Jack.

— Olá, bom dia a todos!

Nós três nos viramos.

Valentina anda animada usando sandálias de tom rosa e branco de salto alto, uma camiseta Juicy e um shortinho que saiu direto de *Os gatões*. Também está totalmente maquiada e parece ter passado duas horas cacheando o cabelo.

— Vai sair para uma caminhada assim? — pergunto.
Ela franze a testa.
— E por que não?
— Para começar, porque vai quebrar o pescoço com esses sapatos.
— Obrigada, *mamãe* — ela me diz. — Se precisa mesmo saber, tenho outro par na mochila, se for necessário trocar.
Caso eu tenha me perguntado por um milissegundo que fosse se ela podia ter trazido alguma coisa prática, ela se vira para exibir uma mochila cor-de-rosa com as palavras *J'adore Dior*'.
— Imagino que não tenha um fogareiro de camping aí dentro — digo.
— Tenho tudo o que pode ser necessário numa revigorante caminhada matinal — responde ela.
Olho-a nos olhos.
— Quer dizer a bolsa de maquiagem, não é?
Ela franze os lábios e não responde.

Capítulo 63

Quem leva a caminhada a sério sempre procura o próximo desafio. Começam com os aclives suaves de South Downs, depois passam a penhascos mais espinhosos em Snowdon, na Gales do norte. Para os ambiciosos, em seguida vêm os Alpes e, nunca se sabe, por fim eles podem terminar subindo o Everest.

Mas estou descobrindo hoje que eles não precisam se incomodar com nada disso.

Há um objeto à disposição de qualquer entusiasta da vida ao ar livre que pode transformar uma caminhada mediana e nada desafiadora em uma aventura perigosa. Algo que pode fazer da caminhada por um trecho que seria considerado simples em um desafio aparentemente impossível, mas não insuperável.

Do que estou falando mesmo? Dos malditos sapatos de Valentina, é claro.

Não posso imaginar calçados menos adequados para andar por uma praia rochosa da ilha do que suas sandálias de tirinhas e salto 10. Levamos 45 minutos para cobrir a distância que um bebê faria em cinco, engatinhando. Isto em parte porque sempre que consegue prender um dos saltos entre duas pedras, Valentina solta o guincho agudo que

Penélope Charmosa emitiria ao fazer depilação com cera nas pernas. Depois ela cai teatralmente no chão como uma donzela do século XIX enquanto Edmund corre em seu resgate.

Estou a ponto de sugerir a Jack que deixemos Valentina e Edmund para trás e façamos algum progresso, quando de repente ela aparece.

— Evieeee! Jaaaack! — grita Valentina para nós. — Agora podemos acelerar, se quiserem. Cheguei à conclusão de que uma troca de sapatos afinal *era* necessária.

Valentina agora está com seus Nikes e saltita pela praia com um beicinho típico de SOS Malibu. Não consigo deixar de rir quando ela e Edmund nos ultrapassam. Valentina não ficaria mais convencida agora se Jude Law estivesse esperando por ela em casa com um bilhete de loteria premiado entre os dentes.

Quando finalmente alcançamos os outros, estão na praia, descansando. Minha mãe e Bob estão sentados de pernas cruzadas enquanto ele descasca ovos em uma bandana azul e ela oferece aos outros seu frasco de chá de folhas de dente-de-leão, aparentemente surpresa por até então ninguém ter aceitado.

Grace e Patrick estão ao lado deles e fico aliviada ao ver que a rotina de beleza de Grace esta manhã parece ter sido tão apressada quanto a minha. Charlotte e Jim também estão aqui e, de novo, parecem muito à vontade na companhia um do outro.

Georgia e Pete estão de mãos dadas, inteiramente apaixonados, e, quando chegamos, o tema da conversa é se ela vai assumir o sobrenome dele ou não.

— O caso é que quando se tem um nome de solteira como Pickle, a oportunidade de ter outro sobrenome não é nenhum dilema — Georgia está nos dizendo. — Pensei nisso por três segundos inteiros.

— Sim — diz minha mãe —, mas, por princípio, há ótimas razões para as mulheres *não* assumirem o sobrenome do marido... No mínimo por seu significado histórico. É um resquício dos tempos em que o marido era considerado dono da mulher.

— Aposto que nessa época era mais simples — diz Pete, antes de Georgia bater em sua cabeça com a mochila.

— Mas não é muito mais romântico? — sussurra Valentina, abrindo um sorriso para Edmund.

Bob agora participa da conversa.

— Ah, mas, Valentina, não há nada de romântico na servidão — intervém Bob mansamente, embora, sentado ali com sua camiseta de crochê e farelos de ovo cozido presos na barba, considero que a perspectiva de ele submeter minha mãe à servidão seja muito remota.

— Dado que as mulheres estão verdadeiramente emancipadas hoje, certamente essas conotações negativas não se sustentam mais, não é? — diz Patrick. — Foi o que tentei dizer à minha patroa, de qualquer maneira.

De repente, Charlotte se manifesta.

— Se eu me casasse, *assumiria* o sobrenome do meu marido — diz ela. — Não sei quanto às conotações históricas nem nada disso, mas sei que se você realmente ama alguém, bom... Por que não?

Grace, Valentina e eu olhamos, meio estupefatas. Porque para quem conhecia Charlotte, isso tinha de contar como um momento seminal. Charlotte sempre odiou conversar em grupos grandes, e por grandes quero dizer mais de duas pessoas. No entanto, ali estava ela, realmente contribuindo para o debate. Tudo bem, pode ter sido só uma declaração, mas é tão diferente do que estávamos acostumadas, que ela parece a um passo de participar de um debate político na TV.

— Bom, devo admitir — diz Grace, erguendo as mãos. — Estou com quem quer manter seu próprio sobrenome. Precisei de muito sangue e suor para construir meu nome profissionalmente... Por que ia querer me livrar dele agora?

— Humm — diz Patrick, a meia-voz. — E isso é muito mais importante do que estar casada.

Grace olha tão chocada depois desta declaração quanto o restante de nós que também a ouviu. Mas o silêncio que se segue é rompido quando Jim se levanta e espana as calças de combate.

— Bom, pessoal — diz ele —, não devemos voltar? Sei que todos temos de pegar um avião logo.

Ele oferece a mão a Charlotte, enquanto todos os outros começam a pegar seus pertences e logo estamos voltando ao hotel.

Não sei se é de propósito ou não, mas Jack e eu ficamos para trás e num instante estamos fora do alcance dos ouvidos alheios.

— Adoraria um encontro um dia desses — diz ele. — Sabe como é, só você e eu... Sem casamentos nem nada disso.

— Como é, quer dizer que pode estar interessado em mim quando não estou vestida de dama de honra? E eu aqui pensando que você tinha fetiche por cetim.

Ele ri.

— Adoraria um encontro também — acrescento.

Ele sorri.

— Ótimo. Que bom. Vamos trocar números e sair um dia desses.

— Isso seria ótimo — afirmo. — Um dia desses.

— Que bom — diz ele. — Estará livre amanhã?

Capítulo 64

Nossa lancha corta as ondas e lança um leve borrifo em nosso rosto. Pelos gritos de Valentina, porém, é de se pensar que ela estava numa canoa em meio a uma violenta tempestade. De repente o barco quica numa onda, e todos somos atirados um pouco para a frente.

— Oh! — exclama Valentina, e de algum modo cai dramaticamente nos braços de Edmund, apesar do fato de todos os outros terem voado para o lado contrário.

Fico decepcionada quando o barco chega ao porto de St. Mary. Não só porque está quase chegando a hora de deixar este lindo lugar, mas porque Jack e eu vamos pegar aviões diferentes. E está na hora das despedidas. Tudo bem, ele vai me telefonar mais tarde para combinarmos o encontro de amanhã, mas deixar essas ilhas parece o final de um romance de férias — sem o bronzeado ou a imensa conta no bar —, e espero que as coisas não mudem quando voltarmos para casa.

— Vou dar um pulo na loja para comprar um jornal antes de ir — digo a Jack e ele espera do lado de fora.

A fila no balcão é irritante de tão comprida e um pobre adolescente parvo tentando comprar umas camisinhas só piora a situação.

— Só as simples, não é? — pergunta o vendedor, que deve ter uns 70 anos e usa uma camiseta comemorativa da turnê britânica de 1996 do Status Quo.

— Hum, é — diz o pobre cliente, fitando os sapatos.

— Acho que as com efeito retardante estão em oferta especial. São duas pelo preço de uma — oferece o homem.

— Er, tudo bem, tanto faz — diz o garoto, mexendo no chaveiro para fingir que não presta atenção.

— Também temos outras com novos sabores, se forem de seu agrado. Melão — ele lê, balançando a cabeça. — As coisas que inventam hoje em dia.

O adolescente agora está da cor de uma amora bem madura.

— As outras vão servir — diz ele, claramente desesperado para que esta tortura termine.

— Muito bem, amigo — concorda o homem. — São 16 camisinhas aqui nestes dois pacotes... E se isso não é um dinheiro bem gasto, não sei o que é.

Por fim, a fila avança, mas enquanto o vendedor resolve dar sua opinião sobre se um empadão é realmente um empadão quando é feito de massa de pastelão, olho pela vitrine e me espanto. Jack está conversando com Beth — e ela está com um short de brim menor que as calcinhas de biquíni nas praias do Rio.

Ele diz alguma coisa que a faz rir, o que ela faz com uma chicotada sedutora do cabelo preto e comprido. Ela se curva para a frente e coloca a mão em seu braço, e os dois continuam rindo. Em seguida, ela gira a cintura para tirar um pedaço de papel do bolso traseiro do short e parece consultá-lo sobre isso. Posso estar enganada, mas tenho certeza de que é o mesmo pedaço de papel que tinha o telefone dele ontem.

Estou pregada no chão, perguntando-me o que diabos vou fazer. Mas com a fila quase parada, decido que só há uma atitude a tomar. Desisto do jornal e saio, tentando parecer o mais despreocupada possível. O caso é que de maneira nenhuma vou dizer qualquer coisa, ainda quero chegar lá e ver do que se trata esta conversa. Mais importante, quero ver que tipo de homem Jack realmente é.

Mas quando estou a pouca distância, minha mãe me pega pelo braço.

— Evie — diz ela. — Vamos, temos que ir ou vamos perder nosso voo.

Olho para Jack e Beth.

— Então posso te ligar na semana que vem? — pergunta-lhe ela, sorrindo com dentes tão brancos que parece um anúncio ambulante da Colgate.

— É claro — diz Jack, que me viu olhando para os dois.

Enquanto Beth se afasta, percebo que metade das pessoas no porto estava de olhos colados em seu traseiro perfeito, cuja maior parte escapulia pela bainha do short. Vou até Jack e pego minha mala.

— Foi ótimo para mim — diz ele.

— Humm, bom... Que bom — eu digo, sem saber como lidar com isso.

— Algum problema? — pergunta ele.

Sim.

— Não.

— Bom, você ainda quer fazer alguma coisa amanhã? — pergunta ele.

Talvez fosse algum mal-entendido com Beth. Talvez eu não tenha ouvido bem. Talvez eu deva dar a ele o benefício da dúvida. Talvez eu seja uma completa idiota. Talvez não.

Ah, meu pai.

— Claro — eu digo. — Me ligue mais tarde.

Adequadamente indiferente, mas sem fechar totalmente as portas. É o único jeito de jogar. Ele se curva para me dar um beijo e eu me vejo virando um pouco a cabeça para que o beijo caia em meu rosto.

— Tchau — diz ele.

— Tchau — respondo. E me afasto sabendo muito bem que, infelizmente, não há uma só alma olhando para a minha bunda.

Capítulo 65

— Bom, o que acha? Estou sendo enganada ou o quê? — eu pergunto, tomando um gole d'água e colocando a garrafa no chão ao meu lado.

— Não sei, né? — diz Grace.

Estamos sentadas no gramado, esperando nosso avião chegar.

St. Mary não tem bem um aeroporto, mas um campo de pouso com um terminal do tamanho da sala de espera de um consultório médico. Os outros — os que devem pegar o primeiro voo conosco — estão na sala de chá comendo bolinhos com creme batido. Por algum motivo, perdi o apetite.

— Devo dizer que você não é de muita ajuda — digo a Grace.

— Olha — diz ela —, era você que estava lá. Ele *agiu* como se estivesse te botando chifres?

Penso por um segundo.

— Não. Não, não agiu — digo com firmeza.

— Bom, então — diz ela, à guisa de conclusão.

— Pelo menos ele não fez isso até que o vi dizendo à outra mulher para ligar para ele. Ah, meu Deus!

— Olha — diz ela de novo —, espere até ele te telefonar mais tarde... Foi o que ele disse que ia fazer, não foi? Depois, quando sair com ele, se ainda sentir que é necessário, pergunte com franqueza.

— Não acha que não tenho o direito de perguntar esse tipo de coisa a ele? — pergunto. — Ele nem é meu namorado. Nós só, sei lá, nos beijamos.

Ela dá de ombros.

— Se ele vale tudo isso mesmo, não vai se importar de você perguntar — diz ela. — Desde que pergunte do jeito certo. Sabe como é, como se não se incomodasse, mas só estivesse... interessada.

Concordo com a cabeça.

— Entendi. Já pensou em escrever uma coluna de consultoria sentimental?

Capítulo 66

Meu apartamento, domingo, 8 de abril

Será que tem alguma coisa errada com meu telefone?

Quando Jack disse que ia me ligar, imaginei de pronto que seria antes disso. Agora são 21h30, e por mais que eu tente me convencer a relaxar com as coisas, não me sentiria menos relaxada se estivesse prestes a participar de uma final olímpica.

Ligo a TV e pego o final de um segmento sobre uns britânicos feitos reféns em algum lugar do terceiro mundo — uma reportagem que sem dúvida será bombardeada pelos jornais amanhã. Decido assistir de novo a um programa sobre uma boa limpeza da casa. Vem passando sem parar a noite toda em algum canal a cabo e eu quase abri um buraco no meu piso laminado de tanto andar de um lado para o outro.

Pego o celular e busco seu nome na lista de contatos. Talvez eu deva ligar para ele.

Talvez não. Não.

Ou talvez sim.

Não. Definitivamente não. É *Atração fatal* demais.

Baixo o telefone e decido que preciso me ocupar com alguma coisa. Contento-me com a limpeza de meu armário de mantimentos, que tem uma semelhança alarmante com o de uma família de 15 pessoas de Hackney que acaba de ouvir das apresentadoras do programa da TV que eles têm aproximadamente 42 bilhões de ácaros morando em seu carpete.

Meu apartamento não é particularmente bagunçado nem sujo, apenas medianamente desorganizado. E embora eu fique feliz em passar o aspirador e espanar de vez em quando, confesso que até hoje o armário de mantimentos não passou pelo meu radar.

Pego embaixo da pia um frasco antes fechado em que se diz "power spray", que parece mais algo de uma usina nuclear do que um objeto que remove manchas velhas de molho de tomate da prateleira.

Quando abro a porta do armário, fico diante de uma gama de alimentos que deveriam ter sido condenados há muito tempo. Um pacote de mistura para pudim Bird tem uma rachadura no meio. Vinagre de vinho branco, que agora é menos branco e mais cor de xixi. Chá Earl Grey em pó que nunca foi aberto e que só posso ter comprado por engano, pensando que era de saquinhos.

Este é um armário esquecido pelo tempo. Não surpreende que Jack não queira me ligar. Quem ia querer sair com alguém de atitude tão descuidada com a limpeza da casa? Deprimida com esta ideia, preciso dar outra olhada no celular, para o caso de, acidentalmente, eu ter colocado no modo silencioso sem perceber. Infelizmente, o visor do meu telefone se recusa a me agradar. Entro na lista de contatos, seleciono o celular de Grace e aperto *ligar*.

— E aí? — pergunta ela, quando atende.
— Pode me fazer um favor?
— Claro. O que é?
— Pode ligar para o meu celular?

— Por quê? — pergunta ela.

— Er, porque eu o perdi e acho que pode estar debaixo de uma almofada ou coisa assim.

— Mas você está ligando dele agora — diz ela. — Seu número acabou de aparecer.

— Ah — eu digo, percebendo que fui retumbantemente flagrada na mentira. — Olha, o Jack ainda não ligou e quero eliminar até a menor possibilidade de que haja algum problema com meu telefone antes de cortar os pulsos.

— Não seja tão melodramática — diz ela. — Faço isso agora. E calma, pelo amor de Deus.

Baixo o celular e espero. E espero. E continuo esperando até que se passa pelo menos um minuto. Isso está começando a ficar promissor. Olho o relógio e decido cronometrar. Se três minutos se passarem sem que Grace me telefone, realmente deve haver algum problema com o celular.

Parecem três minutos muito longos, sem dúvida nenhuma, mas o relógio bate e por fim esse tempo passa. Sinto um júbilo ridículo. *Tem* alguma coisa errada com meu celular, afinal de contas! O que quer dizer que Jack não conseguiu falar comigo. Na verdade, ele ainda deve gostar muito de mim. Minha mente começa a viajar com a ideia de que ele tenta freneticamente me ligar para me dizer que reservou uma mesa em um restaurante romântico ou que está preparando um jantar à luz de velas em sua casa. A quem estou enganando? Eu ficaria feliz se ele estivesse planejando um encontro numa estação de tratamento de esgoto.

Ah, que alegria! Ah, Jack! Você ainda gosta de mim. Ainda quer sair comigo. Ainda quer andar pela praia comigo de mãos dadas. Ainda quer me deixar olhar em seus olhos castanhos e profundos. Ainda quer...

O telefone toca. Olho o visor, vejo o número de Grace e atendo.

— Merda — eu digo com desânimo.

— Mas que encanto — responde Grace.

— Desculpe.

— Não, desculpe a minha demora em telefonar. Estava ocupada numa briguinha.

— É aquele seu marido de novo? — pergunto.

— Nem vale a pena te contar — diz ela.

— Está tudo bem? — Penso nos comentários mordazes de Patrick nas Scillies quando ele acusou Grace de se preocupar mais com o trabalho do que com o casamento.

— Humm, olha, tenho que ir, Evie — diz ela. — E não se preocupe com Jack. Ele vai telefonar.

Capítulo 67

Meu apartamento, segunda-feira, 9 de abril, 18h30

Ele não telefonou.

São 18h30 da noite em que deveríamos sair e, pelo que posso dizer, eu tenho duas alternativas. Posso ficar sentada aqui choramingando a noite toda pela vida carente de solteira que tenho pela frente. Ou posso ligar para Jack e me arriscar a parecer o tipo de mulher que gosta de fazer guisado de coelho nas horas vagas.

Nenhuma das duas é lá muito atraente.

Precisei de quase 24 horas de reflexão, mas decido, enfim, pela segunda opção. É uma estratégia arriscada, mas pelo menos vou saber em que pé estou.

Abro a lista de contatos de meu celular, busco o nome dele e rapidamente aperto ligar antes de entrar num frenesi de nervosismo.

Mas o telefone nem toca; entra direto na caixa postal, indicando que ele ou está ao telefone com outra pessoa (provavelmente alguém consideravelmente mais magra, de peitos maiores e mais atraente do que eu), ou ele desligou o aparelho (provavelmente porque ele está com alguém consideravelmente mais magra, de peitos maiores e mais atraente do que eu).

— *Oi, você ligou para o celular de Jack...*
Ah, meu Deus, deixo um recado?
— *... mas no momento não posso atender.*
Sim, vou deixar um.
— *Deixe seu recado após o sinal...*
Não, não vou.
— *... e ligarei assim que puder.*
Ah, droga.
— Er, oi, Jack, é Evie — eu balbucio. — Só pensei em te dar uma ligada porque, bom, sabe como é... Para saber como você está. E porque marcamos de sair hoje, se você se lembra e, bom, não tive notícias suas. Não quero que pense que sou de perseguir as pessoas ou coisa assim... Não foi por isso que telefonei. Er, então *por que* telefonei? Bom, só para dizer que se não quiser sair comigo, está tudo bem. Mas se quiser, será ótimo... Na verdade, ainda melhor. E neste caso, bom... estou aqui! Mas, sei lá, claramente você não quer, caso contrário teria telefonado. Então, estou indo.

Antes de desligar, hesito.

— Seja como for — acrescento —, eu me diverti muito neste fim de semana. Só pensei que devia dizer isso. Tchau.

Desligo.

Levei bolo. Nem acredito nisso.

Então adeus a mim e Jack. Terminou antes mesmo de começar.

Mas o que não entendo é que ele parecia tão interessado.

Até que você o viu dando mole para outra mulher, Evie.

Mas todos os sinais indicavam que ele realmente gostava de mim.

Além de ele dar o telefone a outra.

Mas ele não me beijou e me disse que íamos sair hoje?

Sim, mas quantas outras mulheres ouviram a mesma coisa?

Eu simplesmente terei de sacudir a poeira. Não vale a pena perder nem mais um minuto pensando nisso. Vou esquecer esse assunto agora. Não vou falar nisso com ninguém, não vou nem pensar nisso.

Pronto, já me sinto melhor.

Capítulo 68

Meu apartamento, segunda-feira, 9 de abril, 19h30

Estou péssima.

Capítulo 69

Nem acredito que cogitei ligar para minha mãe e me confidenciar com ela.

Mas depois de quase 24 horas sem pensar em outra coisa, eu simplesmente precisava desabafar com alguém. O problema é que Grace tem prazo para cumprir no trabalho e, segundo Patrick, ela disse para não ligar a não ser que Deus esteja ao telefone para dizer que Ele decidiu torná-la milionária.

Charlotte, enquanto isso, parece ficar na academia a noite toda, Georgia, sem nenhuma consideração, está à toa em sua lua de mel e quanto a Valentina... Bom, nem que eu estivesse despencando nas profundezas do desespero pensaria em me abrir com ela sobre um assunto desses.

— Eu realmente tive a impressão de que ele gostou de mim — digo a minha mãe, ciente de que estou meio lamentativa, mas concluindo que ouvir esse tipo de coisa faz parte da descrição do cargo de mãe.

— Sempre há a possibilidade de ter acontecido alguma coisa — diz ela.

— Mas ele não podia ter telefonado assim mesmo?

— Bom, talvez ele tenha sofrido um acidente — diz ela alegremente. — Nunca se sabe em que condições ele pode estar. Essas coisas acontecem.

— Deixa ver se entendi direito. Está tentando me animar por ele não sair comigo dizendo que ele pode estar ferido ou morto?

— Ah, está certo — diz ela. — Não sou muito boa nisso, Evie. Você nunca me perguntou esse tipo de coisa.

Suspiro. Justamente porque esse tipo de coisa jamais aconteceu.

O único ponto positivo de já ser segunda-feira à noite e Jack ainda não ter ligado é que minhas torneiras estão brilhando. Passei quatro horas esfregando as crostas com uma batata velha e um lava-louças e, para mérito do programa de limpeza, elas realmente ficaram uma beleza.

Mas já começo a me preocupar com minha sanidade mental.

Capítulo 70

Meu apartamento, terça-feira, 10 de abril

Não posso deixar outro recado na secretária eletrônica dele. Terei de esquecer Jack. Quer dizer, e daí? Foi só um beijo. E ele é só um homem. E daí se ele tem lindos olhos, um corpo de matar e o costume de ser encantador de todo jeito possível? Queria tanto ter dormido com ele.
  Arrrrghhh! Não, não queria.
  Ah, pelo amor de Deus.

Capítulo 71

Meu apartamento, quarta-feira, 11 de abril

Quarta-feira e nada de telefonema. O que não entendo é por que Jack teria se dado ao trabalho de dizer que me ligaria para depois sumir. Quer dizer, por que ele simplesmente não disse nada?

A sabedoria de Valentina em questões como esta não é exatamente o que eu quero ouvir.

— Alguns homens parecem pensar que é educado dizer que vão ligar depois de pegarem você — revela. — Eles simplesmente falam isso para preencher uma lacuna na conversa quando, na realidade, não têm a intenção de cumprir. Mas é claro que eu mesma nunca passei por nada disso.

Capítulo 72

*Café Tabac, Bold Street, Liverpool,
quarta-feira, 11 de abril*

Tento superar meu romance fracassado mergulhando de cabeça no trabalho.

Mais do que isso, percebi que só há um jeito de eu conseguir uma reportagem de primeira página — e é arranjando-a eu mesma. Porque agora está inteiramente claro que a probabilidade de Simon me dar uma matéria decente é a mesma de ele se oferecer para fazer as unhas dos meus pés.

Assim, entre preparar curtinhas sobre as quartas de final de uma competição de boliche na grama para terceira idade e o fato de que o abastecimento de gás em Skelmersdale será cortado por uma hora na sexta-feira, tive de agir. Telefonei para meus contatos.

Tudo bem, nem todos foram frutíferos. Não, isso é uma meia verdade. A única coisa que chegou perto de uma matéria foi uma dica sobre umas alegações de roubo no depósito de um fabricante de papel higiênico — dica que acabou sendo inteiramente falsa.

Mas agora, sentada em meu café preferido de Liverpool, diante do inspetor detetive Gregg "Benno" Benson, a situação está mais animadora.

— Tenho uma ótima para você — diz ele com confiança, devorando um dos três muffins que acabei de comprar para ele.

— *É mesmo?* — procuro manter um ar de profissionalismo, em vez de só parecer tão ridiculamente grata que estou prestes a me oferecer para ter os filhos dele.

— É — diz ele, pegando o muffin número dois.

Não sou exatamente especializada em reportagens criminais, mas conheci policiais suficientes desde que comecei neste trabalho para saber que Benno não é o que se chama de típico da raça. Ele zomba dos sistemas de treinamento nos quais os recrutas aprendem a lidar com a mídia, jamais sonharia em lidar com a assessoria de imprensa e, apesar do fluxo contínuo de memorandos internos instruindo os policiais a fazer o contrário, prefere lidar diretamente com os jornalistas. Pelo menos, prefere lidar com jornalistas de quem gosta e em quem confia. O que me coloca nesta categoria. Não tenho lá muita certeza, mas ele alega que sou a única jornalista a *um dia* ter escrito seu nome corretamente (Gregg com dois Gs, e não um) e este fato pode ter algum peso.

Mas a história que ele tem é a seguinte: Pete Gibson, astro pop nascido em Liverpool, com uma imagem imaculada e uma série de sucessos no bolso, foi preso e libertado sob fiança por suspeita de vender cocaína.

E não é só isso, ele foi apanhado no flagra durante uma orgia regada a drogas, envolvendo várias outras celebridades — modelos e jogadores de futebol. Uma *ótima*, sem dúvida. Mas tem um problema.

— Ainda não pode publicar a história — diz Benno.

— Como é? — Meus olhos se arregalam quando sinto escorregar das minhas mãos a primeira matéria decente que farejo na vida. — É como o Papai Noel dizer a alguém que só pode abrir seus presentes na Páscoa. Qual é o problema?

— O problema — diz ele — é que suspeitamos de que Gibson não seja o único nessa história.

— Não estou entendendo — digo.

Benno tem motivos para acreditar que Gibson tentou subornar um policial a "perder" algumas provas que seriam usadas contra ele no tribunal. Se for assim — e ele conseguir —, terão de lidar também com um policial traíra.

— Então por que não prende os dois? — pergunto.

— Porque — diz ele, lambendo um pouco de glacê dos dedos — não temos provas sólidas... Ainda.

— E?

— Bom — diz ele —, precisamos dar o flagrante nos dois. Portanto, estamos seguindo Gibson. Esse cara não pode nem fazer cocô sem que a gente saiba. Então, se ele aparecer na porta de nosso homem com um envelope pardo no bolso traseiro, estaremos lá mais rápido do que Lance Armstrong... de moto.

— E quanto tempo vai levar? — Fico carrancuda.

Ele sorri.

— Eu te prometo, Evie, você será a primeira a saber.

Tenho a horrível sensação de que isso não vai acontecer. Os jornais de circulação nacional não vão deixar esta história passar em branco de jeito nenhum.

— Posso ter certeza disso? — digo com um gemido.

— Pode ir lá, tirar uma foto dele sendo preso, se quiser — ele diz.

Meus olhos se arregalam de novo.

— Benno — eu digo —, se essa história sair mesmo, você será... sem dúvida nenhuma... meu contato jornalístico preferido. Para a vida toda.

— Que bom — diz ele. — Então pode ir lá pegar mais uns bolinhos desses aqui.

Capítulo 73

Voltei à redação com o andar animado que devem ter tido os repórteres que expuseram Watergate.

— Evie — diz Simon, jogando um *press release* em meu teclado. — Precisamos de um tapa-buraco para a página 39. Trabalhe nisto aqui, está bem?

Pego o *texto* e olho o título: *Sessões de doação de sangue — mudança de horário.*

Enquanto começo a digitar com desânimo uma nota informando que as sessões de doação de sangue agendadas na biblioteca Childwall agora começarão ao meio-dia em ponto, e não às 12h30 como haviam anunciado antes, olho para cima e percebo o movimento à minha volta. Claramente estourou alguma coisa.

— Qual é o auê? — pergunto a Jules, ao meu lado.

Ele assente para o noticiário da BBC News 24 em um dos aparelhos de TV. É a história da crise dos reféns que esteve em todos os boletins e todos os jornais dos últimos dias.

— Libertaram um monte de reféns no Sudão — diz ele. — E mais importante, acabamos de descobrir que um deles é daqui. Graham está cuidando disso.

Olho para Graham, digitando freneticamente uma transcrição com o telefone empoleirado junto ao ouvido e sinto uma pontada de inveja. Graham está aqui há um ano a mais do que eu, mas as matérias atribuídas a ele diferem tanto em qualidade, que a diferença podia ser de vinte anos. Olho a tela grande na redação para ver o que a BBC tem a dizer.

"Uma refém britânica, libertada esta manhã, é Janet Harper, de 42 anos, agente humanitária de Lancashire", diz o correspondente. "Sua libertação marca o fim de uma terrível provação iniciada há três dias, quando ela foi capturada por uma gangue de milicianos perto de um acampamento em Darfur."

Não há dúvida nenhuma de que é uma grande história.

O correspondente continua: "Estou aqui com Jack Williamson, diretor da Future for Africa, a ONG britânica para a qual a Srta. Harper trabalhava quando foi capturada."

A câmera dá uma panorâmica e meu queixo quase cai no chão.

É Jack. O *meu* Jack. Jack — que ando xingando por me dar bolo. Jack — que, ao que parece, teve uma desculpa danada de boa para isso.

"Sr. Williamson, teve contato com Janet Harper desde que ela foi libertada?", pergunta o correspondente da BBC.

Jack está com a barba por fazer e parece cansado, mas ainda tem a aparência que faz uma freira repensar suas opções de carreira.

"Tive", diz ele. "Falei com ela há cerca de uma hora."

"E pode dizer em que condições ela está?", pergunta o correspondente.

"Fisicamente está bem, mas é claro que está em choque", Jack diz a ele. "Está sendo tratada no hospital e parece muito bem, dados às circunstâncias."

"Tem havido críticas à sua organização por não ter retirado os agentes humanitários desta região mais cedo, tendo em vista as agitações", diz o correspondente.

"Sim, estou ciente disso", diz Jack. "Estávamos monitorando a situação com cuidado na Inglaterra e, para ser franco, estávamos cada vez mais preocupados. Falei com o diretor de projetos de Janet dois dias antes de ela ser sequestrada e concordamos que tiraríamos todos de lá se a situação piorasse. Claramente os acontecimentos nos antecederam. E lamento profundamente termos avaliado mal a situação."

O segmento chega a sua conclusão e eu corro para o editor.

— Simon — digo sem fôlego —, me coloque nessa matéria. Você *tem* que me colocar nessa matéria.

Capítulo 74

Simon me olha como quem acaba de perceber a volta de uma irritante crise de hemorroidas da qual pensou ter se livrado.

— Na maioria das redações, é uma tradição os repórteres fazerem o que o editor manda — diz rispidamente. — A não ser, é claro, que já tenha terminado aquele *press release*.

— Não — digo. — Não, não terminei. Mas eu conheço o cara da TV!

— Quem? — diz ele. — Michael Buerk?

Acho melhor não dizer a ele que este correspondente da BBC na África é uns vinte anos mais novo que Michael Buerk e por acaso é asiático.

— Não — digo. — O outro... Jack Williamson... O chefe da agência humanitária para a qual a refém trabalha.

— E daí? — Simon dá de ombros. — Quem está interessado nele? É a mulher que queremos.

— Mas... — começo.

— Olha aqui — continua ele —, a não ser que me diga que pode conseguir uma entrevista com a família da mulher e as primeiras fotos dela a tempo para a segunda edição, então, por favor, não me aborreça.

Nós dois sabíamos que ele me pedia o impossível.

— Está bem — digo. — Vou fazer o máximo.

Ele ergue uma sobrancelha e olha para minha blusa.

— Ótimo — diz ele. — Caso contrário, tenho outra matéria aqui que é de sua alçada. Sobre um papagaio desaparecido.

Minha primeira ligação é a óbvia: o celular de Jack. Não estou esperando muito, uma vez que sempre que tentei caía direto na caixa postal — e agora que sei que ele está no meio do deserto, fica claro o porquê. Acho que ele encontrou o último lugar do mundo onde não há uma antena de celular à vista.

— Oi, Jack — digo quando caio na caixa postal. — Conheço uns caras que fazem de tudo para evitar um encontro comigo, mas isso é ridículo. Humm, agora falando sério — continuo feito uma idiota, como se tivesse acabado de contar uma piada da qual ninguém riu —, acabo de te ver na televisão e bom, acredite se quiser, estou cobrindo essa história para o *Echo* e queria saber se você pode me dar um toque sobre isso. Vou entender se não quiser... Você deve estar sendo bombardeado por solicitações da imprensa. Mas, se puder, ficarei imensamente grata.

Estou prestes a me despedir, mas algo me faz hesitar.

— Só mais uma coisa — eu digo, e me pergunto como posso colocar isso da melhor maneira. — Sei que você é plenamente capaz de se cuidar, mas, bom... Espero que esteja bem por aí. Faça o favor de se cuidar, sim? Tchau.

Desligo o telefone e não paro para pensar antes de pegá-lo novamente.

— O que está tentando agora? — pergunta Graham, sentando na minha frente.

— A sede da Future for Africa — respondo.

— Nem se incomode — diz ele. — Já tentei. Eles não prestam para nada.

Decido me arriscar assim mesmo. Certamente, quando eu disser que conheço Jack, algumas portas vão se abrir. Quando consigo falar com o escritório da ONG, uma mulher de voz juvenil atende.

— Olá — digo —, estou telefonando do *Daily Echo* e queria saber quem está lidando com a imprensa no caso do sequestro de Janet Harper.

— O que você quer saber? — pergunta ela.

— Bom — começo —, como Janet é de nossa região, gostaria de saber se a família dela estaria disposta a nos dar uma entrevista.

— Sei — diz a voz do outro lado. — Terei de passar ao nosso assessor de imprensa... Só estou pegando os recados. Qual é o seu nome mesmo?

— Evie Hart — falo. — Sou do *Daily Echo*.

— Tudo bem — diz ela. — Entendi. Vou passar o recado.

Há algo em sua voz que me leva a pensar que eu teria mais sucesso se dirigisse minhas perguntas a Lassie.

— Espere — peço, ainda esperançosa. — Há mais uma coisa.

— Sim? — diz ela.

— Sou amiga de Jack Williamson, seu diretor executivo — explico a ela.

Há um curto silêncio.

— E? — pergunta a mulher do outro lado da linha.

— Er, bom — digo. — Bom, se ele telefonar, diga que eu adoraria falar com ele. Meu nome é Evie Hart.

— Sei — diz ela. — Já disse isso.

Capítulo 75

Graham já entrou em contato com o Ministério das Relações Exteriores, com a ONU, com a embaixada britânica e com algumas outras agências humanitárias que trabalham em Darfur, buscando outras pistas.

Mas ele lida com o problema que todos os jornalistas têm de enfrentar hoje em dia: só recebemos uma sucessão de declarações uniformemente insossas resumidas em quatrocentas palavras, mas que não dizem absolutamente nada. Mais importante, ainda não há sinal de uma foto de Janet Harper.

— Precisamos voltar aos fundamentos — decide Graham.

— O que quer dizer? — pergunto.

Ele pega uma lista telefônica e a joga para mim, chegando alarmantemente perto de me nocautear.

— Epa, desculpe — diz ele. — Agora, vamos dividir os Harper e telefonar para todos.

— Mas tem um monte deles — eu me oponho.

— Eu sei — responde ele. — É melhor a gente correr.

Quando estou prestes a telefonar para o primeiro, chega um novo *press release* do Ministério das Relações Exteriores e algo de imediato me salta aos olhos quando o leio.

— Espere aí, Graham — eu digo. — Isso pode não ser tão trabalhoso quanto pensamos. Há algum Harper nessa lista que seja de Ormskirk? Aqui diz que ela é de lá.

— Brilhante — diz ele. — Hum, vejamos... São dois. Vamos tentar esses.

Animada, telefono para o primeiro número, enquanto Graham pega o segundo. Mas depois de dois minutos tocando, percebo que não terei sorte.

— Ninguém atende — falo a ele.

— Também não tive sorte — diz ele. — Só há uma coisa a fazer. Precisamos ir até lá.

No primeiro endereço, atende à porta uma idosa com o bigode mais exuberante que já vi fora do zoológico.

— O que vocês querem? — grita ela, espiando pela porta.

— Desculpe incomodá-la, mas somos do *Daily Echo* — digo. — Procuramos a família de Janet Harper. Ela agora mora na África, mas nasceu em Ormskirk. Não é parente dela, é?

— O quê? — ela grita de novo, colocando a mão na orelha.

— *Eu disse* que estamos procurando Janet Harper — falo consideravelmente mais alto. — A senhora a conhece?

— Não estou ouvindo — ela berra. — Vocês não são daquela Igreja dos Santos dos Últimos Dias, não é? Se for, pode circular. Desisti de Deus quando Robert Redford se casou.

— Não — eu digo —, não somos. — E ela parece capaz de ler nos meus lábios.

— Bom, se são vigaristas, vou avisando... Nem tentem. Conheço defesa pessoal. Vou meter os dedos nos seus olhos antes que tenham a chance de pedir ajuda aos gritos.

De repente algo me ocorre.

— Seu aparelho auditivo está ligado? — pergunto, apontando meu ouvido.

— O quê? — berra ela.

— SEU APARELHO AUDITIVO? — berro também.

Ela se dá conta e coloca a mão atrás da orelha para mexer em alguma coisa.

— ESTÁ MELHOR ASSIM? — Graham ruge, e tomo um susto.

A velha estremece.

— Não precisa gritar, pelo amor de Deus, o que vocês querem?

— Estamos procurando Janet Harper — eu digo. — Ela mora na África.

Ela balança a cabeça.

— Minha sobrinha Janice mora em Aberdeen. Ela está bem?

Capítulo 76

Ao chegarmos ao endereço seguinte, fica claro que é o local certo. Porque infelizmente não somos os primeiros a chegar — longe disso. Há quatro jornalistas do lado de fora e é quase certo que outros virão por aí.

— Teve sorte? — pergunto a Andrew Bright, do *Daily Mail*.

— Nada — diz ele. — Não tem ninguém aí, mas meu editor me disse para esperar até que alguém volte.

O que, pelo que receio, é exatamente o que vamos fazer.

Vinte minutos depois, olho o relógio e sei que a primeira versão de Graham da matéria terá de entrar na primeira página do *Echo*, com algumas linhas acrescentadas pela redação, mas não haverá nenhuma revelação exclusiva e certamente nenhuma foto ou entrevista com a família.

Perdi a segunda edição, junto com meu (reconhecidamente impossível) prazo. Agora sei que minha única opção é conseguir alguma coisa impressionante para amanhã. Mas, a julgar pelas conversas na frente da casa da família Harper, parece tão improvável para mim como também é para todos os outros.

De repente meu telefone toca e estou em alerta total. Pode ser Jack.

— Evie Hart — eu digo, e me espanto com o nítido tom de esperança-e-desespero em minha voz.

— Evie. Ainda está na frente da casa dos Harper?

Que ótimo. Não é o novo amor de minha vida, é meu editor preferido.

— Estou — respondo. — Mas pretendia deixar Graham aqui e voltar para tentar pelo telefone de novo. Não tem sentido manter dois de nós aqui.

— Você mesma disse — comenta Simon. — Trate de voltar para cá. Você perdeu a porcaria da manhã toda.

Estou sentada num táxi a caminho do escritório quando meu celular toca de novo. Volto ao trabalho o mais rápido que posso, mas Simon evidentemente não percebe que a empresa que administra a conta de nossa cooperativa de táxi não é famosa pelo senso de urgência.

— Estou a caminho — digo, assim que atendo o telefone.

Mas não há resposta e a linha fica muda. Esse homem é o charme em pessoa. Ainda estamos no primeiro mês de nossa relação profissional e ele já bate o telefone na minha cara. Quando o aparelho toca de novo, decido que talvez eu deva ser mais educada, se quiser começar a me entender com ele.

— Oi — digo, mas sei que provavelmente pareceria mais satisfeita em falar com o ginecologista sobre uma gonorreia.

— Evie, é você?

Quase dou um salto dentro do táxi.

— Jack! Caramba! Está tudo bem?

— Eu estou bem — diz ele —, mas a ligação está horrível e tenho de ser rápido. Olha, desculpe pelo fim de semana.

— Não se preocupe. Não posso ficar irritada com alguém que pega um jato para o outro lado do mundo só para resgatar reféns.

— Não sei se fui tão heroico — diz ele. — Olha... Devo voltar depois de amanhã. Vou telefonar para você quando chegar, se estiver tudo bem. E, nesse meio-tempo, eu peço mil desculpas. Se houver alguma coisa que eu possa fazer para compensar, pode falar.

— Já que tocou no assunto — eu digo —, tem algo que você pode fazer por mim.

Capítulo 77

No minuto em que o *Daily Echo* chega às ruas, às 11 horas da manhã do dia seguinte — e minha matéria assume seu lugar como a principal notícia em nosso site —, todos os jornais de circulação nacional do país parecem estar ao telefone procurando uma cópia da foto de Janet Harper. A conversa com a família também foi muito procurada, mas é minha entrevista com Janet Harper — realizada ao celular de Jack no leito hospitalar — que empolgou a todos.

Todos, isto é, menos Simon, que não relutaria mais em me elogiar se alguém apontasse uma arma para sua cabeça. Mas isso não importa. O editor em pessoa mandou um de seus famosos e-mails elogiosos para a redação, parabenizando o trabalho de todos na edição daquele dia. E ele deu destaque *a mim. Agradeço em particular a Evie Hart*, dizia, *que provou num estilo espetacular o que podem fazer o trabalho árduo, a determinação e os bons contatos. Muito bem, Evie.*

Janet foi muito simpática quando falei com ela e concordou em me dar uma entrevista quando voltasse para a Inglaterra dali a algumas semanas.

Também tinha muitos elogios a Jack.

— De maneira nenhuma o Ministério das Relações Exteriores agiria com tanta rapidez se Jack não ficasse no pé deles desde que se soube do sequestro — disse ela. — Ele é realmente maravilhoso.

Capítulo 78

Alma de Cuba, centro da cidade de Liverpool

Ver Jack incita em mim as reações físicas mais incomuns. Estou falando dos sintomas que levariam os outros a marcar uma consulta médica: estômago revirado, pulso acelerado, temperatura elevada, esse tipo de coisa. Na verdade, eu bem que podia ter o diagnóstico dos primeiros estágios da malária.

Mas tenho certeza de que não tenho malária. Tenho certeza de que o que eu tenho é... Bom, estou tentando não colocar o carro na frente dos bois. Mas sentada de frente para Jack, em um dos bares mais modernos do centro de Liverpool num fim de tarde de abril, com uma temperatura anormalmente agradável, é difícil.

Sua pele está um pouco mais bronzeada depois do Sudão e o cabelo foi cortado num estilo que, em qualquer outro, ficaria infantil. Mas infantil é a última palavra que alguém usaria para definir Jack. Ele pode ser uma alma sensível que lê demais e ajuda as pessoas nos países pobres, mas basta olhar para ver que é cem por cento macho alfa — e tem bíceps para provar isso.

— E então, eu ajudei? — pergunta ele.

— Muito — digo. — Desconfio de que se você não interviesse por mim com Janet Harper, agora eu estaria implorando por um estágio para servir hambúrgueres em algum lugar.

Ele sorri.

— Estou exagerando — acrescento. — Eu te devo essa, mas não ficarei numa eterna dívida, então não crie expectativas.

— Que pena — diz ele. — Estava me agradando pensar em como você ia me pagar.

Apesar de uma semana depois do planejado, Jack e eu finalmente conseguimos nos encontrar e, agora que estou sentada de frente para ele, tenho toda a compostura de uma estudante bobalhona num encontro com Justin Timberlake.

O motivo, desconfio, é que agora não há discurso para nos interromper. Nenhum bolo de noiva a ser cortado. Nem damas de honra procurando absorventes. Só eu e Jack.

— Quer outra bebida? — pergunta ele.

— Por favor — digo, secando meu copo.

Ele pega a carta de drinques.

— Bom, temos Singapore Sling, Mai Thai, Sea Breeze, Cosmopolitan, Daiquiri, Cuba Libre, Long Island Ice Tea, Klondike Cooler ou qualquer combinação exótica de frutas e álcool que você quiser.

— Vou ficar com uma cerveja — eu digo.

Ele vai fazer o pedido, mas hesita.

— Não gostaria de ir a um lugar um pouco menos... afetado? — pergunta ele.

Ao irmos para a rua, onde um mundo de gente vai de bar em bar, Jack pega minha mão e eu me aninho nele como se quisesse me aquecer — apesar do fato de já estar perfeitamente quente.

Nos últimos anos, o centro da cidade foi tomado por um monte de bares modernos que exibiam uma clientela tão moderninha que chega a doer e nem um pacote de torresmo à vista. Esta noite estamos com humor para algo diferente, algo mais simples e sei exatamente o que é ao chegarmos a uma porta conhecida.

— O Jacarandá! — exclamo, empurrando Jack para o bar. — Não venho aqui há anos.

— Nem eu — ele sorri. — E por bons motivos.

— Quer dizer que não é fã de microfones? — pergunto.

— Não subiria num palco nem por uma noite com Elle Macpherson.

Franzo a testa.

— Tudo bem, uma semana — diz ele.

Ao entrarmos no bar, somos atingidos por uma combinação de calor, barulho e um perfume pungente de birita e suor. Este é um bar onde as pessoas sabem se divertir. Não é um bar para fazer pose, nem para pegação, mas aqui você pode beber à moda antiga (em canecas) e, se o clima te pegar, fazer o que deu fama a este lugar: cantar.

Esta noite o palco do Jacaranda está aberto, o que basicamente significa karaokê com gosto, pelo menos em teoria. Não é um território "Like a Virgin", é para músicos sérios ou os que gostariam de se ver como tais.

Quanto ao motivo para eu gostar tanto, bom, tenho uma confissão a fazer. Antigamente eu também vinha aqui para cantar. Naquela época, quando estava na universidade, eu também namorava a música, embora nunca fosse realmente das sérias. Sempre soube que meus momentos de vocalista do Bubblegum Vamp (um nome que detestei pelos dois anos e meio de nossa existência) um dia se extinguiriam, quando eu conseguisse um emprego decente.

De qualquer maneira, naquela época, o único exercício que minhas cordas vocais faziam era cantar no banheiro e de vez em quando no carro, embora eu quase não faça isso desde que percebi os olhares que atraía dos outros motoristas. Grace me viu uma vez no sinal berrando "Suspicious Mind" e depois me disse que eu parecia estar tendo um ataque.

— Isso me traz lembranças — eu digo, enquanto avançamos para duas banquetas no bar, quando um casal se levanta para sair.

— Você não é cantora, é? — pergunta Jack.

— Não fique tão surpreso — eu digo. — Para falar a verdade, eu já fui de uma banda. Há muito tempo, devo confessar. Na época o Nirvana era um sucesso. Meu Deus, eu pareço uma velha.

— E aí, vai tentar esta noite? — pergunta ele, claramente divertindo-se um pouco.

— De *jeito nenhum* — eu balanço a cabeça vigorosamente. — Já faz uma eternidade desde que cantei em público.

— Bom, então — diz ele —, eu diria que está na hora de tentar de novo.

— Acho que não.

— Ah, vamos lá.

— Acredite — respondo. — Eu só o deixaria envergonhado.

— Você não me envergonharia — diz ele. — Se for uma porcaria, vou fingir que não te conheço.

Capítulo 79

Ai, meu Deus, o que estou fazendo?

Já cantei na frente de todo tipo de público: pais e professores na escola, alunos da universidade, e muitas vezes diante de uma multidão neste lugar. Mas depois de uma hora com Jack tentando me convencer a fazer isso — e enfim conseguindo —, de repente sinto um nervosismo desesperador.

As palmas das minhas mãos estão desagradavelmente pegajosas, meu estômago parece digerir um curry duvidoso e, agora que estou ali, só consigo pensar no que diabos me possuiu para concordar com isso. Tudo bem, a taça de vinho e as duas garrafas de cerveja provavelmente tiveram alguma coisa a ver com a história.

Pelo menos a banda é muito boa, tanto que fico surpresa que concordem em me acompanhar. Eu só conhecia vagamente o baixista, dos meus tempos de Bubblegum Vamp, depois de sair com um dos amigos dele (por quatro dias — um ponto particularmente baixo do meu problema com compromisso).

Nos primeiros acordes de abertura, percebo de imediato que a música que escolhi é um erro completo. Vi Ruby Turner cantar "Nobody But You" ao vivo no programa de Jools Holland anos atrás e me apaixonei de imediato por ela. Mas eu devia ter me lembrado de um dos princípios fundamentais de cantar em público: ninguém deve tentar imitar Ruby Turner, a não ser que seja Ruby Turner.

De repente um refletor se acende em meus olhos e me pergunto se todos na plateia estão cientes, como eu, da gota de suor que começa a escorrer por minha testa.

Tarde demais para me preocupar com isso. Respiro fundo e no segundo em que começo aqueles belos versos, minha ansiedade desaparece. Porque, incrivelmente, minha voz é mesmo um tanto boa.

— *No-one ever gave me anything...* — lamento.

Levanto a cabeça e noto que as pessoas estão olhando para mim — e de uma maneira tal que parecem querer ouvir também. Fecho os olhos e me imagino cantando no banheiro, sem inibições, sem plateia, só um rádio estalando e a companhia de um monte de tubos vazios de condicionador.

Posso estar enganada, mas de repente tenho completa confiança de que sou boa. Não, boa não, eu sou *ótima*!

— *No one ever held my hand...* — eu canto.

Olho o baixista e ele assente, aprovando. Ainda estou nervosa, mas me sinto no topo do mundo.

— *Nobody. Nobody but you.*

Meus olhos se fixam em Jack enquanto canto para ele de corpo e alma. Quando estou prestes a começar a segunda estrofe, alguém atrai meus olhos. Alguém na frente. Alguém que acena.

Ai, meu Deus.

Ah, mas que merda.

Não pode ser.

Mas é.

Gareth.

Epa. O último verso saiu vacilante pra caramba.

— *Every time that I felt lost...*
Ah, merda, merda, merda. Vacilei mais ainda.

Tento desesperadamente me concentrar, mas não consigo manter a atenção em nada que não seja Gareth, cuja expressão sorridente de repente tem uma nítida semelhança com a de Jack Nicholson nas últimas cenas de O *iluminado.*

Procuro ao máximo parecer suave e rouca, mas agora só pareço gripada. E enquanto as pessoas começam a virar a cara, olho mais uma vez o baixista para ter algum apoio moral. Desta vez, ele evita me olhar nos olhos, obviamente querendo estar com alguém de maiores habilidades vocais. Como as Cheeky Girls, por exemplo.

Gareth agora está bem na frente da multidão e é a única pessoa no salão que balança com a música, com os olhos colados em mim. Ansiosa, olho para Jack, do outro lado. Quando ele me vê, sorri, encorajando. Por algum motivo isso me traz à mente a expressão de minha professora da escola dominical depois que eu soltei um pum audível no meio de uma peça natalina quando tinha 6 anos. Mesmo naquela idade, eu estava dolorosamente ciente de que a Virgem Maria simplesmente não devia peidar — pelo menos não em público — e por mais solidário que fosse o olhar da professora, minha humilhação não ia ser esquecida assim tão fácil.

À medida que a música alcança um crescendo, fecho os olhos, desesperada para bloquear qualquer visão de Gareth e decidida, ao chegar ao final, ao verso mais complicado, a dar tudo de mim.

— *No... body... but...* YOUUUUUUUUU!
É verdade mesmo, eu dei tudo de mim.
Que pena que parecia uma galinha sendo abatida.

Capítulo 80

Com as mãos tremendo, devolvo o microfone ao suporte e me dirijo para a escada do palco. Os aplausos consistiam unicamente em palmas constrangidas — com a exceção de Gareth, que gritava para mim na primeira fila como se tivesse acabado de ver Shania Twain na última apresentação de uma turnê mundial.

Ao chegar ao último degrau, minha cabeça gira com toda sorte de pensamentos: como passar por Gareth, como tirar Jack daqui e, não menos importante, como viver depois de uma apresentação que, séculos atrás, teria sido crime punido com a forca.

Com todos esses problemas girando em minha mente, eu pareço incapaz de cuidar de outro: a questão menor de colocar o pé com firmeza no chão, um na frente do outro. Em vez de descer o último degrau e cair nos braços de meu amado acompanhante, como eu esperava quando subi para cantar, faço o tipo de manobra que se pode esperar de um avestruz de pernas tortas depois de uma overdose alcoólica.

Gareth se desvia enquanto minhas pernas se torcem e voo de encontro ao chão — até que acabo com duas cascas de coquetel de camarão e o gargalo de uma garrafa de Budweiser enfiados nas fuças.

— Evie, você está bem?! — grita Gareth dramaticamente ao ajudar a me levantar.

— Estou — digo, espanando minhas roupas. Não quebrei nada — a não ser meu orgulho —, mas como Jack está pegando a rodada seguinte de bebidas no bar, parece não ter visto minha queda.

— Você estava incrível — Gareth suspira.

— Não estava, não — eu digo, pensando que teria preferido que ele tentasse me segurar quando caí em vez de me elogiar agora.

— Evie, *estava sim* — insiste ele, e percebo que a urticária que tinha da última vez que o vi se espalhou mais rápido do que fogo numa refinaria de petróleo.

— Sua voz é um verdadeiro clássico — continua ele. — Do tipo da Geri Halliwell.

— Ah, er, bom, obrigada — eu digo. — Mas eu preciso correr.

— Eu pretendia te dar uma ligada — continua ele.

— Sei — digo. — E por que isso?

— Porque andei pensando muito... *em nós*.

Ai, Deus.

— Gareth, você estava pensando muito... *em nós*... na última vez que o vi — digo. — Todo esse pensar vai provocar uma hemorragia nasal se não tiver cuidado.

— Bom, mas então — continua ele, ignorando essa —, sei que falamos do problema de compromisso que você tem...

Não tenho mais.

— E como eu sinto que posso te ajudar a superar...

Não, obrigada.

— E, bom, eu sei o que você disse da última vez...

Pelo que me lembro, eu não podia ser mais clara.

— Mas no fim das contas é...

— Sim, Gareth? — pergunto educadamente, tentando não revelar que começo a achar isso irritante como um pé de atleta crônico.

— Evie — diz ele generosamente —, estou disposto a te dar uma segunda chance.

Capítulo 81

Há uma ligeira pausa enquanto tento me decidir se ouvi bem o que Gareth disse.

— Você o *quê*? — pergunto por fim.

— Eu disse que estou disposto a te dar uma segunda chance — ele repete, parecendo imensamente satisfeito consigo mesmo. — Cheguei à conclusão de que ninguém é perfeito e que seu isolamento emocional de tudo ou de todos é algo em que podemos trabalhar juntos, *como um casal.*

Não sei se perco as estribeiras com ele ou fujo correndo dali. Sabendo que Jack está do outro lado do salão, porém, não faço nem uma nem outra, e mantenho a voz baixa ao falar.

— Gareth, nós não somos mais um casal.

Ele faz uma careta.

— Evie, *eu sei* disso. E não há necessidade de me falar como se eu fosse uma espécie de psicótico. Não sou. Sou só um cara normal que gosta de você e quer tentar alguma coisa com você.

— Sei que não é um psicótico — eu digo, embora, agora que ele falou nisso, Norman Bates pareça uma alternativa mais atraente no momento. — Escute, Gareth — continuo, sabendo que tenho de voltar a Jack. — Eu sei que pode parecer que fico tentando te evitar, mas não é isso. Eu realmente preciso ir.

Ele solta um longo suspiro.

— Vamos combinar o seguinte — acrescento, pensando na única coisa que pode apaziguá-lo. — Eu telefono para você na semana que vem e nós conversamos sobre isso, está bem?

— Eu gostaria muito, Evie — diz ele, assentindo.

— Então a gente se vê — termino, prestes a finalmente fazer minha saída.

Ele me pega pelo braço.

— Antes que vá — diz ele —, quero que fique com uma coisa.

— O que é? — Minha mente volta num átimo ao último objeto que ele decidiu me dar em público.

— Não fique tão desconfiada — ele ralha comigo. — É só aceitar, por favor. Como um presente. Meu.

Gareth me entrega uma caixinha embrulhada em papel prateado e uma fita rosa-shocking. Começo a balançar a cabeça. Não sei o que tem ali, mas aceitar qualquer presente de Gareth no momento parece mais duvidoso do que um armário cheio de pornografia na garagem de um pastor da Igreja Anglicana.

— Não posso aceitar isso — eu digo, e nunca falei mais sério na minha vida.

— Pode sim, Evie. *Por favor* — diz ele. — São os brincos que você queria. Você os viu quando saímos juntos uma vez e me lembro de você dizendo o quanto gostava deles. Eu ia comprar para você para o casamento de Grace, mas você terminou comigo.

Sinto uma pontada de culpa.

— Gareth, é muito amável de sua parte — eu falo —, mas é sério, não acho que seja... apropriado.

— Você não pode ser tão fria — diz ele, semicerrando os olhos.

Para alguém que supostamente está apaixonado por mim, Gareth é muito bom em seus insultos.

— Olha, me desculpe, mas não quero isso. — Sentindo-me péssima, devolvo a caixa a ele.

Mas ele não a aceita; simplesmente se vira e começa a se afastar.

— Desculpe, Evie — diz ele, com uma expressão quase tão sincera quanto um indicado ao Oscar. — Agora eu realmente preciso ir.

E antes que eu me dê conta, ele se foi. Se mandou antes de eu ter a chance de dizer ou fazer alguma coisa.

Mas que insolência. Esse truque *é meu*.

Capítulo 82

— Tem certeza de que está tudo bem? — pergunta Jack ao entrarmos em um táxi.

— Está. Sinceramente, acho que exagerei — eu digo, envesgando os olhos para destacar o quanto estava bêbada e de imediato percebendo que devia estar antissexy.

— Molenga — ele sorri. — Bom, de qualquer modo achei você incrivelmente corajosa, subindo daquele jeito para cantar.

— É — eu digo. — É preciso ser corajosa ou burra para subir no palco e dar um show daqueles.

— É sério — continua ele. — Quero dizer, nem em um milhão de anos você conseguiria que eu fizesse aquilo.

— É mesmo?

— É. As pessoas acham que é uma briga de gatos quando estou cantando. Nunca nem participei de karaokê. Na verdade, faço mímica nos hinos nos casamentos.

— Ah, bom, eu não podia saber disso, não é? — digo. — Sempre fico na frente com um buquê nas mãos. Mas então, devia experimentar um dia... Pode ser que você goste.

— Evie, eu posso gostar de você o bastante para ser convencido a fazer um monte de coisas por você, mas *nunca*, *jamais* vai me fazer cantar em público.

— Mas que estraga-prazeres — eu suspiro. — E depois de tudo por que acabei de passar.

Sua mão de repente acha a minha e ele me olha nos olhos ao me puxar devagar para mais perto dele. Seu rosto está a centímetros do meu e sinto sua respiração suave em minha pele. Nossos lábios se encontram e quando começamos a nos beijar no escuro do táxi, eu fico quase sem respirar.

Grace uma vez me disse que ela e Patrick quase transaram no banco traseiro de um táxi. Não sei bem o que constitui o "quase", mas aposto que não é algo que eles façam com muita frequência hoje em dia. A ideia passou pela minha cabeça porque nosso beijo, em algum momento ao longo do caminho, tornou-se bem mais apaixonado do que seria adequado nessas circunstâncias.

Nossos corpos estavam apertados um no outro, e o fato de que isso acontecia no maior silêncio possível para não chamar a atenção do motorista só servia para acelerar ainda mais a minha pulsação.

A mão de Jack está na minha perna e ele a move lentamente para cima, minha saia começa a subir pela coxa. Sei. Pelo modo como enfraquece o ritmo do beijo, sei que ele está tentando deduzir se estou contente com isso ou não. Então eu o beijo de um jeito que não lhe deixa nenhuma dúvida.

— Não é mais rápido seguir pelo parque? — grita o taxista para o banco de trás, e Jack e eu nos separamos num salto.

— Sim, deve ser o melhor caminho — diz Jack. Nós nos olhamos e sorrimos como conspiradores.

O táxi segue por alguns segundos, antes de Jack se virar para mim de novo e eu olhar suas feições iluminadas por um lampejo laranja das luzes da rua. Seus lábios roçam em minha orelha e provocam um tremor de eletricidade por mim.

— É que alguém que levei na semana passada quis que eu descesse a Dock Road — diz o taxista, e nos separamos num salto de novo, reprimindo risadinhas.

— Acho que sem dúvida tem razão nisso — concorda Jack.

— Bom, foi o que pensei — disse o motorista. — Pego todo tipo de gente aí atrás, vocês nem acreditariam.

Ele passa a nos contar uma história de uma mulher cujo king charles spaniel entrou em trabalho de parto no banco traseiro de seu táxi enquanto ele tentava percorrer 2,5 quilômetros de obras públicas na Smithdown Road. Jack se recosta de novo, mas não para me beijar. Segurando minha mão, ele põe a boca em meu ouvido.

— Não vai se safar assim com tanta facilidade — sussurra.

Eu me viro e lhe dou um breve beijo na boca.

— Que bom — sussurro em resposta.

Capítulo 83

Academia de Ginástica Green, Liverpool, 13 de maio

— Oi, Charlotte — grita alguém enquanto entramos na academia.

Charlotte e eu nos viramos e um dos instrutores corre em nossa direção, agarrado a uma pilha de folhetos. É uma daquelas pessoas irritantes de atléticas que nunca parecem andar, passando de um lugar a outro com um saltitar permanente.

— Ah, oi, Shaun — diz Charlotte, animada.

Seis meses antes, teria sido impensável a ideia de Charlotte tratar um instrutor de academia pelo primeiro nome. Agora eles praticamente são seus melhores amigos.

— Tentei falar com você ontem, mas não a encontrei — diz ele. — Você não está matando aula, está?

— Tinha hora com o dentista, só isso — explica ela. — Vim todos os dias esta semana, exceto ontem.

— Não se preocupe, só estava brincando... Eu vi a frequência com que você vem aqui — responde ele. — E é evidente que está funcionando. Você está demais... Uma propaganda ambulante deste lugar. Mas então, eu te procurei porque estou organizando uma gincana beneficente para o ano que vem. Estou tentando reunir um grupo de pessoas para fazer mountain bike pelas montanhas do Atlas.

Charlotte está completamente pasma, mas ele a interpreta mal.

— Não, também não sei onde ficam — diz ele. — Ao que parece, no Marrocos. Mas a questão é que vai ser muito divertido e podemos levantar fundos para caridade. Pense um pouco nisso, sim?

— Humm, tudo bem — diz ela. — Vou pensar.

Enquanto Shaun e suas pernas inacreditavelmente saradas saltitam de novo para o vestiário masculino, eu me viro para Charlotte.

— Eu por acaso não existo? — pergunto. — *Eu* não pareço capaz de pedalar pelas montanhas do Atlas?

Ela dá de ombros como quem se desculpa.

— Acho que pode ser que só os clientes frequentes estejam sendo convidados — diz ela.

— Humm. Parece que não venho aqui há algum tempo, né?

Ela sorri.

— É o que acontece quando você acha alguém com quem quer passar cada segundo do dia — diz ela.

— É assim tão óbvio? — Sinto uma onda de felicidade induzida por Jack, combinada com uma pontada sutil mas muito definida de culpa. Sei que andei deixando Charlotte de lado. E Grace, aliás. Valentina eu não via há séculos — mas ela tem o próprio romance em desenvolvimento (leia-se "maratona de cama") com Edmund Barnett.

— Então, Charlotte — eu digo. — Pedalar pelas montanhas do Atlas. Vai encarar essa?

— Sabe de uma coisa — diz ela —, bem que eu podia. Não pode ser mais difícil do que perder todo este peso.

— Ah, meu Deus, você vai fazer mesmo — eu digo.

No vestiário feminino, logo fica evidente o quanto Charlotte está se esforçando. Desta vez, ao se despir, ela não se esconde mais atrás de suas imensas toalhas de praia tamanho família. Anda por ali tranquilamente de calcinha, que agora é de renda e da moda. Na verdade, não parece nada com as calçolas da vovó que ela costumava usar — calçolas que eu diria que ela a essa altura deve ter queimado, a não ser pelo risco de incêndio causado pelo poliéster.

Mas não é só Charlotte de lingerie. Agora ela é dona de uma peça de roupa que cobiçou a vida toda, como outros cobiçam jeans Gucci. Um terninho da Next.

Tudo bem, então não é exatamente o que a *Vogue* sugere como item da moda da estação. Mas representa algo importantíssimo para Charlotte. Porque, pela primeira vez na vida, ela não tem de ir a uma daquelas lojas especializadas com nomes eufemísticos como *Roupas Femininas GG* ou *Fofa e Bela*. Pode andar pela rua principal, entrar numa loja comum e comprar um maiô — tamanho 42. E um tamanho 42 confortável.

— Quanto você emagreceu esta semana? — pergunto.

— Mais dois quilos e duzentos — diz ela, radiante. — Todo mundo me avisou que a perda de peso começaria a se reduzir logo, mas não foi o que aconteceu. Agora parece estar em queda livre.

É engraçado, mas saber que ela está 2 quilos mais leve faz Charlotte correr mais rápido na esteira. Ela aperta os botões até que chega a 9 quilômetros por hora e anda tranquilamente sem o medo de as pessoas atrás ficarem encarando seu traseiro.

Ao olhar o espelho diante de mim, um rosto familiar passa pela porta e eu me viro para Charlotte, surpresa.

— Foi o Jim que acabou de entrar? — cochicho.

Ela assente.

— Ele se matriculou logo depois do casamento de Georgia — diz ela. — Eu recomendei o lugar. Mas ele não vem com a mesma frequência que eu.

— Ninguém vem — observo.

— Oi, meninas — cumprimenta Jim, aproximando-se de nós. — Como está, Evie?

— Ótima — digo, ainda assombrada por vê-lo. — E você?

— Ah, tudo bem — diz ele. — Estou começando a pensar que você mora aqui, Charlotte. Parece estar nessa esteira sempre que passo por aquela porta.

Ela aperta alguns botões na máquina e reduz o ritmo a um caminhar leve.

— Juro que vou para casa à noite — afirma ela, sem fôlego. — Mas às vezes eles precisam me expulsar daqui.

— Bom, você me bota no chinelo, pode apostar — diz ele. — Digo a mim mesmo todo domingo à noite que virei aqui um mínimo de três vezes na próxima semana, mas só atingi essa marca uma vez. Gosto demais do pub depois do trabalho.

Charlotte ri e de repente me ocorre que ela não corou nada desde que a conversa começou. Tudo bem, ela está vermelha da corrida mesmo, então provavelmente eu não poderia saber, mas ainda assim...

— E por falar em pub — diz Jim. — Não acho... Bom, não acho que você fique tentada a me acompanhar uma noite dessas, não é?

Ela hesita.

— Ah, não precisa ser ao pub, pode ser no lugar que preferir — diz ele. — Uma exposição, um restaurante... Onde você quiser.

— Sim — concorda ela. — Sem dúvida seria muito legal.
— Ótimo. — Ele fica satisfeito.

Eu sabia. Eu sabia, caramba. Eu tinha razão o tempo todo. Charlotte e Jim, enfim juntos. Estou explodindo de orgulho.

— Só que eu vou ficar muito ocupada nas próximas semanas — continua Charlotte, enquanto meu sorriso se dissolve de repente. — Com o casamento e tudo... Só faltam três ou quatro semanas até lá. E eu tenho muito que fazer no trabalho. Mas um dia vamos sair, sim. Claro que vamos, um dia desses.

Jim sorri mansamente mas é óbvio que ele sabe o que ela está tentando dizer.

— Não estou tentando dar o fora em você — acrescenta ela.

Mas é exatamente o que ela faz. E nós três sabemos disso.

Capítulo 84

Apartamento de Jack, sexta-feira, 18 de maio

Aconteceu uma coisa engraçada na noite passada. Jack e eu saímos por uma média de cinco vezes por semana desde o casamento de Georgia e, embora o estado geral de euforia em que me encontro no momento seja, de muitas maneiras, inestimável, não tem um efeito positivo sobre minha conta bancária.

— Então, vamos ficar aqui — diz Jack. — Podemos alugar um DVD e nos aninhar no sofá. Se não tiver problema para você.

— Fantástico — eu disse. E, estranhamente, fui sincera.

Até agora, era exatamente esse tipo de proposta que contava como um de meus "gatilhos": aquelas coisinhas que podem parecer inteiramente inócuas a um espectador, mas eram suficientes para me fazer começar a tramar minha libertação com a determinação de um prisioneiro de Alcatraz.

Esses gatilhos foram acionados inúmeras vezes. De ver as meias de alguém no meu cesto de roupa suja à sugestão de jantar com os pais, bastava qualquer situação que pudesse ser considerada "de casal" para me fazer fugir. Mas ao que parece, como na noite passada, ficar para assistir a um filme é uma perspectiva que considero mais excitante que uma estreia no cinema de braços dados com Brad Pitt.

O mais estranho é que isso realmente correspondeu às expectativas. Adorei o jantar que Jack preparou para mim, adorei ver o filme bobo que alugamos e adorei me aninhar no sofá. Não, eu *realmente* amei ficar aninhada no sofá.

Na verdade, só houve um ponto baixo a noite toda — algo que não consigo tirar da cabeça, nem mesmo agora. Jack foi ao banheiro e, enquanto estava lá, seu celular tocou. Eu estava prestes a atender para ele quando vi o nome piscando na tela. *Beth*. Meus olhos se arregalaram de choque enquanto eu estava sentada ali, deixando tocar, perguntando-me que diabos fazer. Ainda tocava quando ele voltava à sala.

— Humm, seu telefone tocou — eu lhe disse, balbuciando.

— Sim — disse ele, olhando a tela do celular. — Obrigado.

Examinei sua expressão, mas não transparecia nada.

— Não vai ligar de volta? — perguntei com a maior despreocupação possível.

— Se for importante, vão deixar um recado — ele deu de ombros com a mesma despreocupação.

Eu estava prestes a perguntar se era alguém que eu conhecia — só para ver se ele tentaria fingir que era outra pessoa — quando me reprimi. Podia haver uma explicação inteiramente inocente. Na verdade, eu tinha certeza de que havia. Então eu não podia simplesmente partir para um interrogatório completo. Os relacionamentos são uma questão de confiança, ou é o que disse toda revista que li em cada cabeleireiro em que estive. Então eu preciso confiar nele. Não há dúvida.

Mas e se ele for um completo galinha? E eu estiver sendo traída por ele? Ah, meu Deus. Ah, droga. Arrrrghhh!

Mas na hora fiquei de boca fechada e não perguntei nada. Em parte para evitar que Jack pensasse que sou uma ciumenta maníaca por controle que não quer nem que ele fale com outras mulheres. Mas também porque eu não queria saber as respostas.

Esta noite, toco a campainha do apartamento de Jack às 19 horas, depois de depilar as pernas de novo (elas não ficaram tão macias por um período tão contínuo desde que eu tinha 3 meses de idade) e passar maquiagem suficiente para cobrir qualquer mancha, mas não em excesso para uma noite diante da TV.

Ele atende à porta de jeans e com uma camiseta que mostra a definição de seus braços a um grau tão perturbador que sei de imediato que não vou conseguir me concentrar em mais nada esta noite.

— Entre — diz ele, pegando meu casaco enquanto sou envolvida por um aroma incrível, que pela primeira vez não vem dele.

— Gosta de comida tailandesa, não gosta? — pergunta ele enquanto vamos para a cozinha para ele mexer o molho.

— Adoro — eu digo.

E então, de alguma maneira, e eu sinceramente não sei como, algo acontece que leva nossa conversa a um fim imediato. Podem ser as especiarias invadindo nossos sentidos ou, mais provavelmente, o simples fato de que isto já vem fermentando há semanas. Seja lá o que for, segundos depois da minha chegada, Jack e eu estamos nos braços um do outro, nos beijando — não, não beijando, nos *devorando*.

Com a boca explorando a do outro e seu corpo apertado contra o meu, cambaleamos pela sala até pararmos ao lado do bar. Jack me levanta em uma banqueta, beijando cada centímetro da minha clavícula enquanto eu passo as pernas por sua cintura. Algo me domina ao agarrar sua camiseta e, decidida, levanto-a sobre sua cabeça, expondo os músculos macios e tonificados de seu torso.

Peça por peça, tiramos a roupa até que nós dois ficamos quase nus, Jack está dentro de mim e somos tomados por um êxtase que posso dizer com confiança que simplesmente nunca senti na vida.

O curry tailandês ferve freneticamente e o arroz se transforma numa papa. O jantar a essa altura é intragável.

Mas, para falar a verdade, nenhum dos dois dá a mínima.

Capítulo 85

Meu apartamento, segunda-feira, 21 de maio

Ficamos no apartamento de Jack por dois dias inteiros. Sinceramente, eu esperava que a delegacia de desaparecidos desse uma batida depois de uma busca intensa de 48 horas e descobrisse que estávamos vadiando na cama, sobrevivendo apenas de torradas, café e uma saudável porção de desejo sexual.

Esta noite, peguei o último turno no trabalho e combinamos que só nos veríamos no dia seguinte. Antes de mais nada, havia uma grande parte de mim pensando que eu realmente devia passar uma noite sozinha só para provar que posso fazer isso sem me consumir por ele.

Pelo menos a teoria era essa. Agora são quase 10 horas da noite e ao abrir a porta do meu apartamento e arriar na frente da televisão, ligada no noticiário, imagino se ele o está vendo também. De imediato afugento essa ideia. Temo estar me tornando meio digna de pena.

Esta noite, quando eu estava cobrindo uma história sobre um protesto de caçadores de raposa, cogitei qual seria a opinião de Jack com relação aos direitos dos animais. Quando entrei no banheiro das mulheres e me olhei no espelho, pensei nele beijando minha testa ontem à noite. Até me peguei rabiscando seu nome em meu bloco quando eu devia estar tomando nota de algumas palavras de um vereador. Da última vez que fiz isso com o nome de um cara, o Duran Duran fazia sucesso. Para resumir, tenho pensado em Jack Williamson mais ou menos constantemente.

Mas nem tudo foi assim tão bom. Porque no fundo da minha mente eu ainda não conseguia me livrar da sensação ranheta que tive com aquele telefonema de Beth. Será que eu devia encostar Jack na parede? Ou isso o faria sair correndo? Estou pensando muito nessa questão — de novo — quando meu telefone toca.

— Só pensei em telefonar para ver como estava sua noite — diz Jack.

Apesar do que passou pela minha cabeça um segundo atrás, sua voz me faz sorrir. Na verdade, me faz dar um sorriso tão escancarado, que sei que não ficaria mais pateta nem se eu estivesse com os óculos do Clark Kent.

— Ah, fabulosa — digo a ele. — Tive uma sucessão de birutas ao telefone. Um queria que eu fizesse uma matéria sobre ele ter sido roubado por um cara que lhe vendeu uma maconha duvidosa.

Jack ri.

— E o que você disse a ele?

— Aconselhei-o a entrar em contato com a defesa do consumidor — respondo. — E a sua noite?

— Nada tão emocionante — diz ele. — Fiquei dividido entre colocar uma carga de trabalho em dia, consertar o rodapé na sala de estar e ver reprises de *M.A.S.H.* na TV a cabo.

— Então perai para a Lábios Quentes Houlihan — digo.

— É, bom, ela ganhou o dia mesmo — concorda ele. — Mas tenho de dizer que minha noite passada foi muito melhor.

Sorrio de novo, desta vez de orelha a orelha.

— A minha também — ronrono. — Na verdade, se não achar que é atrevimento demais, gostaria de repetir um dia desses.

— Eu *acho* que é atrevimento — ele me diz — e fico muito feliz de você querer repetir um dia desses, porque, por mim, posso fazer isso com a frequência que você quiser.

— Ah, mas sempre vou ter o café da manhã na cama?

— É só isso que quer de mim? — pergunta ele, fingindo mágoa.

— Humm, isso e o seu corpo — digo.

Quando a conversa termina, uma hora e meia depois, e estou indo para a cama, tenho de me obrigar a pensar por um momento em outros assuntos que deveria refletir. Benno, vulgo meu amigo inspetor detetive Gregg Benson, e sua história sobre o paradeiro de Pete Gibson (que ainda estou desencavando), o aniversário de 5 anos de Polly na semana que vem, o casamento da minha mãe... Ah, meu Deus, sim... O casamento da minha mãe!

Só faltam três semanas, e embora ela tenha arrumado uma mulher para tingir seu arranjo de cabelo e alguém para lhe aplicar tatuagens de hena, há ainda outras questões que ela está "resolvendo".

Como os convites. E o transporte. E a música.

Por que acho que eu estaria melhor se dependesse de uma criança de 3 anos para organizar este casamento?

Capítulo 86

Casa da minha mãe, Scarisbrick, Lancashire,
sexta-feira, 8 de junho

Abro a porta para Valentina, que sorri como louca e traz uma mala tão grande que poderia ser chamada de trailer se tivesse rodinhas.

— Vai embarcar em uma volta ao mundo ou coisa assim? — pergunto, pegando a alça da mala para ajudá-la a puxar escada acima.

— Se está se referindo à minha mala — diz ela —, garanto que Harvey Nicks tem algumas muito menos modestas.

— Não precisa se justificar para mim — falo a ela.

— Sei disso — diz ela, toda alegrinha, o que lhe é pouco característico —, mas só para sua informação, vou ter de cuidar de mim mesma e de Charlotte, o que significa que tive de trazer o dobro de cosméticos. Temos um tom de pele totalmente diferente.

Examino sua expressão por um segundo.

— Está tudo bem? — pergunto. Nunca vi Valentina com um sorriso tão largo, em grande parte porque ela não quer provocar rugas prematuras.

— Ah, está — responde ela misteriosamente. — Ah, sim, sem dúvida nenhuma.

Finalmente chegamos ao quarto de minha mãe que, com seu turbilhão de tecidos estampados e véus étnicos, parece um cruzamento de brechó de caridade com antro de ópio. A impressão geral do lugar é roto chique, sem o chique. E com seis pessoas espremidas ali, já está começando a ficar meio claustrofóbico.

— Valentina! Que bom te ver! — diz minha mãe, dando-lhe um beijo no rosto.

Mamãe passou a manhã toda de roupão, com o cabelo ruivo preso em bobs, o que desconfio muito de que vai deixá-la parecida com um Muppet quando forem soltos.

— Obrigada, Sarah — diz Valentina, radiante. — E como está você? Nervosa?

— Ah, não — responde mamãe. — Não tendo ao nervosismo. Pratiquei bastante ioga nesses anos todos... Acho que o nervosismo está além de mim.

— E toda a droga que você fumou na década de 1970 deve ter ajudado também — intrometo-me.

A campainha toca de novo e Valentina se oferece para atender, embora ela provavelmente fique feliz em se livrar de todo o incenso, que deve estar se chocando pavorosamente com seu perfume DKNY Be Delicious.

Chegam Charlotte, Grace e Gloria Flowerdew, amiga de minha mãe e outra de suas muitas damas de honra, com o macacão de brim, que é sua marca registrada. E com isso, e minhas duas primas mais novas, Deborah e Jasmine, além de Denise — que trabalha na recepção do centro em que minha mãe ensina ioga —, o número de pessoas no quarto agora começa a ter o ar de um mercado do terceiro mundo.

— Muito bem, Charlotte — diz Valentina, guiando-a para a beira da cama. — Como vamos fazer sua maquiagem hoje?

— Ah, humm, eu não ligo — responde Charlotte. — Você sempre faz tudo tão bem. Faça o que achar melhor.

— Muito bem — diz Valentina, por algum motivo dando a impressão de que esta não era a resposta que esperava. — O que acha, Grace? — acrescenta ela, virando o queixo de Charlotte para cima. — Penso que um damasco claro pelas pálpebras destacaria sua cor, não acha?

Grace, que está vasculhando a bolsa, levanta a cabeça por um momento.

— Claro que sim — diz ela, antes de voltar a tentar localizar o celular.

Depois de sorrir mais do que o gato de Cheshire de Alice no país das maravilhas desde que entrou aqui, Valentina, por algum motivo, começa a parecer infeliz. Desta vez, vira-se para mim enquanto me maquio diante do espelho.

— Evie — diz ela —, essas cores que está usando podem ficar boas em Charlotte também. O que você acha?

Depois ela faz uma coisa muito esquisita. Coloca as mãos em meus ombros e se curva para me olhar pelo espelho enquanto fala. É o tipo de contato físico íntimo que se pode esperar entre duas adolescentes. De Valentina, é suspeito como um pacote de papel pardo fazendo tique-taque.

— Sei que você é uma juíza muito melhor para essas coisas — digo a ela.

Ela se afasta e cruza os braços, agora realmente irritada.

— Qual é o problema? — pergunto. — Tem alguma coisa errada, não tem?

— Bom, já que falou no assunto, sim — diz ela.

— Então, ora, desembuche.

— *Isto!* — guincha ela, jogando a mão esquerda na frente da minha cara, enquanto o quarto cai em silêncio.

No anular, um anel de diamante. Não, não é só um simples anel de diamante.

Este anel de diamante é tão grande que pode ser usado como peso para papéis.

Capítulo 87

— Santa mãe do céu! — vem um grito do outro lado do quarto.

É Denise, que está correndo para nós. Pegando a mão de Valentina, ela examina o anel. Valentina enfim parece um tanto satisfeita.

— Eu ia comprar um desses! — exclama Denise num tom de voz estridente.

Valentina fica passada.

— Acho que não ia — diz ela com esnobismo, empinando o nariz.

— Eu *ia* — insiste Denise.

— Não — insiste Valentina também, afastando a mão num rompante. — Não ia, não.

— Fala a verdade — continua Denise, inocentemente —, é o *Diamontique*, não é? Colocaram naquele canal de compras na semana passada. São *lindos*. Sua sortuda.

Valentina dá a impressão de que vai desmaiar.

— Não quer se sentar? — pergunta Charlotte com sua diplomacia.

Nossa amiga se empoleira teatralmente na beira da cama de minha mãe, com as costas da mão na testa.

— *Não é*, repito, *não é o Diamon*-sei-lá-o-quê — diz ela com firmeza.

— *Diamontique* — corrige Denise, claramente sem perceber a agonia que consegue provocar.

— Isto — enfatiza Valentina — é um genuíno diamante 5 quilates, de lapidação perfeita e exclusivo. Mestres artesãos labutaram por meses para criar o mais belo, mais singular e mais perfeito anel de noivado que se pode encontrar. *E mais importante, custa os olhos da cara!*

A pobre Denise finalmente é silenciada.

— Você está *noiva*? — pergunta Grace, incrédula.

— É assim tão difícil de acreditar? — Valentina agora está meio histérica.

— Sim... Quero dizer, *não* — Grace se atrapalha. — O que eu quero dizer é que você só conheceu Edmund há algumas semanas, não é? Não é meio cedo?

— Estamos *apaixonados* — rosna Valentina.

Charlotte se curva para lhe dar um abraço.

— Bom, estou emocionada por você — diz ela simplesmente. — Você merece, Valentina.

Por algum motivo, isto parece colocar todo mundo em ação, e todas começam a se mexer e lhe dar os parabéns. Quando a coisa esmorece e as pessoas voltam a se concentrar em frisadores e maquiagem, aproximo-me de Valentina.

— Muito bem — eu digo. — A notícia é incrível, demais. E quando ele lhe pediu em casamento?

— Ah, foi ontem — conta ela. — Foi *muito* romântico.

— Ele ficou de joelhos?

— Cá entre nós, não exatamente — sussurra ela. — Estávamos no meio de uma técnica particularmente atlética que aprendi na *Cosmopolitan*. Mas não posso me queixar. Eu só esperava um orgasmo múltiplo e acabei ficando noiva. O que mais uma garota pode querer de uma noitada tranquila?

Capítulo 88

Acho que as outras estavam começando a se perguntar sobre a natureza deste casamento quando minha mãe anunciou que todas as damas de honra deviam ir com os próprios vestidos. Não houve provas, nem meses folheando revistas de noivas, nada além de uma simples instrução: usem roxo — se quiserem.

Já de saída, eu avisei à minha mãe que éramos muitas e corríamos o risco de parecer um cacho de uvas ambulante. Mas só agora que estamos todas aqui percebo quantos tons de roxo realmente existem. Na verdade, somos um verdadeiro arco-íris de cores, indo do rosa Avon a um marrom que se vê no estofamento de um Ford Cortina 1982.

Ainda assim, algumas não estão nada mal.

O fato de Jack estar aqui, hoje, como meu namorado firme oficial, me incitou a fazer o que Valentina se referia, para nossa diversão, como "um esforço". Estou falando de manicure, cabelo feito por um bom profissional e um vestido que lançou meu cheque especial em queda livre.

Charlotte, por sua vez, também é uma revelação em seu vestido — *o vestido tamanho 40* — que ajudei a escolher. Grace está bem, mas meio descabelada porque estava com muita pressa esta manhã. E não ficou satisfeita por Valentina ter passado a manhã toda oferecendo seu creme de tratamento para olheiras.

Valentina exibe seu visual de sempre — um misto de maria-chuteira com garota de programa de alta classe — e já está deslumbrando a todos com o anel mais chamativo fora de um vídeo do rapper P Diddy.

Dito isso, como este evento envolve também as amigas de minha mãe, não posso afirmar que o padrão de vestuário hoje tem uma média muito alta. De Gloria, com sua bata de gestante dos anos 1970, a Penelope com a saia-calça, se o Esquadrão da Moda aparecesse hoje, algumas não seriam só condenadas, acabariam no corredor da morte.

Ainda assim, ninguém se surpreenderá com nada disso quando vir o que a noiva está vestindo. Ao chegarmos à frente do juiz de paz, sentei-me com as outras damas de honra, e os convidados tiveram a oportunidade de ver o vestido de noiva de minha mãe em toda a sua glória.

Bob se vira para ela e sorri como se ela fosse a pessoa mais linda do mundo. Eu sempre soube que ele era meio maluco, o que agora acaba de ser confirmado. Porque todos os outros convidados simplesmente arquejam.

O elemento de maior destaque no vestido de noiva é sua cor verde e, quando digo verde, quero dizer que pode servir como sinal de trânsito. Quanto ao modelo, a metade inferior é boa — longo, rodado —, mas a superior tem uma gola peculiar que envolve ao mesmo tempo uma frente única — uma frente única de decote alarmante de tão baixo — *e* colarinho. É o tipo de coisa que Margot Ledbetter de *The Good Life* teria usado numa suruba. O visual é ainda mais enfeitado por um arranjo de cabeça feito de uma única e imensa pluma de pavão que parecia roubada de um museu da cultura nativa americana.

O juiz de paz, um cavalheiro envelhecido que, a julgar por seu paletó de tweed, claramente não é fã da moda experimental, parece quase traumatizado pela visão diante de si e precisa se recompor antes de começar.

— Bom dia, senhoras e senhores — diz ele mansamente. — Começo dando-lhes as boas-vindas neste dia muito especial. Hoje, Sarah e Bob estão aqui para oferecer um ao outro a segurança que vem dos votos de união civil, feitos com sinceridade e mantidos fielmente. Os senhores e as senhoras estão aqui para testemunhar este ato e partilhar a alegria que é deles.

"Mas antes de começarmos a parte principal da cerimônia, haverá uma curta leitura feita pela, er, Srta. Gloria Flowerdew."

Gloria quase nocauteia a todos ao passar com o poderoso fedor de essência de patchuli.

— Humm, olá a todos — diz ela, fazendo com os dedos o sinal da paz, e começa a recitar os versos de um poema.

Tudo parece estranhamente familiar, mas não consigo situar onde ouvi isso antes. Só quando ela chega à parte principal do texto é que percebo o que está lendo.

— Obrigado, Gloria — diz o juiz de paz, ao final. — Essa leitura foi um excerto de, ah, "Baby Light My Fire", de The Door Knobs.

Há uma onda de risos.

— The Doors — sussurro a ele. — The Doors.

— Oh, ah, sim... The Doors — ele se corrige, constrangido.

O coitado dá a impressão de que passou a vida toda casando as pessoas. Mas posso garantir que nunca encontrou nada parecido com isso na vida.

Capítulo 89

Diante do cartório, o sol brilha e o clima é de júbilo geral.

— Você parece realmente feliz — digo a minha mãe afetuosamente.

— E *estou* realmente feliz — afirma ela, parecendo surpresa enquanto me curvo para lhe dar um beijo no rosto.

— Para que isso? — pergunta ela.

Dou de ombros.

— Só estou feliz por você também.

Meu Deus, eu ando tão sentimental ultimamente. Embora minha mãe dê a impressão de que esteve brincando com o conteúdo de um kit de fantasias, fiquei emocionada quando ela e Bob disseram seus votos. Não sei o que significa tudo isso. Bom, talvez eu saiba.

Na saída do cartório, os convidados recebem uma chuva de confete que minha mãe garante ser totalmente biodegradável.

— Eles formam um casal adorável — diz Charlotte, aparecendo ao meu lado.

— Formam mesmo — concordo. — E por falar em adorável, você vai receber muitos elogios hoje. Está incrível.

— Obrigada, Evie — diz ela, sorrindo. — Não sabia que podia ficar assim, juro que não.

— Bom, você merece, Charlotte — digo a ela. — Deve ter feito mais flexões do que a Recruta Benjamin.

Não só Charlotte agora passa mais tempo na academia do que em casa, como no espaço de alguns meses também aprendeu todas aquelas coisas que a maioria das mulheres leva a vida inteira para saber: como depilar as pernas com cera sem a necessidade de uma peridural, aplicar delineador nos lábios sem parecer o Boy George, pintar as unhas da mão direita sem cobrir o braço todo de esmalte. Hoje é o ápice de tudo isso. Ela está magra, bonita e — o mais incrível de tudo — confiante.

Há um mundo de gente na minúscula entrada para carros e está claro que seria melhor que todos os envolvidos não se demorassem aqui por muito tempo.

— Mãe — eu digo, pegando seu braço —, você precisa jogar seu buquê antes de irmos.

— Oooh, tem razão — diz ela.

É engraçado como as mulheres parecem ter um instinto para essas ocasiões. Segundos depois de minha mãe assumir posição para jogar as flores, um grupo de convidadas começa a se reunir com a expressão que se vê em um bando de cocker spaniels à menção de algum petisco de chocolate.

Para minha surpresa, falta alguém. Valentina ainda conversa com Edmund e Jack do outro lado da entrada e nem percebe o que está acontecendo.

— Valentina! — grita Grace. — Vai perder essa se não se cuidar!

Enquanto o buquê voa no ar, por pouco não se emaranhando no arranjo de cabelo de minha mãe, a onda de mulheres avança. Vêm então alguns empurrões bem-humorados, mas decididos. Mas ninguém aqui tem a capacidade atlética — e a determinação — de Valentina.

Ao ouvir o grito de Grace, ela suspende a saia e dispara em nossa direção, abrindo caminho a cotoveladas. O chapéu azul-claro da mãe de Grace é derrubado, o buquê da prima Denise voa de suas mãos, o cafetã de Gloria termina por cima de sua cabeça. E por fim, parecendo uma jogadora de vôlei olímpica, Valentina mergulha para agarrar o buquê. De algum modo, por milagre, todos conseguem sair de seu caminho neste momento crucial. Bom, todos, menos uma pessoa. Eu.

Valentina voa e vejo quase em câmera lenta uma aliança de noivado se aproximando cada vez mais, como um pequeno cometa indo direto para uma colisão... com a minha cara. No contato torturante com o dedo, errando meu olho por pouco, ele me tira o fôlego. Afiado e abrasador, a única coisa que passa pela minha cabeça enquanto desabo no chão é que nunca senti nada parecido com isso na minha vida.

Sentada no chão, preciso de um segundo para entender o que aconteceu. Devagar, tomo consciência do sangue que pinga de meu nariz e do latejar fundo na órbita do meu olho.

Justo quando estou me perguntando se tenho estrelas de desenho animado girando por minha cabeça, algo mais me atinge. Ninguém percebe o que aconteceu comigo. Todas estão ocupadas demais olhando o buquê. Olhando, pasma e confusa de meu observatório no chão do estacionamento, só consigo ver através da multidão.

Patrick está ali — vestido com mais informalidade hoje do que em seu próprio casamento com Grace — e sorri para Charlotte.

— Você deve ser a próxima a andar pela nave central, querida — ele brinca gentilmente, colocando o braço em seu ombro. Aponta as flores que as mãos de Charlotte seguram, tendo derrotado Valentina segundos antes. — Vem guardando algum segredo da gente? — diz ele, rindo baixinho.

Charlotte olha para ele, corando tanto que seu rosto parece ter atingido 100 graus Celsius. O prazer de pegar as flores não pode ser mais evidente, porque acho que nunca vi Charlotte abrir um sorriso mais largo em todos os anos que a conheço. Decido tentar me levantar para dar os parabéns a ela.

Mas é nesse momento que desmaio.

Capítulo 90

— Você devia procurar um médico, sabia? — diz Jack, passando com cuidado um pedaço de algodão molhado em meu olho.

— Não preciso de médico — falo, infeliz. — Preciso de um saco de papel onde enfiar a cabeça.

Ele reprime um sorriso.

— Vai ficar bom logo — diz ele. — É sério, sei que o inchaço está ruim, mas essas coisas tendem a passar bem rápido. Vai se surpreender.

Já estou farta de surpresas. Como a que vi quando me olhei no espelho agora. Depois de passar a manhã toda me produzindo para Jack, minha cara — cortesia do anel de bola de cristal de Valentina — agora parece que acabou de passar por dez rounds com Mike Tyson.

Tudo bem, então ela pediu desculpas. Na verdade, ela ficou tão chocada com o que fez, que pareceu lamentar genuinamente — por pelo menos um segundo. Mas isso não muda o fato de que meu olho está tão preto e inchado que mal consigo enxergar, e agora tenho a indignidade do meu namorado insistindo em limpar a crosta do sangue que escorreu do meu nariz.

— Você ainda está linda — diz ele, e ao me beijar na boca tenho vontade de chorar. E não é só por causa da minha cabeça, que, mesmo depois de analgésicos suficientes para anestesiar um cavalo, dá a impressão de que tem alguém pulando dentro dela.

Jack e eu agora estamos juntos há exatamente oito semanas. Em outras circunstâncias, consideraria o feito uma realização e tanto, o que sem dúvida é, dado meu histórico. Mas não estou pensando nestes termos. A marca de oito semanas chegou com tanta naturalidade que imagino a marca de dez semanas, vinte semanas, ou até mesmo mais.

Não é só porque não enjoo dele. E sim porque meu coração salta quando vê a nécessaire que ele agora mantém no meu banheiro. Quando acordo numa manhã de domingo e ele sugere passarmos o dia juntos — *de novo* —, mal consigo me conter. E quando ele me telefona no trabalho e diz que está louco para me ver à noite, é o ponto alto do meu dia.

Resumindo, estou curada. Meus problemas de relacionamento são coisa do passado. A única desvantagem é que levei esse tempo todo para perceber o quanto abandonei outras pessoas em minha vida. Fora do trabalho, a única pessoa com quem passei mais tempo ultimamente foi minha mãe, e isso em grande parte por necessidade, graças ao risco que corria seu planejamento do casamento.

Ainda assim, com a exceção da filha parecendo ter trocado socos na rua, o evento não saiu assim tão mal. A recepção é dada em uma campina perto de sua casa, o que parece horrendo, mas na verdade não é tão ruim na prática. Tudo bem, então o toldo não tem cortinas de organza e candelabros — porque é uma antiga tenda do Festival de Poesia. E tudo bem, não há muito no bufê para quem tem um gosto particularmente forte por carne vermelha — mas se você gosta de feijão-mungo e papaia desidratada, está no paraíso.

Não, não é com a minha mãe que me preocupo. É com Grace, minha melhor amiga desde que me entendo por gente. E ela nem precisa falar para eu saber que tem algo errado entre ela e Patrick. Quando digo "algo", é o mais específico e científico que consigo elaborar, porque ela não deixa transparecer nada além do ocasional gemido de insatisfação.

Se tenho uma determinação hoje, é esclarecer este assunto. E, por mais complicado que seja me separar de Jack, é exatamente isso o que vou fazer. E já.

Capítulo 91

Tinha de acontecer. Eu sabia que ia acontecer. Só empurrei para o fundo da minha mente e fingi que não aconteceria. Mas Gareth é o tipo de pessoa que não consegue se reprimir. Apesar de eu desejar com veemência o contrário.

— Evie! — grita ele, enquanto me dirijo a Grace, do outro lado do toldo.

Meu coração despenca como se estivesse amarrado a um pedregulho.

— Eu estava tentando fazer você me ver durante a cerimônia — diz. — Mas... Meu Deus, o que houve com você?

— Ah, nada — respondo, tocando meu olho, mas tenho vontade de fazer a mesma pergunta a ele. A pele de Gareth está tão feia que parece que ele fez esfoliação com um ralador de queijo.

— Você está... bem? — pergunto.

— É claro que estou bem — responde ele, pegando uma das lascas secas no queixo e jogando a casca no chão com um peteleco. — Por que não estaria?

— Não sei, você não parece lá muito bem, é só isso — me atrevo a falar.

— Eu estou ótimo — diz ele. — No topo do mundo. Mas então, como você está? Não me telefonou, como prometeu, não é? Ainda assim, eu não guardo mágoa. Tem usado aqueles brincos?

Os brincos que ele me deu no Jacaranda agora estão abrindo um buraco a fogo no fundo da minha cômoda como se fossem feitos de criptonita. Não os quero ali, mas não sei o que fazer com eles. Certamente não vou usá-los, mas jogá-los fora parece uma atitude meio grosseira.

E apesar do fato de que encontrar Gareth de novo é quase tão agradável quanto uma sessão de terapia de choque, uma parte de mim não pode deixar de se sentir mal pelo efeito que meu término teve nele.

— Não devia ter me comprado os brincos, Gareth — eu digo, tentando ao máximo parecer firme e gentil, e não mandona e um tanto irritada. — Eu sei que você teve boas intenções, mas não devia.

— Mas você os queria, não é?

— A questão não é essa — digo.

— E *qual* é a questão? — pergunta ele, coçando o lado esquerdo do queixo com tanta força que parece prestes a sangrar.

— A questão é que não estamos mais juntos — digo-lhe com gentileza. — E também não vamos voltar.

— *Ainda* não — ele me lembra.

Antes que eu tenha a chance de desiludi-lo desta fantasia, Bob aparece. Foi Bob que me apresentou a Gareth e não fico imensamente aliviada que outra pessoa esteja aqui para partilhar o fardo de sua presença.

— Bob, meus parabéns! — diz Gareth, dando-lhe tapas nas costas com tanta força que quase o derruba. — Como tem passado?

— Hum, bem, bem. — Bob tosse. — E você? Já encontrou outro emprego?

Franzo a testa. Eu não sabia que Gareth não estava mais trabalhando com Bob na universidade.

— Ah, tive um monte de projetos com que me ocupei, para colocar desta forma, Bob — responde ele, olhando para mim, nervoso.

— Quando foi embora? — pergunto.

— Ah, algumas semanas atrás — diz ele. — Eu, humm, cheguei à conclusão de que não servia mais para mim.

Agora é Bob quem franze a testa.

— Mas então — continua Gareth —, vou até lá provar a ótima comida. A gente se vê depois, Evie, Bob.

Enquanto ele vai para o toldo, eu me viro para meu padrasto.

— O que significa tudo isso? — pergunto.

— Humm, uma história curiosa — diz Bob. — Ele não foi exatamente demitido, mas dizem os boatos que o vice-reitor e ele entraram em acordo, Gareth iria embora e nunca mais passaria por aquela porta.

— Por quê? — pergunto. Atualmente, Gareth é tão divertido de se ter por perto quanto uma praga de ácaros, mas nunca julguei que fosse do tipo que acaba sendo demitido.

— Não ficou muito claro — diz Bob. — Só o que eu sei é que tentavam se livrar dele há séculos. É uma pessoa muito difícil no trabalho, segundo o que todos dizem. Meio... Bom, dissimulado, foi o que me disseram. Mas quais foram as exatas circunstâncias da saída dele, eu não sei, só sei que ele teve uma briga tremenda com uma de nossas professoras de comunicação... Uma senhora adorável chamada Deirdre Bennett. Um traseiro grande e dentes horríveis, mas gente boa. De qualquer forma, parece que ele saiu logo depois disso. E devo dizer que ninguém sente muita falta dele.

— Ah, bom, lembre-me de nunca mais confiar em você para me apresentar outros homens disponíveis — eu digo.

Ele olha para Jack, que conversa com minha mãe embaixo do toldo, e assente.

— Não parece que você vai precisar muito disso no futuro, não é?

Capítulo 92

Pelo olhar da mãe de Grace, ou ela tem flatulência crônica, ou não está impressionada com o bufê.

— É uma refeição *incomum*, Evie — diz ela, apelando a um eufemismo. — Não tem muitos *vol-au-vents*.

— Tem umas saladas ótimas — propõe Grace, embora Scarlett, que está num carrinho de bebê ao nosso lado, também não pareça lá muito convencida.

— Sim... — responde a Sra. Edwards, dando uma dentada hesitante em uma empada de grão-de-bico. — Mas algumas lembram aquela coisa que você coloca no fundo da toca do coelho de Polly.

De repente minha mãe aparece, endireitando a pluma de pavão ao se aproximar.

— Estão todas se divertindo? — pergunta ela.

— Perfeitamente — diz Grace. — Achei a cerimônia linda. Conhece minha mãe?

A mãe de Grace sorri e espana o vestido, que dava a impressão de ter saído direto do guarda-roupa da falecida Rainha Mãe.

— É um prazer conhecê-la — diz ela com sua melhor impostação de voz. — E meus parabéns.

— Ah, obrigada — diz minha mãe pegando sua mão e a sacudindo com vigor. — Estou muito feliz por você ter vindo.

— Ah, bom — continua a Sra. Edwards, continuando com a estranha inflexão na voz —, estou aqui para cuidar das meninas, é só isso. Vou levá-las para casa logo, para Grace ter um tempo sozinha. Ela não tem muito tempo, normalmente, com aquele emprego exigente.

— Er, sim... Obrigada, mãe — interrompe Grace antes que a Sra. Edwards comece a nos regalar com histórias de como Grace era "avançada" quando criança.

— Como está o bufê? — pergunta minha mãe. — Oooh, certamente está gostando, Sra. Edwards.

— Humm, sim, muito bom — diz a mãe de Grace. — Sou mais fã da Marks and Spencer, para ser franca. Sabe como é... Miniquiches, salsichas no espeto, esse tipo de coisa. Mas sim, é muito bom. Para variar.

— Ah, ora, Bob e eu não compramos nossa comida em conglomerados — diz minha mãe.

— No quê, querida? — pergunta a Sra. Edwards.

— Sabe, em supermercados... lojas de cadeia — minha mãe explica. — Tentamos comprar diretamente do produtor. É mais saborosa e definitivamente mais econômica.

A Sra. Edwards tenta de forma heroica esconder sua preocupação pelo bem-estar de minha mãe e possivelmente também por sua sanidade.

— Humm — diz ela. — Acho que no nosso caso não seria prático. Eu não saberia onde conseguir uma torta Battenburg, para começar.

— Mas espero que me dê licença para circular mais um pouco — pede minha mãe. — Aaaah, antes de ir, por acaso não tem um isqueiro?

— Eu, não — digo.
— Desculpe, Sarah — fala Grace. — Eu não fumo.
— Ah, não se preocupe — diz mamãe. — Não é para mim, é para Gerry, amigo de Bob. E, cá entre nós, acho que ele só quer para seu bong.

A Sra. Edwards se vira para nós depois de mamãe sair.
— O que é um bong? — pergunta ela.

Grace engole em seco.
— Uma espécie de churrasco — eu digo. — Eles vão fazer milho na espiga.

Capítulo 93

Patrick tenta dar um beijo de despedida em Scarlett e Polly antes que a Sra. Edwards as leve para casa. O problema é que ele claramente vê quatro delas.

— Cadê as minhas mochinhas? — diz ele, cambaleando, antes de pegar as duas no colo.

— Você está bêbado, papai? — pergunta Polly.

— Não cheja boba — diz ele, tentando afagá-la na cabeça, mas errando o alvo.

— Acho que você não a enganou — comenta Grace, depois que elas vão embora, mas ele a ignora e toma outro bom gole de cerveja.

À medida que começa a anoitecer, as luzes no toldo são acesas e nós quatro — Grace e Patrick, eu e Jack — vemos a banda se preparar para uma grande apresentação. São amigos de Bob e só posso descrevê-los, pela última vez que os vi, como uma versão incrementada de Simon and Garfunkel.

— Oi, gente — diz o vocalista, um homem de meia-idade, camisa havaiana e um cabelo de cientista louco. — Antes de começarmos, preciso dar os parabéns a Bob e Sarah. Não consigo pensar em um... casal... mais bacana.

Todos aplaudem enquanto a banda se lança na música escolhida pelos noivos para a primeira dança — "Let's Spend the Night Together", dos Rolling Stones.

Bob pega a mão de minha mãe e a leva para a pista num meio salto enquanto os dois balançam a cabeça para cima e para baixo como loucos no ritmo da música. Ele a gira loucamente e, com os braços agitados como se fizessem uma dança da chuva, incendeiam a pista de seu jeito singular.

— Outras pessoas escolheriam James Blunt como primeira música — eu falo, consternada.

— Bom, no mínimo eles estão se divertindo — diz Grace, rindo. — Tem de admitir isso.

— É, estão mesmo — concordo. — Olha, andei pensando. Nós quatro devíamos sair juntos um dia desses.

— Como é, quer dizer um encontro duplo? — diz Grace. — Não vou a um desses deste que tinha 18 anos.

— Eu não ia sugerir ir a um boliche — comento. — Para começar, não tenho coordenação para isso. Pensei que um jantarzinho seria legal. Jack é um ótimo cozinheiro.

— Tsc, Jack — diz Patrick, começando a oscilar para a frente e para trás. — Começa sendo convidado e termina com você preparando toda a comida. Eu não aguentaria isso, parceiro.

É claro que Patrick tentou fazer uma piada, mas sua irritação lhe confere um ar machista — e, sendo um advogado corporativo, não combina nada com ele. Felizmente, Jack é educado o bastante para fingir que não percebeu.

— Tem razão — diz ele. — Talvez devamos fazer com que as mulheres cozinhem. O único problema é que provei a massa a puttanesca de Evie e temo não sobreviver duas vezes à mesma experiência.

Bato em seu braço de brincadeira e ele me puxa para mais perto e beija gentilmente minha testa. Enquanto nos afastamos, olho para Grace e Patrick e fico meio chocada com o que vejo. Estão separados e tão pouco à vontade com nossa exibição de afeto, que nenhum dos dois parece saber para onde olhar. Depois acontece uma coisa estranha. Patrick seca o copo, levanta e cai fora. Assim, de estalo.

— Vai ao bar? — Grace grita a suas costas, claramente tentando fingir que não ficou estupefata com isso, como nós ficamos.

Mas ele a ignora e continua com sua marcha gingada para longe de nós.

— Espero que você não esteja esperando ter sorte esta noite — eu digo. — Não vejo Patrick alterado desse jeito desde a noite de seu casamento.

— Humm — diz ela, forçando um sorriso.

— Grace, tem certeza de que está tudo bem? — pergunto, mas na hora percebo que não é o momento certo. Ela jamais desabafaria na frente de Jack.

— Ah, tudo bem — responde ela. — Mas estou começando a pensar que, se não puder derrotá-lo, devo me juntar a ele. Querem uma bebida?

Nós dois meneamos a cabeça. Enquanto ela se afasta na direção de Patrick, eu a pego pelo braço, fora do alcance de Jack.

— Grace, é sério — falo. — Quer conversar?

— Não, sinceramente — diz ela. — Não é nada demais.

Mas está começando a parecer demais para mim. Está começando a parecer que é demais mesmo.

Capítulo 94

Eu achei que Patrick estava agindo estranhamente, mas não é nada se comparado com Charlotte.

Esta é a primeira vez que ela bebe alguma coisa além de refrigerantes com sacarina desde o início do regime dos Vigilantes do Peso, e teve um efeito imediato. Mais cedo, quando fomos juntas a um dos banheiros químicos, ela oscilava tanto tentando se equilibrar que por pouco a cabine não tombou no chão.

— Ooooh — diz ela, jogando a cabeça para trás como louca. — A primeira bebida de verdade que tomo em séculos e me deixa totalmente tonta.

Ela não é a única. Graças ao meu olho roxo e aos analgésicos, eu não ficaria mais tonta se tivesse passado a tarde toda em um carrossel.

— Ainda assim, não é desagradável — ela ri. — Na verdade, é bem legal.

Eu queria poder dizer o mesmo.

Enquanto Charlotte e eu voltamos ao toldo, a banda está a todo vapor — e Valentina também. Ao que parece, sem se importar que tocam uma música de Van Morrison, ela ressuscita uma antiga coreografia das Spice Girls que não exibe desde 1999. Edmund não poderia ficar mais orgulhoso.

— Sabe de uma coisa — diz Charlotte, do nada —, as pessoas te olham de um jeito diferente quando você é magra.

— *Eu* não olho — falo com decisão. — Quero dizer, você está ótima e tudo, mas para mim ainda é a mesma Charlotte. Sempre achei você linda e sempre vou achar.

— Sim, mas nem todo mundo é como você, Evie — diz ela. — Veja a minha mãe...

Ela toma um longo gole de vinho.

— Sabe o que ela disse no domingo? "*Você está praticamente um palito*", foi o que ela disse. Eu passei para almoçar e dispensei o pudim Yorkshire e o molho de carne...

— Sei, e ela quase desmaiou? — eu brinco.

Charlotte ri.

— Mas não é só a minha mãe — continua ela, passando as mãos satisfeita no novo vestido de corte em diagonal. — É...

— Quem? — pergunto.

Ela me olha e sorri como quem conspira.

— Os homens — cochicha Charlotte, rindo como uma estudante sacana.

— Os homens? — repito, sorrindo. — Fala logo, quem você anda paquerando?

— Ah — diz ela, tomando outro bom gole de vinho. — Aí seria falar demais.

— Charlotte — eu falo, meio admirada —, pare de me provocar. Anda logo, conta.

Ela balança a cabeça.

— Ainda não — diz ela.

— Charlotte! — eu grito. — De quem está falando? Me conte agora, já!

Ela ri de novo.

— Não posso.

— Tudo bem, tá legal. — Estou desesperada para saber, mas não quero que ela entre completamente na concha. — Mas já... aconteceu alguma coisa?

Ela olha a taça de vinho e sorri de novo.

— Ah, sim — diz, sonhadora.

Meus olhos se arregalam.

— O quê? — pergunto.

Ela meneia a cabeça de novo, aparentemente gostando de me provocar com essa história tanto quanto gosta da história em si.

— E então, vocês se beijaram? — pergunto.

— Ah, sim — diz ela de novo.

— Olha aqui — eu falo, exasperada —, sou jornalista e vou arrancar isso de você cedo ou tarde... Eu lhe garanto. Então, vai vê-lo de novo?

O sorriso de Charlotte de repente desaparece e ela fica muito séria, e muito bêbada.

— Espero que sim — diz ela. — Espero de verdade. Mas serei franca com você, não tenho certeza disso.

Capítulo 95

Patrick sempre foi o que se chama de bêbado feliz. Um bêbado inofensivo. O tipo de pessoa que, depois de alguns canecos numa noite de sexta-feira, faz coisas bobas com a cueca samba-canção e dá beijos embaraçosos nos amigos homens. Não fazia o tipo bêbado irritante. Mas em vista do seu comportamento mais cedo, algo claramente mudou.

Por isso deixei Jack conversando com minha mãe sobre deslizamentos de terra na Guatemala e a crise de alimentos em Malawi (feliz por ver que eles escolheram temas otimistas, compatíveis com a ditosa ocasião) e fui em busca de Grace, que encontrei conversando com Jim, perto do bar.

— Oi para os dois — eu disse, toda animada, sem querer levantar nenhuma suspeita de que vim em busca de uma conversa profunda e significativa. — O que estão achando da banda?

— Ótima — diz Jim. — Mas acho que Valentina os assustou antes, perguntando se eles conheciam alguma música da Christina Aguilera.

— Olha, Jim — eu falo —, espero que não me ache grosseira, mas será que posso falar com Grace por uns minutos?

— Claro — diz ele. — Eu ia mesmo tentar convencer Charlotte a dançar comigo.

Grace e eu partimos em busca de uma mesa tranquila no canto, afastada da pista. Ao passarmos, não posso deixar de perceber que Valentina está dançando, o que sempre envolve uma boa quantidade de movimentos de braços, mas esta noite ela faz tantos acenos ostensivos com a mão do anel que podia guiar o trânsito.

— O que está pegando? — diz Grace ao nos sentarmos num lugar adequado.

— Eu ia te perguntar a mesma coisa — falo.

Mas antes que ela tenha a oportunidade de responder, minha bolsa começa a tocar e percebo que é o celular de Jack que estive guardando desde que ele tirou o paletó mais cedo. Normalmente eu o levaria direto a ele, mas agora não é uma boa hora, então pego o telefone e aperto o botão do silencioso.

— O que quer dizer? — pergunta ela.

— Olha — digo —, não quero ser enxerida nem nada, mas percebi que você e Patrick parecem meio... Sei lá... Não parecem vocês mesmos.

Ela morde o lábio e pensa no que falei por um segundo.

— Então você notou — diz ela.

— Tem algum problema? — pergunto.

— Sim. Sim, acho que sim — ela suspira. — Mas é difícil definir o que é realmente.

De repente, o telefone toca de novo. Pego-o em minha bolsa, aperto o silencioso novamente, antes de assentir para ela continuar.

— É difícil definir porque não é nada demais — continua Grace. — Não tivemos nenhuma grande briga por causa de dinheiro, nem das crianças, nem, bom, por nada. Mas andamos voando no pescoço um do outro com certa frequência. Tudo o que digo parece ofender Patrick. E ele *nunca* parece feliz.

— Tem alguma ideia do que provocou isso? — pergunto.

— Quer dizer se acho que ele tem um caso? — diz ela, os olhos se enchendo de lágrimas.

— Não! — digo apressadamente. — Não pensei nisso nem por um segundo.

— Não pensou? — diz ela. — Não sei bem. Eu não tenho certeza de nada.

Algumas pessoas, quando choram, parecem fazer como nos filmes, com uma única lágrima caindo poeticamente pela pele de porcelana. Grace, como eu, não é uma delas. Seu rosto agora parece carne enlatada, os olhos estão quase tão inchados quanto os meus e o nariz adquiriu aquele tom de beterraba especial que se consegue quando se assoa excessivamente em papel higiênico vagabundo.

— Patrick ama você, sabe disso — eu digo. — Meu Deus, tinha que ver como ele a olhou no casamento. As coisas não podem ter chegado a esse ponto da noite para o dia.

— É de se pensar que não — diz ela, fungando no guardanapo de novo. — Mas é o que parece.

— Imagino que tenha tentado conversar com ele sobre isso.

— Humm, sim. Quero dizer, mais ou menos.

Franzo o cenho.

— Isso quer dizer não.

— Acho que eu não quis um confronto com ele — admite Grace.

— Bom, mas deveria — digo com firmeza. — Confronte-o, fale com ele, diga a ele que o ama.

Vejo um leve sorriso.

— Para alguém que nunca teve um longo relacionamento, você é muito boa nos conselhos sobre o assunto.

Eu a abraço.

— A palavra-chave é *teve* — digo. — Agora compromisso é meu segundo nome. Jack e eu estamos tão apaixonados que fazemos Romeu e Julieta parecerem emocionalmente retardados.

— Que bom — diz ela. — Fico muito feliz por isso.

De repente o telefone de Jack toca de novo. Desta vez, para calar de vez o maldito aparelho, eu decido atender.

— Oi, é o telefone de Jack — digo.

— Er, oh, oi — começa a voz de uma mulher que parece jovem do outro lado da linha. — O Jack está, por favor?

— No momento, não — digo. — Quero dizer, ele está por aqui, mas não sei onde. Quer deixar um recado?

— Sim — diz a mulher. — Pode dizer a ele que a Beth ligou. Só para ele saber que ele ainda está com a minha camiseta. Esqueci de levar quando saí hoje de manhã e queria saber se posso passar lá para pegar amanhã.

Fico paralisada.

— Humm, devo anotar o número? — pergunto.

— Ah, ele já tem — responde ela.

De repente sou incapaz de pensar no que dizer ou fazer.

— Alô? — diz ela.

— Ah, sim, tudo bem — eu respondo. E encerro a chamada.

— O que foi? — pergunta Grace, curvando-se. — Evie, você está branca feito cera. Qual é o problema?

Capítulo 96

Evie, você é uma idiota. Não, pior do que isso. Você é uma idiota crédula.

Eu sabia, no segundo em que vi Jack falando com Beth naquele cais nas Scillies, que tinha alguma coisa acontecendo. Havia mais química entre os dois do que em um bico de Bunsen. E depois foi o telefonema para o celular dele na semana passada. E agora isto. Então, como eu pude ser tão burra?

Sei exatamente como fui tomada de roldão a tal ponto que cada grama de bom-senso parece ter sido levado de roldão também, e consegui me convencer de que nem percebi o que estava havendo.

O que é inteiramente ridículo, porque não podia ficar mais claro se alguém tivesse escrito num cartaz. *Eu sabia* o que estava acontecendo e preferi ignorar!

— Não acredito nisso — digo a Grace enquanto atravesso o toldo num acesso de fúria. — Não consigo acreditar.

— Tem certeza de que não pode haver uma explicação? — questiona ela, tentando acompanhar meu passo.

— Me diga você — eu falo, girando e com isso sentindo alguém sapatear de tamancos na minha cabeça. — Que explicação pode haver aqui? Eu vi que isso ia acontecer no casamento de Georgia. Ele deu o telefone a ela. Eu vi os dois paquerando. Depois, vi o nome dela aparecer no celular dele algumas semanas atrás. Agora Beth aparentemente deixou uma peça de roupa no apartamento dele quando foi embora de lá... Hoje de manhã!

Grace obviamente pensa em algo para dizer, mas só abre e fecha a boca como um peixinho dourado frustrado.

— Então você não esteve com ele ontem à noite? — pergunta ela por fim, com um fio de esperança.

— Eu estava ocupada ajudando minha mãe a se preparar para o casamento — continuo, agora tão descontrolada que pareço ter uma crise aguda de TPM. — E esta obviamente foi a oportunidade perfeita. Só não vejo que explicação pode haver além de Beth ter ficado lá para uma sessão de sexo louco e apaixonado a noite toda.

— Tudo bem, então ela pode ter ficado. Mas tudo pode ter sido muito inocente — diz Grace. Mas vejo, pela cara dela, que nem Grace imagina que isto seja possível.

— Se foi assim tão inocente, por que ele não falou nada? — pergunto com tristeza.

— Não quero que faça nada de que vá se arrepender depois, Evie — diz ela, pegando meu braço. — Eu sei o quanto você gosta dele.

— Isso foi antes de eu saber... de eu ter certeza... de que ele estava me traindo — afirmo.

Deixando Grace ao lado da entrada do toldo, continuo procurando por Jack. Mas minha mãe me alcança primeiro, chamando meu nome e vindo aos saltos para mim, a pena de pavão agora dobrada num ângulo reto perfeito.

— Não vi você a noite toda — ela diz, radiante. — Está se divertindo?

— Humm, estou — respondo, forçando um sorriso, apesar de transparecer justamente o contrário.

— Qual é o problema? — pergunta ela.

— Ah, nada. Viu o Jack por aí?

— Ah, quero dizer, vi antes: ele é *mesmo* encantador, sabia? — ela se entusiasma. — Quero dizer, se eu tentasse conversar com algum dos seus outros namorados sobre a crise humanitária da República do Congo, eles pensariam que eu estava falando em outra língua.

— Humm — digo. — Então você o viu?

— E ele parece gostar muito de você — continua ela.

Estou começando a pensar que *eu* é que estou falando em outra língua.

— Sim — falo pacientemente. — Mas onde você o viu?

— Sim — diz ela. — Deixei-o falando com aquele amigo seu.

— Que amigo? — Francamente, mãe!

— Sabe quem é — diz ela —, o que tem aquela pele infeliz. Eu disse a ele que devia se cuidar. Conheci alguém com uma assadura daquelas quando morei na Índia e o sujeito entrou em coma uma semana depois.

— Quer dizer o Gareth? — eu digo.

— Esse mesmo — concorda ela, alegremente.

Capítulo 97

Sinto uma pontada instintiva de pavor com o fato de não ter conseguido manter Jack longe de Gareth. Mas lembro a mim mesma que, agora, isso é inteiramente irrelevante.

Quando vejo os dois juntos, a primeira coisa que percebo é a expressão deles. Gareth está abrindo um de seus sorrisos cada vez mais horripilantes que começaram a me lembrar do pegador de crianças em *O calhambeque mágico*.

Jack, por outro lado, não está nada sorridente.

— Posso falar com você um minuto, por favor? — digo a ele.

— O quê? — diz ele, franzindo o cenho para mim. — Ah, claro.

— A noite está boa para você, Evie? — indaga Gareth enquanto nos afastamos, mas eu o ignoro.

Quando estamos a uma distância segura, viro-me para Jack e estendo o celular dele.

— Toma — digo incisivamente. — Aqui está o seu celular. Beth telefonou. Deixou um recado pedindo para você ligar.

— Tudo bem — diz ele, pegando o telefone da minha mão sem mostrar o menor constrangimento.

— É isso mesmo — acrescento para dar ênfase. — *Beth*.

— Eu ouvi — diz ele, e já vi muralhas transparecendo mais remorso.

— Ah, *ouviu*? — Estou ciente de que minha voz começa a parecer um tanto trêmula de um jeito estou-muito-histérica-mas-prefiro-morrer-a-demonstrar-isso. — Ah, você me ouviu, não foi? Muito bem. Está bom. *Tá le-gal.*

Ele simplesmente me ignora, o que não posso deixar de considerar insuportável. Uma total falta de vergonha, na realidade.

— Preciso te perguntar uma coisa, Evie — diz ele.

— Ah, sim? — Cruzo os braços, toda ofendida. — O que é?

— É sobre uma coisa que... — mas ele para no meio da frase. — Por que está agindo assim?

— Assim como?

— Fazendo essa cara estranha? — diz ele.

Agora estou verdadeiramente irritada.

— Porque estou aborrecida — digo, tentando controlar minha voz ao perceber que pareço cada vez mais a Miss Piggy tendo um ataque. — Na verdade, eu estou *muito chateada*, seu sonso... — Quero dizer *filho da puta*, mas não quero parecer uma adolescente histérica. — ... seu sonso... *é isso aí.*

Mas até eu acho isso ridículo.

— Do que está falando? — Jack fica confuso.

— Estou falando de você e Beth — eu solto entre dentes.

Ele franze a testa.

— Não me olhe desse jeito — eu digo, minha cabeça latejando de novo. — Sei que deu seu número a ela nas Scillies. Sei que ela anda telefonando para você porque vi uma chamada dela aparecer em seu celular. E agora ela telefonou para dizer que esqueceu uma camiseta na sua casa hoje de manhã. Deve pensar que eu tenho a inteligência de uma ameba.

— Evie — diz ele calmamente. — Você não sabe o que está dizendo.

— Ah, então vai negar? — Neste momento pareço uma promotora pública.

— Sim — diz ele. — Estou negando. Mas já que estamos no tema dos sonsos e *isso aí*, será que pode me esclarecer uma coisa?

— Manda — digo a ele, cruzando os braços com tanta força que meu pulso fica dormente.

— Sabe aquela história comovente que me contou na praia nas Scillies sobre ter sido abandonada? Que foi por um Jimmy, que você namorou por dois anos e meio?

Posso sentir o calor subindo pelo meu pescoço.

— Isso foi um monte de asneira, não foi? — diz ele.

Quero pensar numa resposta boa, mas não me vem nada.

— Ah, e me diga mais uma coisa — continua ele com severidade. — É verdade que você nunca, nem uma vez na vida, ficou com alguém por mais de algumas semanas porque terminou antes disso?

Novamente, as palavras me fogem. O que não é algo a que eu esteja acostumada, devo confessar.

— Vou aceitar seu silêncio como resposta. Por que mentiu para mim, Evie?

Penso nisso cuidadosamente e tento me lembrar por que agi assim.

— Não foi bem uma mentira — eu tento.

— Não foi? — pergunta ele.

— Tudo bem, foi sim. Eu tive meus motivos. Mas não vamos mudar de assunto. Quero saber há quanto tempo está rolando essa coisa com Beth.

Ele balança a cabeça.

— Não há *nada* entre mim e Beth.

— Não acredito em você — digo.

Ele não diz nada, só me fita com os olhos em brasa.

— Essas acusações ridículas são seu jeito de terminar comigo? — pergunta ele. — Porque agora já estamos juntos há oito semanas? Pelo que ouvi, imagino que deva ser por isso.

— Ah, elas são ridículas, não são? — eu digo, recusando-me a ser levada a falar de outra coisa além da questão mais importante que temos.

— São — responde ele. — São ridículas. Mas me deixe te poupar desse trabalho, Evie. Não precisa terminar comigo. Fico feliz em ir embora tranquilamente.

E ele se vira e começa a se afastar.

— Então espera que eu acredite que você e Beth não têm nada, mas você nem ao menos vai explicar por que ela deixa roupas na sua casa? — grito às costas dele.

— Não tenho nada a explicar a você porque não fiz nada de errado! — grita ele de volta. — Ah, a propósito, não espere que eu encha você de joias, como o Gareth fez, agora que nos separamos.

Capítulo 98

Estranhamente, me sinto como no dia em que perdi minha virgindade. Lembro-me nitidamente da sensação de andar pela cidade, olhando calmamente as vitrines das lojas. Eu sentia que uma parte fundamental de mim tinha mudado para sempre. E não podia deixar de ter uma sensação sinistra, embora ilógica, de que as pessoas sabiam. Do vendedor que me perguntou se eu tinha troco para uma nota de 20 libras à mulher sentada ao meu lado no trem, lendo um artigo sobre terapia hormonal, parecia que eles sabiam que algo arrasador tinha acabado de me acontecer, devia estar escrito na minha cara.

Ao saltar no banco de trás de um táxi, pergunto-me se o motorista sabe que acabo de ser abandonada por alguém — alguém de quem realmente gosto — pela primeira vez na minha vida. Pergunto-me se ele percebe que esta ocorrência, tão inteiramente alheia a mim até agora, mudou tudo.

— Andou brigando por aí? — pergunta ele, examinando meu olho roxo pelo retrovisor.

— Sim — digo. — Quero dizer, não... Não, sofri um acidente no olho. — Viro para a janela, sem querer conversar.

— Veio daquele casamento mais ali para baixo? — pergunta ele.

— Vim — murmuro.

— É a terceira pessoa que pego de lá — diz ele, e só então percebo como é tarde. — Meu Deus, cada coisa que eu vi. A última usava um poncho. Parecia ter saído de um bangue-bangue à italiana.

Tudo bem, então talvez ele não saiba.

Minha cabeça gira enquanto me recosto no banco e bloqueio o som de sua voz. Só me leve para casa, penso. Me deixe em paz.

Meu estupor é rompido subitamente quando o táxi buzina e se desvia de alguma coisa ou alguém. Olho pela janela e percebo que quase atropelamos Grace e Patrick, andando pelo meio da rua.

— Pode parar um minuto, por favor? — digo ao taxista, e abro a porta enquanto ele estaciona.

— Querem uma carona? — pergunto.

Eles estão de mãos dadas, mas Patrick não olha para mim.

— Não, não — diz Grace. — É sério, vamos para outra direção. Vamos pegar outro táxi. Está tudo bem, Evie?

Hesito.

— A gente conversa amanhã, está bem? — digo com a voz embargada.

— Claro — responde ela.

Ela se aninha a Patrick, mas pela expressão dele sei que ainda tem alguma coisa errada. Não sei o que é. E nesse momento não dou a mínima. De certo modo, não consigo mais pensar nos problemas de Grace e Patrick.

Ainda na corrida de táxi, percebo a rapidez com que minha fúria, a fúria que era tão intensa há tão pouco tempo, transformou-se em outro sentimento: uma dor surda e crescente que já parece muito mais forte, e muito mais dolorosa, do que a velha e simples raiva. Ou os efeitos duradouros do gancho de esquerda de Valentina, aliás.

Esta noite marca o fim de uma coisa que até quatro horas atrás pensei ter sido a melhor que aconteceu na minha vida. É o fim que eu, tolamente, nunca pensei que viria. O fim de Jack e eu. Eu e Jack. Meu único relacionamento estável. Quase.

A gravidade do que aconteceu me atinge de repente, e meus olhos ardem com as lágrimas. Tento engolir, mas um bolo duro e amargo em minha garganta me impede. Em vez disso, as lágrimas se derramam pelo meu rosto, em cascata, numa torrente de infelicidade.

Penso em Jack beijando com ternura meu rosto inchado mais cedo e me dizendo que eu ainda era a mulher mais bonita que ele já conheceu. Penso na segurança que isso me fez sentir. Como eu era especial. Como era amada.

Meu rosto está banhado de lágrimas, mas elas não param de cair. Fico sentada ali, aos prantos, de um jeito que nunca chorei na vida. Meu peito se aperta cada vez mais e começa a dar sinais de que alguém arrancou meu coração e está torcendo-o, torcendo sem remorsos, para espremer cada lágrima.

Olho pela janela mas não consigo focalizar em nada, a não ser uma imagem do rosto de Jack, aquele lindo rosto com seus olhos calorosos e, ah, aquela boca tão macia. Talvez eu nunca mais veja esse rosto.

Apoio a cabeça nas mãos e, apesar das minhas tentativas de esconder que estou chorando, um soluço escapa de meus lábios.

— Não vai vomitar aí atrás, vai? — pergunta o motorista, olhando pelo retrovisor. — Porque vai te custar um extra de 25.

Capítulo 99

Meu apartamento, sábado, 9 de junho

Acordei com uma bela ressaca, um olho latejando e uma sensação muito estranha sobre a noite anterior. "Estranha" no sentido de que sei de imediato que tem algo errado, mas levo meio segundo para me lembrar exatamente do quê. Quando me lembro, meu estômago dá tantos solavancos que parece que levei um coice de um asno com um sério problema de oscilação de humor.

Respiro fundo. De certo modo, não me surpreende o fato de eu me sentir assim, dada a quantidade de café que bebi quando cheguei ontem à noite. Além do álcool que ingeri o dia todo. Além dos analgésicos que tomei à tarde. Além do golpe na cabeça que levei do diamante de Valentina.

No entanto, sei que o que sinto não é consequência disso apenas. Porque nada me dá mais náusea do que a lembrança das palavras de Jack.

Evie, você não sabe o que está dizendo. Essas acusações ridículas são seu jeito de terminar comigo? Não precisa terminar comigo. Fico feliz em ir embora tranquilamente.

Só a lembrança faz minha cabeça girar quase tanto quanto o estômago, meus pensamentos são atirados de um lado para o outro numa tentativa desesperada de entender o que aconteceu. Ele parecia tão sincero. Mas como poderia, depois do que Beth me disse? Meu Deus, eu quero acreditar nele — o que só pode fazer de mim uma completa idiota. Mas e se ele estivesse dizendo a verdade? Será tarde demais agora?

Olho para o teto e me concentro numa impressionante teia de aranha caindo em cascata entre minha luminária Ikea e o alto de minhas cortinas. Fecho os olhos e tento pensar em tudo isso de modo racional.

Pelo que posso ver, só existem duas explicações possíveis para o que aconteceu:

A. Jack *mentiu* e me traiu com Beth, como eu desconfiava. Neste caso, ele agiu como um canalha falso e horrível por meses, sem nenhuma consideração pelos meus sentimentos. E eu sou uma idiota.

Ou

B. Jack *não* mentiu nem me traiu com Beth. Neste caso, eu o acusei publicamente de fazer isso — logo depois de ele ter descoberto, não só sobre meu passado, mas também que eu estive lhe contando mentiras monumentais. E eu sou uma idiota.

Que engraçado, é um esforço achar algo de positivo nas duas hipóteses.

Capítulo 100

Meu apartamento, quinta-feira, 14 de junho

— Jack, é a Evie. Precisamos conversar.

Não, não, não, está tudo errado. Pareço uma personagem de novela mexicana. Já treinei tantas conversas profundas, significativas e em geral pateticamente lacrimosas com Jack — com tudo, do chuveiro ao volante — que começo a me perguntar se preciso de terapia.

O problema é que não sei por onde começar. Como não tenho a menor ideia se ele e Beth estavam juntos, não sei como devo abordá-lo. Será que devo confrontá-lo de novo? Ou implorar pelo seu perdão?

Também há mais um pensamento que não me sai da cabeça. Já faz cinco dias desde nossa briga e ele não bate na minha porta para tentarmos nos entender. Na verdade, eu não ouvi uma só palavra dele. E agora tenho certeza de que ele nem tentou entrar em contato comigo, porque levei meu celular à assistência técnica duas vezes desde segunda-feira para ver se estava funcionando, porque ele nunca toca (ou pelo menos *ele* não liga). Ao que parece, meu Nokia está com uma saúde de ferro, pode perfeitamente sobreviver a mim.

Tive alguns dias estranhos. Alguns dias de torpor, horríveis, de estômago enjoado. E embora eu não possa negar que tive um fluxo contínuo de visitas — todo mundo, de Charlotte a Valentina, apareceu trazendo DVDs de *Sex and the City* e bombons —, tem alguma coisa estranha em tudo isso. Eu nunca estive cercada por tanta gente. Mas também nunca me senti tão só.

Capítulo 101

Centro da cidade de Liverpool, sexta-feira, 22 de junho

— Posso lhe pagar uma bebida? — ele oferece enquanto achamos uma mesa numa parte sossegada do bar.
— Uma taça de vinho branco seria ótimo — digo.
— É pra já — responde ele.
Quando volta à mesa, traz um balde de gelo e uma garrafa de champanhe.
— Mas por que tudo isso? — pergunto. — Ganhou na loteria? Se tivesse dito antes, eu teria concordado em sair com você há séculos.
— Só pensei que devíamos comemorar — diz ele, sorrindo.
— Ah, sim? — respondo. — Comemorar o quê?
— O fato de dois amigos se reencontrarem — diz ele.
— Somos amigos? — pergunto. — Não me lembrava disso.
— Não — diz ele. — Tem razão. Dois *amantes* se reencontrarem.
É bom sair com Seb. Sei que disse a mim mesma que não estava interessada, mas a situação mudou desde então. E tenho uma certeza, não posso passar nem mais um minuto me lamentando em minha casa, esperando que Jack Williamson telefone, mesmo que tenha sido bom para meus padrões de limpeza doméstica.

Agora já faz quase duas semanas. Duas semanas de lamentações, choros, ódio de mim mesma, ódio a programas de limpeza na TV. Mas já chega. Ele não telefonou, ele não está interessado e só há uma coisa a fazer. Preciso juntar os cacos e recomeçar.

— Mas então, sei que trabalha num banco de crédito — comento —, mas me diga de novo, o que exatamente você faz?

— Bom — começa Seb, e me conta mais uma vez.

Sei que já fiz essa pergunta a ele no casamento da Georgia. Mas quando se está numa profissão como a minha, em que você precisa arrumar alguma coisa visível para justificar seus esforços no final do dia — mesmo que às vezes só três notas curtinhas sobre o horário de abertura de bibliotecas — tentar entender um emprego que envolve "determinar a estratégia regional" e "encontrar sinergias para melhorar a eficiência geral" é um tanto esquisito.

— ... como pode ver — conclui ele —, na verdade é bem simples.

Tenho um flashback de Jack me contando sobre o trabalho dele quando nos conhecemos, mas expulso o pensamento de imediato. E daí que Jack ajuda famílias pobres em regiões famintas da África? Grande coisa. Determinar a estratégia regional e encontrar sinergias para melhorar... Seja lá o que Seb melhore, deve ser igualmente interessante — só que de um jeito diferente.

— Sabe de uma coisa — diz ele —, eu fiquei arrasado quando você terminou comigo na universidade.

— *Desculpe* — falo de brincadeira. — Eu era uma idiota.

— Não — diz ele —, sei que mereci. Você devia ser boa demais para mim.

Não transpareço o quanto isso significa para mim, mas é muito bom ouvir Seb fazer esse elogio. Minha autoestima nunca esteve tão sovada e enxovalhada como recentemente, e Seb consegue me animar um pouco sendo tão amável esta noite.

— Mas eu não tenho mágoas de você — continua ele, com uma piscadela brincalhona. — Todos nos tornamos adultos desde então, não foi? As coisas mudam.

Ele está inteiramente certo. Alguns meses antes, o mais perto que estive de me comprometer foi decidir sobre uma nova cor para as paredes da minha sala e me ater a esta decisão.

A história amorosa de Darren Day parece modesta se comparada à minha. Mas — e digo isso com toda seriedade — agora as coisas são diferentes. Agora percebo que a única maneira de eu conseguir um relacionamento sério é me esforçando muito, criticando menos e sendo muito mais tolerante. Mas não preciso ser particularmente tolerante quando se trata de Seb, é claro.

Capítulo 102

Terminamos numa boate escolhida por Seb, um refúgio dos belos, bronzeados e que gostam de roupas caras no centro da cidade. Tudo bem, algumas roupas fashion aqui não têm um estilo propriamente *discreto*, mas sem dúvida custam uma grana. Desconfio de que minha hipoteca não cobriria o preço da média de par de sapatos por aqui.

Ao passarmos pelo porteiro, Seb assente, cumprimentando-o, e eu de pronto tenho a sensação de como Charlotte deve ter se sentido seis meses atrás. Todo mundo aqui é tão magro que desconfio muito de que há centenas de jantares regurgitados boiando em algum lugar no sistema de esgoto deste lugar.

— Preciso me lembrar de marcar uma lipoaspiração antes de vir aqui de novo — resmungo.

— Você é linda do jeito que é, meu amor — diz Seb, enquanto me dá um abraço reconfortante.

Ao passarmos pela pista, Seb segue para o bar e vejo alguém que, apesar do short padrão e das sandálias de salto, me faz olhar duas vezes.

— Beth — eu digo, sentindo-me muito hesitante de repente. — Ah, oi.

Eu devia saber que esse seria o tipo de lugar que ela frequentaria. Mas ela parece tão desnorteada ao me ver quanto eu fiquei ao vê-la.

— Oi, Evie — diz ela, jogando o cabelo comprido para trás.

Sorrio com a maior naturalidade possível, o que acho que na prática é quase tão convincente quanto alguém em um anúncio ruim de goma de mascar.

— Lamento pelo que houve com você e Jack — diz ela.

— É, bom — eu falo casualmente. — Georgia te contou, não foi?

— Não, na verdade foi J... — responde ela, e pareceu se arrepender imediatamente. — Quero dizer, foi. Sim, Georgia me contou.

Semicerro os olhos, minha mente disparando enquanto eu examino sua expressão. Não é preciso ser Sherlock Holmes para deduzir que Georgia não contou nada a ela. Assim, só resta uma pessoa. Jack. Sinto uma facada no peito. Então eu tinha razão o tempo todo.

— Tá legal... Foi bom te ver — eu digo, obrigando-me a sorrir de novo, o que agora é complicado, porque sei que eles estavam — *estão* — definitivamente se vendo.

— É, você também — ela diz. E nós duas vamos para extremidades opostas da pista.

Seb e eu começamos a dançar e faço o máximo que posso para entrar no clima, apesar das circunstâncias. Além disso, dançar aqui não é mais tão divertido como antigamente, nessa paródia de Native New Yorker. Nem mesmo cantar Ruby Turner foi tão apavorante assim. Tiro a ideia da minha cabeça e digo a mim mesma que agora, mais do que nunca, tenho de esquecer Jack.

Depois de um tempo, Seb de algum jeito consegue nos colocar na sala VIP e nos sentamos num reservado, pedindo um coquetel ao garçom.

— Vou precisar de alguma coisa para ajudar a engolir esta belezinha — diz ele, tirando alguma coisa do bolso do paletó e colocando na mesa.

Olho num silêncio pasmo enquanto ele passa a bater uma carreira de pó com a lateral do cartão de crédito e uma nota de 20 libras enrolada. Depois ele se afunda naquilo num movimento acompanhado pelo tipo de efeito sonoro que se espera de um javali com problemas de congestão.

Seb se recosta com um sorriso enervante na cara e pó grudado na ponta do nariz, como se tivesse enfiado a cara numa tigela de açúcar.

— Humm, você deixou um pouco — cochicho.

Ele limpa o nariz com o dedo e aspira o resto também.

— Olha, vou bater uma carreira para você — diz ele despreocupadamente.

— Ah, não — apresso-me a dizer. — É sério, vou ficar só no coquetel. Além disso, não está preocupado de alguém ver?

— Tá brincando, né? — ele ri. — Estamos na sala VIP. Todo mundo cheira aqui. Ah, vamos lá, não quero me divertir sozinho.

— É sério, prefiro não fazer — eu digo.

Ele me olha como se de repente tivesse diante dele a Miss Jean Brodie, de *Primavera de uma solteirona*.

— Tenha dó, Evie — diz ele. — Só um pouquinho de diversão. Vai te ajudar a relaxar.

— Não. Sinceramente, Seb, já estou bem relaxada... É sério — digo, embora de repente não me sinta nada relaxada.

Felizmente o garçom aparece com nossos coquetéis e Seb, apesar de sua bravata, afasta toda a parafernália. Mas, depois, pega a caixinha de pó mágico no bolso para passar pelo mesmo ritual pelo menos umas três vezes.

— Gostou do casamento da Georgia? — pergunto, tentando ignorar o que ele faz.

— Gostei — diz ele. — É, gostei. Foi bom ver parte do velho pessoal de novo. Em particular, você.

Eu sorrio.

— Mas no final da noite tinha uns bebuns na pista, não tinha? — acrescenta ele.

— E não tem sempre nos casamentos? — digo.

— Tem, mas você viu aquele cara de paletó riscadinho e a mulher? — acrescenta Seb, balançando a cabeça e sorrindo com malícia. — Aqueles dois pareciam precisar de uma cela almofadada.

Senti uma onda de calor no rosto ao perceber que o casal a que ele se referia era Bob e minha mãe.

— Está falando de Bob — eu falo. — Bob e, humm...

— Ah, então você os conhece? — diz ele, antes de eu ter a chance de terminar. — Espero não ter ofendido ninguém.

— Humm, bom... Não, não ofendeu ninguém — digo, me remexendo na cadeira. — Mas era da minha mãe e do marido dela que você estava falando.

— Merda! — diz ele, rindo. — Meu Deus, isso é que é mico pra impressionar uma acompanhante!

Eu também rio. Seb não sabia a quem estava se referindo. E, vamos combinar, não é nada que eu mesma não tivesse dito sobre minha mãe.

— Mas preciso te dizer uma coisa — continua ele —, nunca vi um par de meia-calça como o que ela estava vestindo.

— Não, tem razão — eu digo, rindo. — Ela tem um gosto incomum para se vestir, disso eu tenho certeza.

— E aquele chapéu. *Meu Deus* — acrescenta ele, revirando os olhos.

— Er, sim — eu digo, começando a sentir certo desconforto.

— Olha, ainda bem que você não herdou o gosto da sua mãe... Ou a falta dele — acrescenta Seb. — Você está demais esta noite.

De algum modo o elogio não tem o mesmo efeito de antes.

— Tá, tudo bem, Seb — eu me vejo dizendo com um tom agitado. — Então minha mãe é meio anticonvencional. Mas é assim que gosto dela.

— Caramba — diz ele, erguendo as mãos. — Foi brincadeirinha. Desculpe. Eu não pretendia te ofender.

Ele parece sincero. Relaxo os ombros e de repente me sinto meio boba.

— Não, desculpe — eu digo. — Eu não queria brigar com você.

— Está tudo bem. — Ele pisca para mim. — Eu te perdoo.

Eu me remexo, inquieta, mas lembro a mim mesma o quanto gostei de sair com Seb hoje.

Estava pensando nisso quando ele se curva para mim e, me pegando de surpresa, tasca um beijo na minha boca. Eu disse que tasca um beijo, mas não posso deixar de pensar que a manobra de Seb lembra um polvo gigante arremetendo para sua presa. Ele faz de zero a cem em segundos, com a língua a toda e sem dar muita oportunidade para a questão menor da respiração.

Eu me afasto, ofegante, e me recosto na cadeira. Sei que só reajo assim pelo que sinto desde que Jack e eu terminamos. Mas ainda não consigo evitar.

— O que foi? — diz ele.

— Ah, nada. — Depois levanto a cabeça e vejo Beth do outro lado do salão. — Quero dizer, não sei — acrescento.

Mas enquanto Beth se afasta, percebo que sei. É claro que eu sei.

Capítulo 103

Meu apartamento, 28 de junho, 17h15

Tenho de admitir que quase desisti da história de Benno sobre Pete Gibson, pop star angelical com uma tendência secreta por cocaína e orgias.

Depois de telefonar para Benno três vezes por semana, nos últimos dois meses, para ver se a história com o policial traíra tinha se resolvido, para eu poder seguir em frente e escrever minha matéria, comecei a temer que a coisa toda não chegasse a lugar nenhum.

No mínimo porque eu não acreditava que a essa altura os principais jornais do país não tivessem conseguido a história. Para ser inteiramente franca, apesar do meu desespero por essa matéria, eu também tinha outras coisas em mente.

Porém, esta noite, volto do trabalho depois de um turno, arrio diante da TV com uma tigela de macarrão instantâneo que não serve para consumo humano e o telefone toca.

Reconheço de pronto a voz de Benno.

— Está fazendo o quê? — pergunta ele.

— Comendo porcaria e vendo *Richard and July* — eu digo.

— Bom, larga tudo aí e vem para cá agora — anuncia ele. — Está prestes a conseguir sua matéria.

— O quê? É mesmo? — Em minha empolgação, derrubo a tigela no sofá ao meu lado.

— Mas antes quero um favor seu — acrescenta ele.

Isso me deprime.

— Sabe que não temos muito orçamento — eu digo.

— Tsc, eu sei *disso*, meu bem — responde ele. — Vi o carro que você dirige. Não, você conhece minha filha?

— Conheço — digo. — Como está Torremolinos?

Benno e a esposa estiveram dez anos à frente de David e Victoria Beckham, batizando a filha com o nome do lugar onde ela foi concebida.

— Ela está ótima — diz ele. — Mas olha... Ela quer ser jornalista. Então eu estava me perguntando se você podia arrumar algum trabalho para ela ganhar experiência profissional.

Nessas ocasiões eu devia dizer que há uma longa lista de espera e ela terá de escrever ao editor-chefe. Mas esta matéria é boa demais e, mesmo com a ameaça de uma bronca de Simon, tomo uma decisão executiva.

— Benno — digo a ele —, vou arrumar para ela toda experiência profissional do mundo. Na verdade, não vou descansar até que ela seja editora do *Sunday Times*.

Capítulo 104

Academia Green, Liverpool, quinta-feira,
28 de junho, 20h20

A matéria sobre Pete Gibson sairá na edição de amanhã. Por acaso o policial que ele tentava subornar estava limpo e acabou se revelando um dos mocinhos, afinal. Por mim, tudo bem, porque o fato de que um dos popstars mais santinhos do Reino Unido na verdade é um traficante de cocaína e frequentemente organiza orgias com celebridades tem de ser um dos furos do ano.

O único problema é que estou tão nervosa com tudo isso que agora tenho o tipo de náusea que tive uma vez em uma travessia de balsa de nove horas debaixo de uma ventania. No trabalho, chamam de *o medo*, aquela sensação horrível que os jornalistas têm antes de sair uma matéria realmente importante. É um misto peculiar de adrenalina excitante, porque você sabe que algo incrível está prestes a ser impresso, e o completo terror de ter escrito algo que levará o editor aos tribunais. O que nunca é muito bom para suas perspectivas profissionais.

Cobri todas as bases desta reportagem três vezes — assim como os advogados dos jornais — mas no fim do dia há alegações sérias e não há dúvida de que um grande naco de algo marrom vai bater no ventilador amanhã.

Então, aqui estou eu com Charlotte na academia, tentando me desligar dos problemas. Só que é a primeira vez que faço exercícios em semanas e começo a querer ter trazido um bilhete de minha mãe, me dispensando das atividades físicas.

Começamos na esteira e, com otimismo, ajusto de forma tola para o ritmo "Mundial de Resistência". Eu pretendia começar devagar, mas em algum momento do caminho consigo me ver no meio de uma escalada, no tipo de subida que não devia ser experimentada sem aqueles sapatos com solas de grampos.

Subo o aclive da esteira da forma frenética e desengonçada e, com um misto de pânico e exaustão, começo a apertar os botões como uma criança de 7 anos hiperativa sozinha num caça-níqueis.

— Mas que droga! — eu grito, antes de socar o botão de emergência para parar. A máquina estaca e eu me curvo para descansar na lateral da esteira, sentindo que meus pulmões estão prestes a explodir.

Charlotte ri e eu faço o mesmo, quando recupero o fôlego. Agora nós duas estamos rindo de um jeito histérico e esquisito. As pessoas começam a nos olhar como se tivéssemos tomado alucinógenos.

— E como anda por esses dias, Evie? — pergunta ela, quando finalmente consigo achar um ritmo mais tranquilo na esteira.

— Além de quase me matar numa esteira, quer dizer? — Abro um sorriso duro.

— Sabe o que quero dizer.

— Ah, tudo bem — respondo. — Tudo muito bem. Meio nervosa com minha matéria, mas tudo bem.

Sei muito bem que ela não está falando do jornal. E, verdade seja dita, meu nervosismo com isso — mesmo quando faz meu estômago girar como o interior de uma máquina de lavar — ainda não esconde os sentimentos por Jack.

Mas a pergunta de Charlotte me pega meio de surpresa, porque as pessoas pararam de me perguntar sobre Jack. Acho que, três semanas depois da separação, virou notícia velha. Além disso, eu nem mesmo dei a ninguém muito o que saber. Só dizia a mesma coisa que digo a Charlotte agora. Eu estou bem. Não poderia estar melhor. Estou ótima. Sinceramente, estou bem, muito bem mesmo.

— Bom, se isso é verdade, fico feliz em saber — diz Charlotte, mas não parece se convencer.

— Por que dá a impressão de que não acredita em mim? — pergunto.

Ela reduz o ritmo da esteira.

— Todo mundo sabe o quanto você gostava dele — diz ela.

— Quer dizer que acham que sou uma idiota.

— É claro que não — ela responde. — As pessoas não sabem o que é estar apaixonada por alguém e não ser correspondida.

— Meu Deus — eu digo, arfando. — Um surto de palavras compridas. O que significa tudo isso?

— Bom, elas não sabem, Evie — repete Charlotte, e de repente percebo que ela está muito infeliz.

— O que há com você? — quero saber. — Pensei que o monopólio da infelicidade ultimamente fosse meu.

— Ah, não é nada — diz ela, balançando a cabeça. — Só estou com TPM, é só isso. Fico transtornada com qualquer bobagem nesses dias.

— Meu Deus, deve ser ruim, se inclui a mim. Vamos lá, quer sair para beber?

— Eu nunca digo não a uma Diet Coke — diz ela.

Às vezes me esqueço como foi incrível a transformação de Charlotte. Mas quando ela põe um toque de maquiagem e veste jeans — que agora é skinny, e não mais GG —, vejo a que ponto ela chegou.

No pub, pedimos duas bebidas e conversamos pelo resto da noite, principalmente sobre minha matéria no jornal. É bom aliviar parte da tensão. Depois, quando os últimos pedidos são feitos, Charlotte levanta o assunto que estive evitando.

— Você estava apaixonada por Jack? — pergunta do nada.

Respiro fundo.

— Se admitisse isso a mim mesma, eu seria irremediável, não acha?

— Como assim?

— Quero dizer que se o único homem por quem me apaixonei por acaso é alguém que não me quer... Bom, isso seria uma tragédia e tanto.

— Humm — diz ela.

— Além disso, estou me divertindo com Seb — eu falo.

— Se *divertindo*? — repete ela, e percebo que pareço tão convincente quanto o advogado de defesa de Jack o Estripador.

— Acho que descobri uma coisa — eu digo. — Às vezes, por mais que você queira alguém, por mais que o ame, por mais que esteja desesperada por ele... Às vezes não pode ter essa pessoa. Isso dói pra caramba. Mas às vezes você simplesmente não pode ter.

Olho para Charlotte e ela está enxugando uma lágrima. Depois me lembro de uma coisa — o que ela disse no casamento da minha mãe, sobre ter beijado alguém. Ainda não cheguei ao fundo disso.

Estou prestes a levantar o assunto quando aparece o dono do pub.

— As duas têm uma casa para onde ir? — resmunga ele.

Com a exceção de um pastor alemão devorando um pacote de biscoitos de queijo e cebola na outra extremidade do bar, olho em volta e vejo que somos as únicas pessoas lá.

Capítulo 105

Redação do Daily Echo, *sexta-feira, 29 de junho*

O editor-chefe me pede para ir à sala dele logo depois que a primeira edição do jornal sai do prelo, às 11 horas da manhã do dia seguinte. Quando bato em sua porta, Frank está ao telefone, mas acena para eu entrar.

— Não dou a mínima para quanto trabalho seu amigo fez para a caridade, Diamond — berra. — Ele devia ter pensado nisso antes de deixar o pau pensar por ele.

O Diamond com quem ele fala é Dale Diamond, agente de celebridades e leal defensor da escola de relações públicas O Que Não Se Sabe, Não Pode Machucar. Pelo som dos protestos que posso ouvir do telefone, o Sr. Diamond não parece muito satisfeito com o furo de hoje.

— Vai à Comissão de Autorregulamentação de Imprensa? — Frank explode de novo. — Há! Com base em quê, exatamente? Por causar estresse indevido a um traficantezinho sujo? Não me faça rir. De qualquer maneira, já me cansei desta conversa, Diamond. Voltaremos a nos falar quando você conseguir criar miolos. Adeus.

Ele bate o fone e se levanta para andar até a mesa de reuniões, onde o jornal de hoje — impresso só há alguns minutos — está.

— Evie — diz ele, apontando a principal foto de Pete Gibson sendo preso na frente de sua mansão multimilionária —, isto é brilhante, caralho. Porra, é absolutamente brilhante.

Frank Carlisle tem muitas virtudes como editor, mas ser capaz de dizer uma frase sem usar um único palavrão não é uma delas.

— Obrigada, chefe — agradeço, perguntando-me se devia continuar de pé, como uma estudante na sala do diretor, ou me sentar.

— Sente-se — pede ele, como se lesse meus pensamentos, e puxo uma cadeira da imensa mesa de reuniões.

— Fiquei impressionado com seu trabalho ultimamente, Evie — diz. — Tremendamente impressionado. Você tem colhões, e gosto de uma repórter com colhões.

— Humm, é muita gentileza da sua parte, chefe — digo.

— Agora, o caso é o seguinte — continua ele —, sabia que estamos prestes a perder o Sam para um dos jornais do país?

— Sim, claro. — Sam Webb, o repórter policial, conseguiu um emprego no *Times* e deve sair em menos de duas semanas.

— Bom, isso deixa um buraco — continua Frank.

— É verdade — digo.

— Só quero alguém que tenha capacidade "de ação", é claro — ele me avisa. — Mas podemos rever isso no prazo de alguns meses.

— Entendi — digo.

— Então, tenho duas perguntas para você — continua ele.

— Tudo bem — digo.

— Quer o cargo? — pergunta ele. — Ou quer o cargo?

Capítulo 106

Igreja de St. Nicholas, sexta-feira, 13 de julho

Valentina disse que só o núcleo dos principais protagonistas estaria aqui para o ensaio do casamento, o que pelas minhas contas quer dizer umas sessenta pessoas. Além das sete damas de honra, há um exército inteiro de gente ocupada com a música, as flores, a coreografia, a leitura e simplesmente tudo, na verdade, para garantir que o Grande Dia seja encenado com perfeição amanhã.

— Ouviu o *stylist* de Valentina chamar o vigário para pedir que penteasse o cabelo de um jeito diferente amanhã? — sussurra Grace.

Meneio a cabeça, sem acreditar.

— Então agora até os convidados de 70 anos precisam parecer saídos das páginas da *Vogue*? — eu digo.

— Não lamente tanto por ele — Grace ri, cutucando-me nas costelas. — Parece que ele pediu para lhe fazerem umas luzes.

Eu rio, mas a verdade é que nem eu, nem Grace — nem Charlotte, aliás — estamos com humor para isso hoje. Grace enfrenta tudo com muita coragem, mas sem dúvida ainda tem problemas em casa e Charlotte, bom, Charlotte simplesmente anda agindo de um jeito muito estranho.

Quanto a mim, estou tentando não me lamentar ultimamente, tentando de verdade. E de muitas maneiras não tive nenhum motivo para isso. O trabalho vai maravilhosamente bem. Consegui um bom cargo — não, um *ótimo* cargo — que, no que diz respeito à minha carreira, significa que o céu é o limite. Mas é estar aqui hoje, quando imaginei que estaria com Jack, que me impede de dançar conforme a música. Felizmente, porém, a noiva dança conforme a música por todo mundo.

— Agora — diz Valentina, que em algum momento se armou de uma prancheta —, gostaria de treinar a entrada de novo. Estou meio preocupada com a postura de algumas damas de honra, *não vou citar nomes...* — fala, olhando para mim.

— Sutil como sempre, não é? — sussurro para Grace.

— Vamos, meninas, de volta ao fundo — ordena Valentina, que pareceria uma diretora de escola convincente, se não estivesse usando uma boina *von Dutch* e sandálias de saltos 10.

— Procure não ficar corcunda, Evie — diz ela animadamente. — Sei que você não tem uma graça natural, mas *poderia* fazer um esforço, por favor?

A igreja é surpreendentemente modesta. Desconfio de que Valentina teria preferido a catedral de Westminster, mas ao que parece foi aqui que gerações dos Barnett se casaram, e este foi o único pedido de Edmund.

Ele ficou com a igreja de St. Nicholas, ela ficou com quatro coordenadores de casamentos, um contrato com a revista *High Life!* e um vestido que custava mais que o PIB de algumas nações pequenas. No geral, acho que ela se deu muito bem no acordo.

Quando vamos para o fundo da igreja, Valentina dá o braço a Federico, um ex-striper que virou modelo e namorado de 31 anos da mãe de Valentina. Ele é quem a levará ao altar amanhã.

Valentina só o encontrou uma vez e particularmente não gostou dele, mas dado o gosto dos Barnett pela tradição, ela sentiu que precisava de alguém — qualquer um — para levá-la ao altar. Bom, qualquer um com quem ela não tivesse dormido, o que obviamente reduzia a lista. E muito. Então ficou com Federico.

— Pode vir aqui, Jasmine? — diz Valentina, empurrando a prancheta para uma das organizadoras. — Sou necessária para uma coisinha importante.

Jasmine assente ao organista e a igreja se enche com os acordes de abertura da "Marcha Nupcial" de Mendelssohn. Valentina joga o cabelo para trás, pega o braço de Federico e começa sua caminhada pela nave com um sorriso que diz que não podia estar mais satisfeita consigo mesma se tivesse chegado à final de Wimbledon.

— Lembrem-se, não muito rápido — alerta Jasmine, mas Valentina não pretende acelerar nada.

Mesmo com metade dos bancos ocupados pelos organizadores do casamento, ela evidentemente está curtindo tanto fazer sua caminhada lenta e teatral que permite que todos tenham a oportunidade de vê-la pelo tempo que quiserem.

A mãe de Valentina, a Sra. Allegra D'Souza, está num dos bancos adjacentes e, enquanto eles passam, ergue a mão glamourosa e sopra um beijo para Federico através da mais impressionante arcada de dentes encapados que vi na vida. Federico dá uma piscadela, levando Valentina a dar um muxoxo e um puxão em seu braço, como se ele fosse um cachorrinho desobediente.

Eles levam alguns minutos para chegar ao altar, antes de Valentina se virar e supervisionar as damas de honra, colocando-se na frente de uma por uma.

— Muito bom, Georgia, e você também, Grace — diz ela. — Evie, *francamente,* se puder aprender alguma coisa com Grace, ficará ótima.

Mordo o lábio e olho solidariamente para Edmund, parado na frente com Patrick — seu padrinho — ao lado dele.

Ensaiamos os votos mais quatro vezes até que, enfim, Valentina fica satisfeita com tudo.

— Agora, pessoal — conclui ela —, verei vocês amanhã, e não se atrasem. Isto inclui você, amorzinho — acrescenta ela, abrindo um sorriso para Edmund. Ele se curva e lhe dá um beijo no nariz, parecendo completamente apatetado.

À medida que as pessoas começam a ir para casa, Valentina segue direto até mim, Grace e Charlotte.

— Não sei qual é o problema — diz ela —, mas as três parecem estar ensaiando para um enterro, e não para um casamento. E isto inclui você, Charlotte.

— Só estou meio cansada — diz ela. — Tive uma semana complicada no trabalho.

— Se você diz — responde Valentina com ressentimento. — Mas não pensei que trabalhar naquela coisa de fazenda fosse particularmente exigente.

Charlotte simplesmente dá de ombros.

— E Evie — continua Valentina —, *ânimo*, sim? Você foi promovida, pelo amor de Deus! Me corrija se eu estiver enganada, mas isso não quer dizer que pode não demorar muito até você arrumar um emprego num jornal decente?

Estou pensando se me digno a responder quando Valentina se vira para Grace.

— Agora, Grace — diz Valentina —, que diabos você tem para estar tão deprimida? Você arrumou um lindo marido antes de qualquer uma de nós.

— Eu estou bem, Valentina — diz Grace. — É sério. Só estou cansada, como Charlotte. Amanhã vai ficar tudo bem. Todas estaremos ótimas.

Valentina franze o cenho.

— Bom, espero que sim — diz ela, girando nos calcanhares —, porque Deus sabe o que a equipe da *High Life!* vai pensar se não estiverem.

Capítulo 107

— Alguém quer uma carona? — pergunta Grace quando saímos da igreja.

— Eu vim de carro — respondo.

— Não, obrigada — diz Charlotte.

— Vamos, Charlotte — Grace insiste. — Vamos passar pela sua casa. Como vai embora?

— Ah, eu prefiro ir a pé — diz Charlotte. — É sério.

— Não seja chata, está começando a chover. Diga a ela, Patrick, não tem problema.

Patrick está parado ao lado da porta do motorista de seu Audi, pronto para ir.

— Na verdade, prefiro ir direto para casa, Grace — ele diz.

— Do que está falando? — pergunta Grace. — Fica no caminho.

— É sério — interrompe Charlotte. — Eu estou bem.

— Viu? Ela está bem — diz Patrick. — Agora vamos. — Ele entra no carro e bate a porta.

— Bom, se tem certeza disso — diz Grace, perplexa. — Vejo vocês amanhã então. Tchau, Evie.

Quando Grace entra no carro, ele dá ré e dispara do estacionamento da igreja como um carro dirigido por Michael Schumacher.

— Meu Deus, ele está mesmo com pressa — digo. — Por que não quis ir com eles?

Charlotte dá de ombros.

— Eu realmente prefiro ir a pé — diz ela.

— Nessa chuva? — pergunto. — Toda essa dieta deve ter afetado seu cérebro.

Ela sorri.

— Pode vir comigo, se quiser — ofereço.

— Bom, se não se importa — concorda ela, para certa surpresa minha.

— Mas terá de afastar umas embalagens do McDonald's primeiro — digo a ela. — E não conte a minha mãe que viu isso no meu carro, ou ela me deserda.

Enquanto dou ré no estacionamento e sigo para a casa de Charlotte com ela no banco do carona, ligo o rádio baixo o bastante para conseguirmos conversar.

— O que acha disso, hein? — digo. — Você e eu sempre vamos ser damas de honra e jamais as noivas?

Estou tentando ser bem-humorada, mas tem algo no jeito como sai que me faz parecer querer cortar os pulsos.

— Cada vez mais parece que é isso — diz ela, tentando sorrir.

— Mas, olha, não é tão ruim ser solteira, é? — eu digo com um entusiasmo forçado de professora de escola primária. — Na verdade, acho muito divertido. Eu *gosto* de poder sair quando quero e com quem quero, onde eu quero, e não ter de me justificar a ninguém, muito obrigada.

— Humm — diz ela.

— Quero dizer, quem quer se casar, aliás? — continuo. — Só o que você faz é condenar a si mesma a uma vida inteira de conversas com a mesma pessoa. Não é uma chatice?

— Você deve ter razão — diz Charlotte com relutância. — Ser solteira não é assim tão ruim.

— E toda essa bobajada de casamento — eu já falo alto. — Quero dizer, no fim das contas, é só uma festa cara pra caramba, né? Todo esse dinheiro jogado fora numa festa! Pense em todas as outras coisas que você podia comprar.

Há um silêncio.

— Tipo o quê? — diz Charlotte por fim.

— Bom — digo, decidida a provar meu argumento —, você pode viajar de férias. Férias *maravilhosas*. Meu Deus, pode ir para qualquer lugar... E de primeira classe. Pode beber champanhe e receber massagens nos pés inchados, enquanto a plebe na classe econômica luta com a tampa da comida e ouve observações esnobes das comissárias de bordo. Incrível.

Ela assente. Depois fala.

— Mas sozinha.

Franzo a testa.

— Pensei que tivéssemos concordado que não havia nada de errado em estar *sozinha* — digo.

— Humm.

— Tudo bem, vou pensar num exemplo melhor... — Paro por alguns segundos para ter certeza de escolher um dos bons.

— Tá legal... Pense em todos os sapatos que pode comprar — eu digo.

— Você está parecendo a Valentina — Charlotte ri.

Solto um gemido.

— Tá — eu digo. — Então você pode dar o dinheiro para ajudar crianças famintas na África.

Eu pretendia ser irreverente, mas no segundo em que disse isso, nós duas sabíamos que eu não podia ter escolhido exemplo pior para ilustrar o argumento do que algo que meu ex-namorado faz todo dia. Enquanto continuo dirigindo em silêncio, olho para Charlotte, que olha para a frente com uma expressão muito peculiar.

— Está tudo bem? — pergunto.

Ela leva um momento antes de falar.

— Posso te contar uma coisa, Evie? — pergunta ela.

— Mas é claro — digo de pronto. — Pode falar.

— Estou apaixonada — revela Charlotte.

Ela não podia parecer mais franca se tivesse acabado de me dizer que ia comprar uns nabos. Minha boca se abre num assombro completo.

— Ei, isso é incrível! — exclamo. — Por quem?

Charlotte hesita e respira fundo, antes de se virar para me olhar.

— Por Patrick — diz ela. — Estou apaixonada por Patrick.

Capítulo 108

Sem me dar conta, meto o pé no freio e dou uma guinada para o acostamento com meu Golf, atirando Charlotte na porta do carona com a força da manobra. Quando me certifico de que não atropelei ninguém acidentalmente, puxo o freio de mão e me viro para ela, mal sendo capaz de acreditar no que acabei de ouvir.

— Que Patrick? — pergunto, na vã esperança de que tenha havido uma terrível confusão e ela esteja se referindo a um cara que trabalha na lanchonete de seu bairro — e não ao marido de nossa melhor amiga.

— O Patrick *Patrick* — diz ela.

— Que Patrick *Patrick*?

— Patrick *Cunningham*.

Balanço a cabeça, incapaz de computar essa informação.

— Deixa ver se eu entendi direito — eu digo, carrancuda. — Está me dizendo que está apaixonada *pelo Patrick*? Pelo *nosso Patrick*? Pelo Patrick da *Grace*?

— Sei que é difícil de acreditar.

— Difícil de acreditar? Charlotte, ele é casado com nossa melhor amiga.

— Com a *sua* melhor amiga — murmura ela.

Meus olhos se arregalam.

— Então não só você está apaixonada pelo marido dela, como agora ela não é mais sua amiga? — pergunto, incrédula.

— Não foi *isso* que eu disse — responde ela.

Olho para a frente, agarrada ao volante.

— Bom... Há quanto tempo sente isso? — pergunto, tentando manter a calma.

— Desde o dia em que o conheci — ela me diz. — Sete anos, para ser exata. Senti isso assim que coloquei os olhos nele. E nunca deixei de amá-lo.

A última frase faz meu sangue gelar. Como nunca percebi isso? Como nenhuma de nós percebeu? Minha mente é um turbilhão de pensamentos, no mínimo com a simplicidade com que Charlotte parece lidar com a situação.

— Mas Charlotte — eu digo, minha voz dividida entre a solidariedade e a exasperação. — Patrick ama Grace. E Grace ama Patrick. Eles têm uma *família*. Quaisquer que sejam seus sentimentos por ele, você precisa parar com isso agora. Por seu próprio bem. Porque Grace e Patrick... têm uma relação sólida como uma rocha.

Ela bufa de desdém.

— O que foi isso? — pergunto, chocada.

— Você não sabe nem de metade da história, Evie.

— Mas do que você está falando?

— Bom, só estou falando — continua ela. — Você fala como se a ideia de Patrick e eu juntos fosse ridícula.

— *É* ridícula — digo a ela, minha voz se elevando incontrolavelmente.

Agora Charlotte fica verdadeiramente irritada.

— Podia ser, há seis meses, Evie — diz ela. — Mas agora eu sou tão magra... e na moda... e atraente como qualquer outra.

— Mas o que diabos isso tem a ver? — pergunto.

Ela franze o cenho.

— Só estou falando, a ideia *não* é mais tão ridícula — diz ela, sua fúria agora palpável.

Nem acredito no que estou ouvindo. Penso em Grace e nas meninas. Penso em como Grace tem estado perturbada com Patrick. Penso no fato de que eles só se casaram há alguns meses. Pela primeira vez na vida, meus sentimentos por Charlotte não são inteiramente positivos.

— Charlotte, o fato de você ter emagrecido muito não tem nada a ver com isso. A ideia é ridícula... Não porque você não seja bonita para ele... Mas porque está falando da nossa amiga e do marido dela. De Grace e Patrick. Onde está sua lealdade?

Ela bufa de novo. E há algo nisso que me tira do sério.

— Escuta aqui — eu digo, virando-me para ela —, você precisa esquecer tudo isso, Charlotte. Porque *nunca* vai ficar com Patrick, entendeu? *Nunca*.

O sangue sobe ao rosto de Charlotte.

— É aí, Evie — diz ela em voz baixa —, que você está enganada.

— Como é?

— Eu disse que é aí que você está enganada — continua ela, o rosto em brasa. — Patrick e eu ficaríamos juntos, sim. Na verdade, Patrick e eu já ficamos.

Capítulo 109

— Do que você está falando? — pergunto, com medo da resposta.

— No casamento da sua mãe — diz Charlotte. — Sabe quando disse que beijei alguém? Bom, foi Patrick.

Não digo nada.

— Na verdade — continua ela —, não foi só um beijo.

— Como assim?

Charlotte claramente está se perguntando se deve continuar ou não. Mas agora não há como voltar — e ela sabe disso.

— Eu... saí para andar um pouco e clarear a cabeça — diz ela com a voz trêmula. — Eu me sentia meio bêbada e... Bom, achei Patrick fazendo a mesma coisa. Só sentado... clareando a cabeça. E então começamos a conversar. Conversamos muito e ele me contou coisas das quais você não tem a menor ideia, Evie. Que *Grace* não tem a menor ideia.

— E?

— Depois... Bom... Simplesmente aconteceu. Nós nos beijamos.

Ela se interrompe, sem saber se deve contar mais.

— E?

Charlotte suspira.

— Uma coisa levou a outra, como dizem. E... nós... nós...

— Vocês o quê?

— Transamos — disse ela num tom de desafio. — Pronto... Está satisfeita? Patrick e eu... *transamos*.

Meus olhos quase saltam da minha cabeça.

— Na campina? — digo, horrorizada. — Na campina, ao lado da recepção do casamento da minha mãe?

O lábio de Charlotte ainda treme, mas ela não se intimida.

— Sim, na campina — diz ela, decidida a manter a cabeça erguida. — Sim.

— Não acredito em você — falo. Mas na verdade acredito.

— É a verdade — responde ela. — Pergunte a ele, se quiser. Mas é a pura verdade.

Na minha profissão tenho a habilidade de me comunicar, mas, de certo modo, as palavras me faltam. Vejo-me apenas sentada ali, murmurando, como um personagem de *Um estranho no ninho*.

— Como você pôde? — digo por fim. — Como pôde fazer isso com Grace?

— Não pude evitar — ela geme, agora menos insolente. — É sério, Evie, eu não pude evitar.

— É *claro* que não pôde evitar! — eu grito.

— Deixa eu colocar dessa maneira — continua ela. — O que você sente por Jack no momento? A mágoa, a intensidade, a dor... Bom, você vem sentindo isso há semanas. Eu sinto há sete anos. *Sete longos anos*. Você nem imagina o que é isso.

Fecho os olhos.

— Não acho mais que eu conheça você tão bem, Charlotte — sussurro. É só no que consigo pensar.

Ela pega minha mão.

— Não diga isso, Evie. Você é minha melhor amiga. Por favor, procure entender.

— Pelo menos você admite que o que fez é errado?
Charlotte suspira.

— Sei que o que fiz não é certo — diz ela —, já que eles são casados. É claro. Mas também sei que fazer a coisa certa não me leva a lugar nenhum. A lugar nenhum mesmo.

Olho-a nos olhos.

— Charlotte — digo —, você é uma das minhas amigas mais antigas. Sabe que eu faria qualquer coisa por você. Mas se for responsável pela separação deste casal, não sei como vou te perdoar. Não sei mesmo.

Ela põe a cabeça entre as mãos e chora em silêncio. Chora, chora e chora, não sei por quanto tempo. Por fim, levanta a cabeça.

— Não vou acabar com este casamento — diz ela.

— Como pode ter certeza?

Ela funga.

— Acredite em mim, eu tenho certeza — diz ela, fazendo outra pausa para respirar. — Ele... Ele... nos fez parar logo depois.

— Continue.

Ela balança a cabeça.

— Ele se arrependeu na mesma hora. Deus Todo-Poderoso. Eu estive me iludindo, pensando que podia ser o começo de alguma coisa. Mas consegui fazer alguém se arrepender de transar comigo antes mesmo que tivesse acabado.

— E o que aconteceu? — pergunto com relutância, sem querer particularmente os detalhes sórdidos, mas sabendo que precisava ouvi-los.

— Ele estava tão bêbado — confessa ela. — Não só bêbado, ele mal conseguia ficar de pé. Ainda posso vê-lo agora, se atrapalhando para fechar a calça e praticamente correndo para longe de mim. E agora, bem, ele nem fala comigo desde que isso aconteceu. Ele me *odeia*.

Charlotte chora histericamente, mas não consigo nem mesmo olhar para ela. Depois me ocorre outra coisa.

— Sabe que vou ter de contar a Grace — digo a ela.

Ela se vira para mim com pânico nos olhos.

— Não faça isso — diz ela. — Por favor, não faça isso.

— Ela é minha melhor amiga. Tenho de contar a ela.

Charlotte começa a balançar a cabeça.

— Não. Você não pode — ela balbucia. — Ela tem dois filhos. Uma família. Contar a ela só vai ser a maneira mais rápida de destruir isso.

Eu hesito, roendo as unhas.

— Mas como eu *posso* guardar um segredo desses? — pergunto.

— Só o que você conseguiria com isso seria se livrar do peso — diz ela. — Conte, e Grace e Patrick não durarão um ano.

— Como é que você ficou tão preocupada com ela e Patrick assim de repente? — Isso escapuliu antes que eu pudesse evitar.

— Pode me odiar o quanto quiser, Evie — diz ela com a voz embargada. — Mas o que estou dizendo é a verdade.

Ficamos em silêncio mais uma vez.

— Eu não odeio você, Charlotte — digo a ela. — Só não acredito que isto esteja acontecendo. E não vejo como posso guardar esse segredo de Grace. Eu me sentiria uma droga de uma cúmplice.

— Olhe — diz ela —, não diga nada amanhã, pelo menos. Não no dia do casamento da Valentina. Vai estragar tudo. Fique quieta por uns dias, depois vai perceber que tenho razão no que digo.

Não sei o que fazer. Concordar com Charlotte agora não é algo que eu esteja particularmente inclinada a fazer. Mas ela sem dúvida tem razão sobre o casamento de Valentina ser a hora e o lugar errados.

— Então, alguns dias — decido. — Vou pensar nisso por alguns dias... É só o que posso prometer.

— Tudo bem — diz ela. — Que bom. — Ela enxuga os olhos.

— Tem uma coisa que não entendi — eu digo, em parte me perguntando por que estou dizendo isso a ela. — Patrick anda agindo de um jeito estranho desde muito antes do casamento de mamãe. Ele está... estranho... há meses.

Charlotte morde o lábio.

— Acho que posso esclarecer isso — murmura ela.

— Ah?

— Foi sobre isso que conversamos. Nossa longa conversa, antes de...

— Tá. O que é? — pergunto. — Anda logo, solta.

— Tudo bem, tá legal — diz Charlotte, respirando fundo de novo. — Patrick perdeu o emprego.

Capítulo 110

Casa de Grace e Patrick, sábado, 21 de julho

— Quero usar meu sutiã — geme Polly.

— Não pode, eu já te disse — diz Grace, pegando uma comida de bebê no micro-ondas com uma das mãos e escovando o cabelo dela com a outra. — Meninas de 5 anos não usam sutiã.

— Aposto que Evie vai estar de sutiã — responde Polly. — Não vai, Evie?

— Bom, vou — digo a ela. — Mas eu sou tamanho 42... E você não é.

Polly faz beicinho.

Como sempre, a cozinha de Grace está tão caótica que começa a parecer menos o eixo de um lar e mais o set de *um programa de sobrevivência*. A canção de *Bob o Construtor* tocou em volume máximo pela última meia hora enquanto Grace galopava entre passar as roupas de Polly, localizar caixas de paracetamol infantil e negociar por telefone com a mãe se Scarlett devia ou não comer de garfo e faca.

Grace põe Scarlett na cadeirinha e começa a enfiar em sua boca uma colher com um preparado que ela insiste que é torta de lentilhas — mas na verdade mais parece algo que se vê esparramado na calçada de uma boate às 2 horas da manhã.

Patrick entra, procurando algo para engraxar os sapatos, e eu me vejo examinando seu rosto à luz das revelações de Charlotte. Ele parece quase tão feliz como se espera de alguém que esconde que está desempregado e recentemente deu uns amassos enquanto estava bêbado com uma das amigas mais antigas da mulher dele.

— Bom, preciso dizer que nunca pensei que Valentina e Edmund terminariam juntos, não é? — pergunta Grace, olhando para Patrick com esperança para ver se ele responderia.

— Humm — ele dá de ombros, pegando uma flanela no armário debaixo da pia.

Como padrinho, Patrick deve encontrar o noivo em sua casa em uns vinte minutos. Pelo que vejo, não se atrasará nem um minuto: só de ficar no mesmo cômodo que Grace e ele, sabendo que eu sei mas ela não, me deixa distintamente nervosa.

— Só Deus sabe que tipo de casamento eles terão — continua Grace. — Não consigo deixar de pensar que ela vai depená-lo.

— Talvez — diz ele.

Grace me lança um olhar de desculpas, como quem diz: ultimamente nossas conversas estimulantes são assim. Viro o rosto imediatamente e começo a examinar as informações nutricionais de um pacote de cereal.

— Como Valentina se entendeu com os pais dele? — pergunta ela.

— Foi tudo bem, eu acho — resmunga Patrick. — Na verdade não sei.

— Bernard provavelmente a adora — continua ela. — Mas Jacqueline... Não sei, desconfio de que ela teria preferido que Edmund levasse para casa alguém menos exuberante.

— Humm — digo. — Como a Madonna.

Patrick coloca a flanela de volta no armário da pia e vai para o corredor, sem dizer nada. Ouço a porta do banheiro se fechar quando Polly chega usando seu lindo vestido rosa-claro, mas com seu "sutiã" — que na verdade é a parte superior de um biquíni — inteiramente visível. Ela parece um híbrido estranho de Shirley Temple com uma prostituta.

— *Polly* — diz Grace preocupada enquanto Scarlett começa a jogar seus tijolinhos de plástico pela cozinha. — O que foi que eu te falei?

— Não me lembro — diz ela.

— Eu falei que não podia usar essa coisa, não foi? — questiona Grace.

— Mas... — interrompe ela.

— Nada de mas — diz Grace com severidade.

— É isso mesmo — acrescento, começando a lhe fazer cócegas. — Ou vamos chamar a Supernanny.

Polly desaba com gargalhadas relutantes, apesar de querer continuar bancando a malcriada.

— É melhor eu ir andando — diz Patrick, aparecendo de novo.

— Papai — diz Polly —, posso usar meu sutiã no casamento? Não é um sutiã de verdade, é só de mentirinha. E a vovó comprou para mim porque achou bonito e sabia que era só para eu brincar. Então eu posso, papai?

Grace e eu ouvimos tudo isso quase sem fala. Se Polly é assim aos 5 anos, como será quando tiver uns 15? Maquiavel?

— Se a vovó comprou para você, então não vejo por que não — diz Patrick, pegando a chave do carro.

— Patrick! — protesta Grace. — Não, ela não pode usar! Eu quase estrangulei minha mãe quando ela comprou isso.

— Mas o papai disse que eu podia — diz Polly, fazendo uma cara tão aflita que se pensaria que ela acaba de ouvir que vai passar o resto da vida num orfanato com uma dieta de mingau e ervilhas secas.

— Papai não quis dizer isso — fala Grace. — Não é, papai?

Patrick lhe lança um olhar duro.

— Eu *pensei* — diz ele, indignado — que a mamãe e o papai não deviam se contradizer na frente das crianças.

— Tem razão — concorda Grace, com a mesma indignação —, não deviam. Mas o papai obviamente não percebe que é exatamente isso que *ele* está fazendo.

— Muito bem — diz ele, num tom que fica mais firme —, mas a mamãe deve aceitar que o papai não é vidente e portanto não podia saber exatamente o que ela disse antes.

— A mamãe *aceita* — diz Grace —, mas como papai agora sabe qual é a opinião da mamãe, ela ficaria muito agradecida se ele voltasse atrás.

Patrick parece prestes a lançar outro comentário tão ácido que podia derreter os móveis, quando de repente seu telefone toca. Ele atende.

— Então — diz Polly —, agora que a mamãe e o papai conversaram sobre isso, tudo bem eu usar meu sutiã, não é?

— Não! — grita Grace.

Ela e Polly continuam a batalha, enquanto *Bob o Construtor* trina e Scarlett geme para sua próxima colherada, batendo os brinquedos em sua cadeirinha. Mas embora esteja acontecendo tanta coisa nesse lugar que mal se sabe para onde olhar, não consigo deixar de me concentrar em uma só pessoa. Patrick. Patrick é o único que está em silêncio, e enquanto ele ouve quem está ao telefone, assim permanece, a cara ficando tão branca que ele logo começa a parecer Christophe Lee.

Por fim, ele baixa o telefone.

— Quem era? — pergunta Grace.

— Evie — diz ele —, acho melhor você sair. Preciso conversar uma coisa com Grace. Preciso falar com ela a sós.

Capítulo 111

Knowsley Hall, sábado, 21 de julho

Valentina está da cabeça aos pés com o vestido de noiva mais caro que o dinheiro pode comprar, e com uma tiara que ofuscaria um lustre do palácio de Buckingham. Mas uma coisa não está muito certa: a noiva não sorri.

— Não sei o que eu esperava da equipe da *High Life!* — ela faz beicinho enquanto posamos para as primeiras fotos do dia —, mas não era um imbecil velho e decrépito tirando as fotos e uma estagiária de 17 anos fazendo as entrevistas.

Estamos na extensa área do Knowsley Hall, um dos mais impressionantes prédios históricos do norte da Inglaterra e onde — a não ser pela cerimônia religiosa — a maior parte da ação está acontecendo.

— Ela tem 18, ao que parece — digo a ela.

— Quem? — pergunta Valentina.

— A entrevistadora. Nós batemos um papo mais cedo. Ela se chama Drusilla... Drusilla von Qualquer Coisa. O pai é conde de algum lugar da Europa e conhece o dono da revista.

Mas Valentina não está interessada no pai de Drusilla von Qualquer Coisa.

— Agora escute aqui — ela está dizendo ao fotógrafo —, que tal uma foto minha entrando na carruagem com as damas de honra ali perto?

— Meu bem — ele rosna —, concentre-se em ficar bonita e eu cuido das fotos. Assim nós dois nos entenderemos bem. Agora, acho que seria ótimo uma da noiva com o pai, antes de irem para a igreja. Onde está mesmo seu pai?

— Estou aqui — diz Federico, aproximando-se de Valentina e colocando a mão em sua cintura.

— Você *não* é meu pai — diz ela. — Ele *não* é meu pai — repete para os outros.

— Sei que *em geral* não sou — diz Federico —, mas achei que só por hoje, para a ocasião, eu devia ser.

— Só vai me levar ao altar, só isso — ela sibila. — Isso não altera o fato biológico de que você e eu não temos nada um com o outro. Você está aqui para decorar meu braço, entendeu?

— Sim, entendi — diz ele, erguendo as mãos. — Entendi a ideia. Você às vezes é tão brava, Valentina. Mas gosto disso numa mulher.

Insistindo que a revista *High Life!* o enviara com uma lista de instruções — inclusive voltar com uma foto da noiva e seu pai —, o fotógrafo força uma relutante Valentina a posar para uma foto com Federico. Este coloca o braço abaixo de sua cintura numa pose que não parece nada paterna, devido à proximidade de sua palma com o alto do traseiro da noiva.

Não há dúvida nenhuma de que Valentina deu alguns toques verdadeiramente espetaculares neste casamento. O bolo foi preparado em chocolate belga branco e, com mais de 1,5 metro, faz o de Michael Douglas e Catherine Zeta-Jones parecer saído da Marks & Spencer.

O vestido foi tão caro que existem casas semigeminadas em certas partes do país que custam mais barato. E o visual, segundo Valentina, é elegante, mas também sexy o bastante para garantir que a pulsação de Edmund esteja do lado certo do colapso coronariano no momento em que a vir.

De todos os detalhes, porém, nenhum é mais espetacular que o que está diante de nós agora: a carruagem de Cinderela. Cravejada de cristais e puxada por quatro cavalos brancos, receio que o gosto de Valentina neste caso em particular tenha sido atropelado por seu senso igualmente desenvolvido de exibicionismo. A ideia era de que fosse compatível com um casamento da alta sociedade. Na verdade, parece o tipo de coisa que transportaria Elton John, se ele morasse na Disneylândia.

— É uma carruagem e tanto — diz o fotógrafo, e por uma fração de segundo Valentina quase muda de ideia com relação a ele. — Fiz o casamento de Jordan e Peter e eles tinham uma parecida.

— *Idiota* — ela bufa.

Enquanto as damas de honra — com exceção de Grace — esperam ao fundo, puxo Charlotte de lado na primeira oportunidade que tenho.

— Você ligou para Patrick mais cedo? — pergunto.

Ela ruboriza, mas mantém uma expressão desafiadora.

— Liguei — diz ela, agarrada ao buquê.

— O que você disse? — pergunto.

— Disse a ele que você sabia — diz ela. — Que eu tinha te contado tudo.

Franzo a testa.

— Tive de fazer isso — diz ela —, não podia me arriscar a você contar à Grace primeiro.

— Eu não falei que não contaria? — sussurro. — Pelo menos não antes do fim do casamento.

Ela funga e dá de ombros.

— Vai acontecer o que tiver de acontecer — diz ela —, agora ele sabe como me sinto. A peteca está com ele.

Balanço a cabeça, incapaz de sequer pensar no que pode estar acontecendo na casa de Grace neste exato momento.

— Ah, com licença, ah — diz Drusilla, a jornalista da *High Life!*, aproximando-se.

— Ah, acha que eu posso fazer minha, ah, entrevista agora? — pergunta ela.

— Mas é claro que sim — diz Valentina, animada. — Solta o verbo.

— Ah, sim, bom, tudo bem — ela diz. — E então, a senhora e o Sr. Barnett se conheceram numa festa?

— Ele foi padrinho de outro casamento, na verdade — conta Valentina. — De dois de meus mais queridos amigos, Patrick e Grace. Pode ser detalhe demais, então não precisa mencionar nenhum deles pelo nome, se não quiser. Entretanto, pode ser bom você falar que tenho muitos amigos. Amigos muito, muito queridos.

— Ah, sim, tudo bem — diz Drusilla, tomando notas a uma velocidade de seis palavras por minuto. — E, ah, agora, ah... A senhora gosta de festas?

— Bom, sim — diz Valentina. — É claro que gosto... Quem não gosta?

— Tudo bem — diz a garota. — E a que tipos de festas vai?

— Ora, todo tipo de festas — continua Valentina. — Mas o que isso tem a ver com meu casamento?

— Oh, ah, bom, não sei bem — diz Drusilla. — Mas meu editor disse que eu sempre devia perguntar sobre festas.

Ele disse que se eu sempre fizesse perguntas sobre festas, ia me dar bem.

— Então não pense que vai ganhar o Pulitzer com este artigo — diz Valentina.

Capítulo 112

Georgia está começando a ficar meio preocupada. Mas não, desconfio, tanto quanto eu.

— Quando precisamos ir para a igreja? — pergunta ela.

— Ainda falta uma hora — digo. — Grace ainda não apareceu?

— Humm... — Georgia olha para ver se Valentina está ouvindo.

— Quer dizer que *não*, não é? — Valentina guincha. — Era de se esperar que justo hoje ela pudesse fazer o esforço de aparecer na hora.

— Sei que ela não vai demorar — diz Georgia. — Você sabe como é a Grace. Ela sempre se atrasa... Mas sempre consegue no final.

— Pode ser — diz Valentina. — Mas *de jeito nenhum* Andrew Herbert vai conseguir fazer o cabelo dela no tempo que restar. O homem pode ser um gênio com as cores, mas a viagem no tempo não é uma de suas habilidades, até onde eu sei.

— Olha — diz Georgia —, por que não entra e toma uma taça de champanhe conosco?

— Tudo bem — diz Valentina, marchando para a casa principal. — Já estou mesmo cheia do David Bailey e sua intrépida repórter.

Quando chegamos à sala de estar, cada uma de nós pega uma taça de champanhe e não demora muito para todas começarem a relaxar. Até Valentina. E inclusive eu. E logo o lugar assume o ar de excitação alegre que todo casamento deve ter. Enquanto bebo minha champanhe e olho Valentina, brilhando de felicidade e prestes a se comprometer com um homem pelo resto da vida, sinto-me compelida a dizer alguma coisa.

— Muito bem — eu me vejo anunciando. — Gostaria de propor um pequeno brinde.

Todas param o que estão fazendo e olham para mim.

— Bom, Valentina, todas nós conhecemos você há mais de seis anos e, como em qualquer amizade, tivemos altos e baixos. Mas há pouca dúvida de que você é uma em um milhão. E por sorte, achou um homem que também é um em um milhão. Alguém que a adora completamente, decidido a nunca decepcioná-la. E essa é uma das... Bom, é uma das coisas mais incríveis do mundo.

Minha garganta fica seca e de repente me sinto ridiculamente emocionada, pensando em Grace, Patrick e Charlotte, mas acima de tudo em Jack.

Levanto a cabeça e finjo verificar minha maquiagem enquanto as lágrimas enchem meus olhos. Uma imagem nítida do sorriso grande e generoso de Jack lampeja pela minha cabeça e fico furiosa comigo mesma por ser tão chorona.

— Está tudo bem com você, Evie? — pergunta Georgia, mas, quando ela coloca a mão em meu braço, parece que as lágrimas que encheram meus olhos estão ainda mais decididas a conquistar sua liberdade.

— Sim, sim — eu digo, recompondo-me. — Agora um brinde. *A Valentina!*

— *A Valentina!* — todos gritam, aplaudindo enquanto ela aceita os holofotes.

— Ah, olha — diz Georgia, olhando pela janela. — A Grace chegou.

— Ora, graças a Deus — diz Valentina. — Mas espero que ela saiba que não pode deixar o carro ali, no meio da entrada. Não quero um Audi nas fotos de casamento. Em especial um Audi que já tem três anos.

Mas enquanto os passos de Grace se aproximam da sala menos de um minuto depois e a porta se abre num rompante, fica bem evidente para todo mundo que as fotos de casamento são a última coisa em que ela está interessada.

Capítulo 113

Grace está com cara de dama de honra tanto como alguém que acaba de adubar uma lavoura. Mas não são só os jeans, a falta de maquiagem e o cabelo desgrenhado que mais impressionam. É sua expressão. Ela está prestes a explodir.

— Você — diz ela, apontando para Charlotte. — Você e eu precisamos ter uma conversinha.

— Grace! — Valentina guincha. — Não há tempo para conversas... Precisamos cachear seus cabelos!

— Desculpe, Valentina — diz Grace —, mas tenho uma coisa mais importante a fazer agora do que arrumar meu cabelo.

— O que *pode* ser mais importante do que arrumar seu cabelo? — pergunta a noiva. — A cerimônia vai começar em menos de quarenta minutos.

Grace se vira para Charlotte.

— Quer fazer isso aqui, ou lá fora? — pergunta ela.

Valentina está apavorada.

— Escute, Grace — diz ela —, sei como Evie às vezes pode ser difícil, mas sinceramente, não pode deixar suas diferenças de lado por um instante? Pelo menos até que a equipe da *High Life!* tenha ido para casa.

A coitada da Valentina obviamente acha que o problema da Grace é comigo.

— Bom, Charlotte, o que vai ser? — pergunta Grace.

Charlotte fica tão vermelha que parece que ela precisa de um extintor.

— Grace — diz ela, a boca tremendo como se ela estivesse prestes a dizer alguma coisa. Mas não sai nada.

— Muito bem — diz Valentina, assumindo o controle. — Já chega. O que está acontecendo?

O rosto de Grace se amarfanha.

— Como você pôde, Charlotte? — diz ela. — Como pôde fazer isso depois de uma amizade de tantos anos? Depois de ver minhas filhas crescerem? Depois de ser minha dama de honra?

Agora Charlotte olha para o chão, em silêncio, o lábio ainda tremendo.

— Você age como a doçura em pessoa desde que eu a conheço, Charlotte. Mas diga a todos o que fez. Diga.

Charlotte não se mexe e ainda não diz nada.

— Não? Bom, contarei eu — fala Grace. — Charlotte andou tentando roubar meu marido de mim.

— Como é? — questiona Valentina. — Grace, você andou bebendo?

— Pergunte a ela — diz Grace. — Pergunte a ela sobre a tentativa de seduzir Patrick... No casamento da sua mãe, Evie.

Mordo o lábio e olho para o chão, de repente ciente de que Patrick não contou a ela tudo o que eu sabia. Eu tive 0,2 segundo para sentir alívio, quando Grace me olha com mais atenção.

— Você sabia! — ela grita para mim.

— O caso, Grace, é que... — começo a protestar.

— Você sabia, mas que droga! — continua ela. — Meu Deus, não acredito nisso.

— *Eu* não sabia — enfatiza Valentina. — Por que sempre sou a última a saber dessas coisas?

Charlotte, trêmula e vermelha, de repente fica hostil.

— Tudo bem, Grace — diz ela. — Como eu pude? Bom, vou te contar como.

De repente toda a sala fica no mais completo silêncio.

— Porque eu o amo — diz ela. Valentina parece que vai desmaiar. — Eu o amo mais do que suspeito que você um dia o tenha amado — continua Charlotte. — Eu faria qualquer coisa por ele. Morreria por ele. Pode dizer isso com sinceridade?

Grace não responde.

— Não — diz Charlotte. — Acho que não pode.

Grace desaba numa cadeira, muito cansada de repente.

— Se isso significa alguma coisa — acrescenta Charlotte solenemente —, eu me senti culpada... Por você e pelas meninas. Não é verdade que não pensei em você e nelas.

Grace, com o rosto cheio de emoção, levanta-se novamente e anda até Charlotte. Por um segundo, parece que ela está prestes a lhe dar um abraço. Mas quando chega a 30 centímetros de Charlotte, mete-lhe um murro na cara.

Capítulo 114

— Não sabia que os casamentos ingleses eram tão animados — comenta Federico ao seguir na carruagem da Cinderela.

— Ah, cala a boca — diz Valentina, enquanto Georgia segura sua mão, dando-lhe apoio.

A carruagem tem o tipo de suspensão que se esperaria da traseira de um trator, e quem contratou os cavalos só poderia ter encontrado os animais mais flatulentos da Grã-Bretanha. Vendo pelo lado positivo, porém, Valentina agora está um pouco mais calma, embora estejamos contra o vento do mais horrendo fedor fora da jaula do elefante do zoológico de Chester.

Ela até conseguiu parar de ofegar com o fato de que agora tem uma dama de honra a menos, depois de despachar Charlotte à emergência do hospital. E o fato de que outras três damas de honra agora têm um leve mas inconfundível borrifo de sangue e muco — restos do soco de Grace — nos vestidos.

O meu é o pior, uma mancha de sangue bem na frente de minha saia que só piorou com minhas esfregações frenéticas. Mas se eu posicionar o buquê de certa maneira, posso quase cobri-la, e Drusilla, da *High Life!*, garantiu a Valentina que vão retocar qualquer excesso antes de imprimirem as fotos.

— Grace — eu digo, enquanto sacolejamos, passando por uma parte da rua com mais lombadas do que uma estrada de terra do terceiro mundo —, podemos conversar sobre isso?

— Sim, conversem, por favor — insiste Valentina. — Façam as pazes, pelo amor de Deus. Ou pelo menos comecem a sorrir como se fosse tudo o que quisessem na vida.

— Estou com raiva e perturbada demais para falar sobre isso — diz Grace, uma fração longe das lágrimas. — Agora não é uma boa hora.

— Não — diz Valentina. — Não, você tem razão. Chega de drama por hoje, muito obrigada. Mas *sorriam*, sim? *Por favor.*

Reduzimos a velocidade em um sinal de trânsito, mas antes de termos a chance de parar, a carruagem começa a fazer um ruído estranho. Um ruído muito estranho. Um rangido.

Os olhos de Valentina se arregalam e todas nós olhamos, alarmadas. De repente, o rangido fica mais alto e um canto da carruagem afunda no chão, catapultando damas de honra, buquês, sapatos de cetim, véus e tiaras para todo lado.

— Mas que merda... — grita Valentina ao bater a cabeça no vidro, esquecendo-se completamente de seu papel de noiva recatada.

— Mas o que foi isso? — grita Federico.

Saímos da carruagem e a visão diante de nós não parece nada promissora.

— A porra da merda da roda quebrou — grita Valentina, aparentemente dirigindo esta invectiva ao condutor.

Ele coça a cabeça e está excepcionalmente calmo com tudo isso, o que é inteiramente inadequado nas circunstâncias.

— Puxa vida — diz ele.

— Bom, o que vai fazer a respeito? — pergunta ela, histérica.

Ele dá de ombros.

— Não sei bem — diz ele. — Não dá para chamar o Automóvel Clube para uma coisa assim.

Valentina leva às mãos à testa.

— E como acha que vou chegar à igreja? — ela rosna.

Ele dá de ombros de novo.

— Pode pegar uma carona, meu amor.

Capítulo 115

Achávamos que ele estava brincando. Mas todo mundo que conhecíamos já estava na igreja com seus celulares desligados e não apareceu nem um táxi, então pegar carona acabou por ser a única opção.

Assim, dividimo-nos em dois grupos e o meu grupo se amontoou na traseira de um furgão que pertencia a um vendedor de peixe que voltava do mercado. Depois de partirmos para a igreja com cheiro de Vera Wang, chegamos lá cheirando a *eau de haddock*.

Mas para o outro grupo — a noiva e seu "pai" — reservamos um veículo que todos concordamos que *quase* passaria por carro de casamento — se o fotógrafo da *High Life!* e o cara do vídeo o pegassem do ângulo certo, quero dizer.

— Talvez precise dar uma editada — eu digo ao cameraman enquanto esperamos na frente da igreja por sua chegada.

— Por quê? — diz ele. — Ela está vindo no quê, exatamente?

— Humm, você verá — eu respondo. — Mas, por favor, faça o que puder, sim?

O veículo de Valentina e Federico chega à entrada e, de longe, nada parece errado. Só quando ele tem que entrar à direita para estacionar é que tudo fica claro. O cameraman e o fotógrafo da *High Life!* arquejam tão dramaticamente que é de se pensar que os dois levaram um bom chute na virilha.

— Me diga que ela não está em um carro funerário — cochicha o fotógrafo da *High Life!* — Ela *não pode* estar num carro funerário, não é?

— Como eu disse — digo a ele, tentando manter alguma calma —, se fotografá-la saindo da frente, pode muito bem parecer um carro de casamento.

— Mas e as flores na janela? — pergunta ele. — Estão arranjadas de modo a dizerem DESCANSE EM PAZ, BILLY.

— Eu sei, eu sei — digo, percebendo que devemos estar diante de um dos maiores desafios de sua carreira profissional até a presente data. — Mas disseram que podemos jogar as flores no fundo, com o caixão, para tirarmos algumas fotos. Vamos lá, temos de ser rápidos.

Enquanto Valentina sai do carro funerário, radiante, sorrindo de orelha a orelha e aparentemente sem se abalar com o fato de que acaba de partilhar sua viagem com um cadáver *e* Federico, começo a vê-la sob toda uma nova luz.

— Estou muito impressionada — digo a ela ao pararmos na porta da igreja, prontas para entrar. — Você está levando tudo isso incrivelmente bem.

Ela sorri.

— Bom — diz ela. — De repente me ocorreu no caminho para cá: estou prestes a me casar. Por que deixar que qualquer outra coisa me aborreça?

Capítulo 116

Desconfio de que jamais conseguirei ir a um casamento de novo sem pensar em Jack.

Não é só porque nosso breve mas doce namoro começou e terminou numa ocasião dessas. É também porque tudo o que os casamentos devem representar — amor, compromisso, felicidade — é algo que eu agora sinceramente acredito que nunca mais vou encontrar com ninguém.

Sei que isso parece otimista como um bilhete suicida, mas só estou sendo realista. Quero dizer, por que eu encontraria o amor com outro quando nem mesmo cheguei perto antes? Tive minha chance e a desperdicei. É simples.

— O que há com você? — pergunta Seb quando chegamos à recepção. — Você estava infeliz pra danar durante toda a cerimônia.

— Nada — eu digo. — Eu estou bem. Muito bem.

— Bom, queria poder te animar. Está me deixando de mau humor — revela ele.

— Desculpe — murmuro.

— Não se preocupe — diz ele, curvando-se e passando a língua pela minha orelha com a sutileza de um São Bernardo devorando uma costeleta de cordeiro. — Pode me compensar mais tarde.

Ele põe a mão no meu traseiro e o aperta como se tentasse determinar se um melão está maduro.

— Não, Seb — faço uma careta. — Num casamento, não.

Na verdade, não querer ser apalpada nesse momento não é só por causa da ocasião. É também porque, apesar de me esforçar muito para que isso dê certo, agora eu mal consigo olhar para Seb sem querer que ele esteja em outro lugar. Tipo a Mongólia.

À medida que os convidados começam a entrar no salão de jantar principal de Knowsley Hall, fica rapidamente evidente que os convidados da noiva e do noivo não se misturam. Não sei bem por que isso acontece e não sei se fazem intencionalmente. Mas o grupo do noivo parece se sentir pouco à vontade falando com alguém que não está de cardigã e pérolas; já o grupo da noiva não se dirige a ninguém que não tenha feito plástica.

Não comi nada o dia todo, mas ao rejeitar um canapé de salmão defumado pela quarta vez percebo que não podia sentir menos vontade de comer se tivesse devorado três Big Macs.

— Vou dar um pulinho no banheiro para dar uma animadinha — sussurra Seb, piscando. — Para suportar os discursos.

Estou bebendo meu champanhe quando sinto um tapa no ombro.

— O que houve com Charlotte? — pergunta minha mãe.

A roupa de hoje consiste em uma saia-calça de veludo roxo e chapéu de Robin Hood na mesma cor, cuja pluma fez vários convidados espirrarem durante toda a cerimônia.

— É uma longa história — digo.

— Bom, desde que ela esteja bem — comenta minha mãe.

— Ela vai ficar bem — respondo, sem muita confiança.

Quando volta, Seb parece consideravelmente pasmo por ficar cara a cara com minha mãe. Sarah em geral causa esse efeito nas pessoas, mas elas não costumam recebê-la com o mesmo olhar de desprazer.

— Olá — diz ela, animada. — Acho que não nos conhecemos. Eu sou a Sarah, mãe de Evie.

— Oi — diz ele com desdém, e pega a última taça de champanhe para si de uma bandeja que passa.

— Acho que você estava no casamento de Georgia, não estava? — continua minha mãe, sorrindo. — Pode não se lembrar de mim, mas eu também estive lá.

— Lembro-me muito bem — ele dá uma risadinha e se vira.

No início, mamãe parece meio assombrada com esse comentário. E eu fico tão sobressaltada que, pela primeira vez, não consigo pensar em nada para dizer.

— Bom — diz ela, forçando um sorriso —, nos vemos mais tarde. Curtam o resto do dia.

Quando ela fica fora de alcance, eu me viro para Seb.

— Não sacaneie a minha mãe — aviso, num tom que deixa claro que é improvável que ele vá meter sua língua perto de meu canal auditivo de novo.

— Ah, tenha dó... Eu só disse que me lembrava dela — diz ele despreocupadamente.

— Você disse: *lembro-me muito bem* — digo a ele.

— Meu Deus do céu, como poderia não lembrar, pelo modo como ela estava?

— Por que você é tão obcecado com a aparência das pessoas? — pergunto. — Minha mãe é uma pessoa maravilhosa... E se você se desse ao trabalho de conversar com ela, tenho certeza de que descobriria isso.

— Tanto *faz* — diz ele, parecendo um adolescente rebelde. — Meu Deus, quando foi que você se transformou numa megera? Era só uma brincadeira.

Ele toma outro gole de sua taça, aparentemente achando a coisa toda mais divertida do que uma viagem à praia.

— Eu sei — eu digo sem rodeios. — Mas o caso, Seb, é que eu simplesmente não gosto das suas brincadeiras.

O sorriso some do seu rosto em um segundo.

— Deduzo assim — continuo — que não quero mais te ver. Desculpe.

— Está me largando num casamento? — pergunta ele, incrédulo. — Eu ainda nem jantei.

— Desculpe, Seb. Mas sou apaixonada por outro.

— Você? — ele bufa. — Apaixonada? Rá... Não me faça rir.

— É verdade — eu digo, desamparada.

— Evie, vai durar cinco minutos, como com todos os outros — diz ele se virando e indo embora.

Olho Seb andar pelo salão e ir para a porta, antes de sentir alguém ao meu lado e me virar para olhar. O cameraman está filmando satisfeito como se tivesse conseguido uma cena para um programa de David Attenborough.

— *Importa-se?* — eu digo, ríspida. — Uma mulher não pode ter privacidade quando está terminando uma relação hoje em dia?

— Ah, desculpe — ele me diz. — Só me mandaram filmar o maior número de convidados que eu pudesse.

Capítulo 117

Estou começando a pensar que é mais fácil encontrar o Abominável Homem das Neves do que Grace neste casamento.

Passei a última meia hora procurando por ela, desesperada para resolver o mal-entendido, sem sucesso nenhum. Depois, justo quando começo a pensar que ela pode ter ido embora, eu a vejo do outro lado do salão, falando com Bob. Imediatamente vou direto para ela, mas sou impedida por uma voz conhecida, uma voz quase tão agradável aos ouvidos quanto o som de giz raspando num quadro-negro.

— Evie! Você está demais, como sempre.

Viro e vejo Gareth na sacada, fumando um Marlboro com o tipo de sucção que se espera de um aspirador de pó de alta potência.

— Não quero falar com você, Gareth — eu digo.

Esta é a primeira vez que o vejo desde que ele decidiu que ia contar a Jack tudo sobre mim, meu passado e aqueles malditos brincos.

— Ah, e por que não? — diz ele. — Não é por causa de toda aquela história dos brincos? E seu, hum, *problema com os compromissos*. Espero não ter me intrometido em nada.

— Você contou a Jack de propósito, não foi?

Gareth dá de ombros, tentando parecer despreocupado, mas o vigor com que coça o rosto de novo sugere que sente tudo, menos indiferença.

— Achei que ele não era o certo para você, é só isso — murmura ele.

— Ah, e por que não? Porque eu gostava mais dele do que de você?

— A raiva não combina com você, Evie — diz ele, apontando o dedo para mim.

— Gareth — começo, decidindo que talvez queira finalmente conversar com ele —, posso falar com você com muita franqueza?

— Mas é claro — diz ele.

— Eu tentei ser gentil com você — revelo a ele. — Tentei terminar com você na boa. Tentei não dizer que se você fosse o último animal, mineral ou vegetal na terra, eu ainda ia preferir passar a noite trancada em casa vendo *televisão* sozinha. Eu já pedi desculpas por ter terminado com você incontáveis vezes e, francamente, não vou fazer isso de novo. Porque agora eu não lamento nada. Agora estou *feliz* por ter terminado com você. Só queria ter percebido antes a baixaria de que você era capaz.

— Então deixa eu entender direito — declara ele, franzindo a testa. — Está dizendo que você realmente, sinceramente, não concordaria em sair comigo de novo? Sinceramente mesmo?

Arranco o cigarro da mão dele e o apago devagar em sua gravata de poliéster rosa. Seus olhos se arregalam de incredulidade.

— Gareth — digo a ele. — Acho que enfim estamos nos entendendo.

Capítulo 118

Ao me aproximar de Grace e Bob, ela endireita as costas e percebo que minha presença será tão bem-vinda quanto um surto de gripe aviária numa granja.

— Evie! — diz Bob quando me vê. — Grace e eu estávamos comparando a lua de mel. Nossas três semanas na Colômbia parecem bem diferentes das Maldivas. Nós adoramos, é claro. Mas preciso dizer que no fundo tenho inveja da descarga de banheiro deles.

— Aposto que sim — assinto.

— Aliás — acrescenta ele —, vi você conversando com o Gareth. Finalmente descobri por que ele saiu do trabalho em circunstâncias tão estranhas.

— Ah, e por quê? — pergunto.

— Lembra que eu lhe contei que havia algo esquisito acontecendo entre ele e Deirdre Benett, minha colega? Bom, por acaso eles tiveram um caso muito breve.

— Não era aquela senhora de traseiro grande e dentes horríveis? — pergunto.

— Essa mesma — diz Bob. — Mas isso não impediu Gareth! Na época de sua demissão, ele praticamente a assediava. Até lhe comprou uma lingerie de borracha estranha de uma daquelas lojas esquisitas... Sabe do que estou falando. Foi quando o vice-reitor entrou para dizer a ele para parar com isso ou ir embora. Felizmente, ele decidiu pelo último e Deirdre não soube mais nada dele desde que, aaaah, desde que você começou a namorá-lo. Pessoalmente, acho que você fez bem em se livrar dele.

— Acho que tem razão, Bob. Mas olha — continuo —, tem alguma chance de eu conversar com Grace por um minutinho? A sós, quero dizer.

— Mas é claro — diz Bob. — Eu estava mesmo indo procurar sua mãe. Deixei-a falando com uma das tias de Edmund sobre o minhocário que ela está instalando. Não sei se é do interesse de Lady Barnett.

Assim que Bob está fora de alcance, vou direto ao que interessa.

— Desculpe por não contar a você, Grace — digo. — Eu peço mil desculpas. Mas eu só descobri ontem à noite e, bom, só estava esperando passar o casamento, para não estragar as coisas.

Ela suspira.

— É meio tarde para isso agora.

— Eu sei — digo.

— Então você *ia* me contar? — pergunta ela.

— Bom, sim, acho que sim — digo, percebendo de imediato que eu podia ter facilitado muito a vida dizendo apenas "sim".

— O que quer dizer com *acho que sim*? — questiona ela. — Você é minha melhor amiga. Os melhores amigos não guardam segredos como esses.

— Eu sei, eu sei — digo. — Tenho certeza de que teria contado a você. Mas não era assim tão simples. Eu estava preocupada com o que isso faria com você e Patrick. Quer dizer, eu sabia que as coisas estavam... espinhosas... recentemente e tive medo de aparecer e te contar... Bom, isso tornaria as coisas ainda mais espinhosas.

— Não se preocupe com isso — diz ela, fungando. — Você não é a única que acha difícil me contar o que está acontecendo.

Hesito.

— Está falando da perda de emprego de Patrick, não é?

— Oh — suspira ela, desanimada. — Você também sabia disso.

— Desculpe — digo, baixando a cabeça. — É só o que sei. Não sabia por que, nem do que se tratava.

— Ele confessou tudo mais cedo — diz ela. — Ele perdeu o emprego meses atrás, logo depois do nosso casamento. Era esse o problema dele.

— Mas por quê? — pergunto.

— Passou a ser considerado supérfluo — ela suspira. — Eu sei... É inacreditável, não é? Eu sempre pensei que isso acontecesse a, sei lá, mineradores e operários automotivos e... Bom, não a advogados. Não Patrick. Mas um dia disseram-lhe que havia tido uma redução na empresa e que era preciso fazer uns cortes no orçamento. Depois foi demitido. Simples assim.

— Meu Deus — eu digo feito uma idiota. — Não admira que ele estivesse de mau humor.

— Ele andou fazendo um *freelance* ou outro – continua Grace —, mas nada perto de poder pagar as contas a longo prazo. O que não acredito é que ele não tenha aguentado me contar. Que tipo de esposa eu devo ser?

— Não seja ridícula — digo. — Você é uma esposa maravilhosa e Patrick a ama. Você sabe disso, não sabe?

Ela funga de novo e não responde.

— Sabe exatamente o que aconteceu entre ele e Charlotte, não é? — pergunta ela.

Eu concordo com a cabeça.

— Sim. Ela me contou. Também me contou que acabou segundos depois e ele fugiu dela com a maior rapidez que pôde.

Os lábios de Grace começam a tremer.

— Ainda não muda o fato de que ele transou com uma das minhas amigas.

Eu a abraço.

— Eu sei, querida, eu sei — digo. — Mas não deixe que isso destrua seu casamento, Grace. Por favor. Por você e pelas meninas.

Enquanto falo, não sei inteiramente se o que estou dizendo é ou não um bom conselho. Quero dizer, ela tem razão. O marido transou com uma amiga dela. Como alguém pode perdoar isso? No entanto, algo no fundo me diz que, no fim das contas, esta deve ser a coisa certa a fazer.

— Acho que terei de pensar muito bem — pondera ela. — Ainda é muito recente. Preciso pensar bastante no que vou fazer.

— Bom, pelo amor de Deus, primeiro assoe o nariz — eu digo, e me curvo para abraçá-la.

Ela me abraça com tanta força que é até difícil respirar.

— Obrigada, Evie — diz ela. — Eu te amo.

— Eu também te amo, Grace — falo.

De repente, Patrick está ao nosso lado. Ele parece apavorado — com Grace e comigo.

— Importa-se de me emprestar minha mulher, Evie? — diz ele. — Tenho de compensar o que fiz com ela, e muito.

Grace olha para ele.

— Não estou garantindo nada, Grace — diz ele —, mas vou fazer de tudo... *tudo mesmo*... para você ficar comigo. Para você me perdoar. Sei que não mereço você, mas não sou nada sem você, Grace. Não sou nada.

Capítulo 119

— Bom, é um casamento e tanto, afinal — diz Georgia, enquanto dividimos sua bolsa de maquiagem no toalete das mulheres. Sua coleção de cosméticos é uma combinação de batons Rimmel de 3,99 libras com pós faciais que devem custar mais que ouro em pó.

— Faz o seu parecer distintamente enfadonho, não é? — eu digo, passando blush no rosto numa tentativa de dar alguma cor. — Sem trocas de tapas, sem caixões, sem brigas conjugais. Na verdade, foi tudo um tédio.

— Graça a Deus — ela ri. — Mas vamos dar algum crédito a Valentina. Ela padeceu de verdade. E por falar nisso, como anda se sentindo ultimamente, Evie?

— O que quer dizer? — pergunto.

— Bom, eu soube que você ainda está meio angustiada pelo Jack — diz ela. — E não tivemos a chance de conversar sobre isso, tivemos? Não vejo você desde o casamento de sua mãe.

— Eu estou bem — digo. — É sério, Georgia, essas coisas acontecem.

— Bom, se isso quer dizer alguma coisa — continua ela —, Beth contou que ele anda deprimido no trabalho desde que tudo aconteceu.

Eu paro.

— Beth? — repito.

— Sim, Beth. Sabe quem é... Minha prima — diz ela.

— Sim — digo. — Conheço sua prima Beth. Só achei que você disse "ele anda *deprimido no trabalho*".

— Foi o que eu disse — repete Georgia. — Eles trabalham juntos.

— É mesmo? — Fico um tanto confusa. — Meu Deus, eu não sabia. Quero dizer, eu sabia que eles se viam, mas...

— Se viam? — repete Georgia. — Evie, eles não estão juntos.

Franzo a testa.

— Eles *trabalham* juntos — explica ela. — Só que é tudo muito recente. Beth sempre quis trabalhar no setor de voluntariado e no nosso casamento esteve conversando com Jack sobre a ONG em que ele trabalha. Ele disse que ia aparecer um cargo administrativo, então ela telefonou para ele na segunda-feira e começou a trabalhar mais ou menos uma semana depois.

— Então ela ainda trabalha para eles agora? — pergunto.

— Sim — diz Georgia —, mas não há nada entre os dois, eu lhe garanto. Tenho certeza porque Beth ficou a fim dele desde o primeiro dia, mas ele se recusou até a aceitar isso. Ele claramente não está interessado nela. E ela não fez nada a não ser reclamar disso.

Balanço a cabeça.

— Mas por que ele não me contaria que ela estava trabalhando com ele? — pergunto.

— Provavelmente porque ele é homem — diz Georgia com desdém. — O Pete teve mortes, gestações e uma troca de sexo entre seus colegas sem se incomodar em me contar nada.

Isso pode explicar a troca de números de telefone. E as chamadas não atendidas em seu celular.

— Mas isso não explica uma coisa — eu digo a Georgia, enquanto ela fecha a bolsa de maquiagem. Conto sobre o telefonema de Beth que atendi no casamento da minha mãe. Sobre a camiseta deixada no apartamento dele naquela manhã. Como ela explica *isso*?

— Eu realmente não sei — diz ela, confusa. E depois: — Espere aí, foi a noite do casamento da sua mãe, não foi?

— Foi.

— Bom, ela não podia ter estado com ele na noite da véspera, porque todos nós estávamos na festa de aniversário de 50 anos do tio Tom. Passei a noite toda com ela. Na verdade, ficamos hospedadas num hotel.

Meu coração afunda. Não sei que explicação existe para o que ela disse ao telefone. Mas agora sei que acusei Jack publicamente de me trair quando ele era inteiramente inocente; bem no momento em que ele descobriu que eu menti para ele sobre meu passado, e nem consegui pegar o telefone depois para pedir desculpas.

Eu nunca tive um impulso tão dominador de cair em prantos.

— Ah, meu amor — diz Georgia. — Não fique triste.

— Desculpe — engulo em seco. — Mas, ah, meu Deus, Georgia. Isso é um desastre.

Capítulo 120

Edmund deu a Valentina o melhor e maior casamento que o dinheiro pode pagar, e lhe deu um presente do qual ela se lembrará para sempre. Ele andou fazendo aulas de dança de salão. Portanto, Valentina pôde fazer talvez a mais profissional, mais impressionante e certamente a mais ostentosa primeira dança da história.

Naturalmente, ela escolheu o tango. E enquanto a dança termina em aplausos extáticos com ela e Edmund de rosto coladinho, Valentina tira uma rosa de entre os dentes e o beija como uma heroína de quadrinhos que acaba de ser resgatada de uma gangue de gatunos.

Depois os convidados começam a invadir a pista, inclusive Bob e minha mãe, cuja dança peculiar de imediato apavora parte dos mais velhos e enfermos da festa.

Pego minha bolsa e decido sair para andar um pouco. A brisa é suave e cálida e quando acho um tronco decente, arrio nele e olho o céu, sentindo-me inteiramente perturbada. Lágrimas me ardem nos olhos quando penso no que Georgia me contou.

— Vocês têm uma vida fácil — eu digo, entre fungadelas a duas ovelhas que pastam numa relva na minha frente. — Não precisam ter a bunda apalpada na frente de outros convidados de casamento, nem ser assediadas por ex-namorados psicóticos. E certamente não precisam pensar que ferraram as coisas com o único homem que significou alguma coisa para vocês. Pelo menos, acho que não precisam disso.

Agora estou mesmo perdida. Estou sentada aqui, estourando os olhos e falando com um grupo de animais de criação sobre minhas dificuldades emocionais. O fato de que eles parecem ouvintes muito atentos não é a questão.

Não sei quanto tempo fiquei sentada ali. Certamente por um bom tempo — sinceramente, podiam ser horas — e em algum lugar pelo caminho as duas ovelhas recebem o adendo de mais outras.

Estou começando a me sentir uma pastorinha quando de repente ouço vozes atrás de mim. Quando me viro, Valentina, Grace e Georgia estão andando decididas na minha direção.

— Espero que não tenha nenhum cocô de vaca por aqui — diz Valentina, levantando a bainha, enojada. — Esses sapatos são Christian Louboutin.

— Valentina — digo —, não devia estar circulando entre os convidados, ou coisa assim?

— Sim, Evie — concorda ela —, devia. Mas estamos aqui porque ficamos preocupadas com você.

— Comigo? — repito, acenando para irem embora. — Devo ser a última preocupação de todos hoje. É sério, eu estou bem.

— Bom, não é o que achamos — diz Georgia. — Na verdade, achamos que você não está nada bem.

— Você está definhando — fala Valentina. — Por Jack.

— Assim você faz com que eu pareça um labrador — digo. — De qualquer maneira, se estou definhando ou não, não há nada que vocês possam fazer. Eu estraguei tudo... de uma vez por todas.

As três trocam olhares e não pareceriam estar mais envolvidas em uma trama do que se todas usassem a máscara do conspirador Guy Fawkes de V de Vingança.

— Talvez sim, talvez não — diz Georgia.

Ergo a sobrancelha.

— Estive agora mesmo falando com Beth — Georgia me diz. — A camiseta a que ela se referia quando falou com você ao telefone na verdade era promocional. Uma camiseta da ONG que ela precisava para uma corrida da qual ia participar no dia seguinte. Essa camiseta *não ficou* no apartamento de Jack. Ficou no escritório de Jack.

Solto um gemido.

— E você precisava me contar isso? — pergunto. — Quero dizer, já me sinto bem idiota sem ter todos esses detalhes horrorosos esfregados na minha cara.

— Só achei que você gostaria de saber — fala Georgia. — Isso e mais uma coisa.

— Ah, meu Deus — digo.

— Segundo Beth — continua Georgia —, por duas semanas depois de sua briga, Jack passou o tempo todo andando de um lado a outro do escritório, agitado e claramente arrasado.

— Então por que não me telefonou? — eu gemi.

— Pode-se dizer que isso cabia a você — observa Grace. — O mal-entendido foi seu... E não dele, Evie.

— Bom argumento. — Eu desmonto no meu tronco.

— O caso é que ele podia ter ligado — insiste Georgia —, mas algo o impediu de uma vez por todas.

— O quê? — pergunto.

— Minha priminha cara de pau contou a ele sobre você e Seb. Que viu vocês dois na boate.

Minha mente volta à boate e vejo Beth testemunhando o beijo grande e babado de Seb. Tenho um arrepio na espinha só de pensar que ela pode ter contado a Jack.

— Ah, meu Deus — digo. — Vocês têm mesmo que me fazer passar por essa tortura? É sério, precisam mesmo?

— Bom, também temos uma coisa *boa* para você — Grace cantarola.

— Por favor — digo.

— Jack te ama! — anuncia ela.

— Ah, eu queria ter dito essa parte — Valentina se queixa.

Eu torço o nariz.

— O quê? — digo. — Como pode me amar? E como você pode saber disso?

Elas se olharam de novo, cada uma sorrindo de orelha a orelha.

— O caso é que — diz Georgia —, depois que falei com Beth, não podíamos deixar a coisa como estava, podíamos? Quero dizer, que tipo de amigas seríamos se não fizéssemos alguma coisa?

Meus olhos se arregalam.

— E o que fizeram? — pergunto, meio histérica.

— Telefonamos para alguém — diz Valentina, batendo palmas como uma menina de 3 anos. — Na verdade, telefonamos...

— Talvez queira vir com a gente — Grace a interrompe, pegando-me pela mão.

Capítulo 121

A primeira coisa que percebo quando entro no salão de baile é que a música parou; praticamente só ouço meu próprio coração, que agora martela como se eu tivesse acabado de subir cinco lances de escada.

O que noto em seguida é Jack. Parado ali, do outro lado do salão, é a única pessoa de jeans, camiseta e, o mais espantoso, segura um microfone. Pelo canto do olho, vejo alguns convidados trocando olhares pasmos e olho para eles por um segundo como quem diz, "Eu também não tenho a menor ideia do que está acontecendo".

— O que... O que está acontecendo? — gaguejo.

— Você verá — diz Grace, sorrindo com malícia.

E começa a música, os acordes inconfundíveis de uma canção que reconheço de pronto. Jack ergue o microfone e o feedback guincha pelo sistema de som, incitando um arfar coletivo de todos no salão.

— Desculpem — diz ele, e de repente percebo que ele está muito nervoso. — Mas vocês podem achar bom, se comparado com o que estão prestes a ouvir.

Georgia ri.

— Evie — diz Jack —, não nos falamos há algum tempo. Isso foi em parte por orgulho meu... E imagino que por orgulho seu também.

Ele está na outra extremidade do salão, mas nossos olhos estão fixos um no outro como se estivéssemos a centímetros de distância.

— Também pensei... Bom, pensei que você havia encontrado outra pessoa — diz ele. — Agora eu sei... graças a suas amigas... que não é assim. E que *você* sabe que eu fui inteiramente fiel.

Tento engolir em seco. Não consigo. Estou paralisada, ao mesmo tempo apavorada, confusa e em júbilo, tentando desesperadamente controlar a emoção que me dilacera por dentro.

— Mas o caso é que, como não te telefonei, acho que preciso fazer uma coisa para provar o que sinto por você. E... embora seja uma pena que a única coisa em que pude pensar vá me fazer passar por um bobalhão... Só há um jeito de fazer.

Não há uma só pessoa no salão que não esteja cutucando, cochichando e especulando sobre o que ele diz. Lanço um olhar rápido a Grace e ela sorri. Jack começa a vir lentamente a mim e, com um raio correndo pelas minhas veias, ouço o backing vocal de Ruby Turner começando sua parte na música.

Depois, para meu completo assombro, Jack também canta.

Jack Williamson, um homem que *nunca* cantou em público — um homem que *jurou* que jamais cantaria — está cantando. Está cantando *para mim*.

Sua voz é grave e até meio desafinada, mas não acho que agora me importe que ele pareça uma gaivota castrada.

Enquanto Jack canta, os convidados que inicialmente se perguntavam o que diabos estava acontecendo agora começam a entrar no ritmo — e um ou dois até se levantam e começam a gingar, como se estivessem num show do Queen. Alguém até ergue o isqueiro aceso.

Mas no momento em que Jack chega perto de mim, fico inteiramente incapaz de determinar se devo rir, chorar ou só desmaiar com a mera loucura de tudo aquilo. Seja como for, quando toco meu rosto, descubro que está ensopado de lágrimas.

Jack olha nos meus olhos para cantar o último verso e agora estamos tão perto que posso ver o contorno de seu rosto com o nível de detalhes que nunca pensei que veria de novo. Eu perco o fôlego.

— *Nobody... but... you.*

Ele baixa o microfone na mesa ao meu lado e me puxa para ele enquanto eu enxugo as lágrimas. Com os aplausos ecoando à nossa volta, Jack se curva e nossos lábios se encontram.

É o momento mais doce, mais profundo e mais feliz de meus 27 anos neste planeta. E agora, neste exato momento, sei que vou dizer algo que pensei que nunca mais diria. Nunca.

Recuo e olho para Jack, o meu Jack, minhas mãos tremendo ao segurarem as dele, procurando expressar o que sinto.

E consigo. E sussurro para ele.

— Jack. Eu te amo.

Epílogo

Três anos depois

— Sabe de uma coisa — diz Valentina, admirando seu perfil no espelho —, eu tinha minhas dúvidas sobre usar um vestido de dama de honra com oito meses de gravidez, mas eu devia saber, se alguém pode fazer isso... sou eu.

Não consigo deixar de sorrir. Valentina pode ter se casado há três anos e estar prestes a dar à luz seu primeiro filho com Edmund, mas algumas coisas nunca mudam. Então você ficou meio surpreso? Que eles ainda estejam juntos, quero dizer? Bom, não se preocupe... Desconfio de que outras pessoas também estão.

Vamos combinar, quando eles se conheceram, não era preciso ser uma cínica para reconhecer que Valentina parecia estar romanticamente ligada ao cartão de crédito de Edmund como estava ao próprio Edmund. Mas, em algum lugar pelo caminho, aconteceu um fato engraçado: ela se apaixonou por ele. Se foi quando testemunhou Edmund salvando a vida de um homem em sua lua de mel, ou quando eles descobriram que a neném Paris estava a caminho (Orlando, se fosse menino), não sei muito bem. Mas aconteceu mesmo — e os Barnett não podiam estar mais felizes.

O que, do ponto de vista de Valentina, é fantástico, porque o divórcio está *tão* fora de moda.

A porta de nossa suíte se abre e Polly entra.

— Cadê a mamãe? — pergunto, meio nervosa. Posso ter esperado que Grace se atrasasse, mas isso não me deixa menos nervosa com a questão.

— Já está vindo — diz Polly, que aos 8 anos agora é muito adulta. — Espera mesmo que a gente chegue na hora?

— Mil descuuuuulpas! — diz Grace, entrando de chofre e conduzindo Scarlett em uma das mãos e as bolsas em outra.

— Estive tentando sair de casa por uma hora, mas minha mãe telefonou para perguntar se eu queria alguma coisa da Debenham enquanto ela estava lá. Depois telefonou para perguntar se eu queria alguma coisa da M&S. Depois da John Lewis. Depois telefonou de novo para perguntar se eu tinha certeza de que não queria nada porque a M&S tinha um patê maravilhoso... Ela sabia que era maravilhoso porque Maureen Thomas, da igreja, comprou da última vez em que esteve lá e tinha Cointreau de verdade nele e... Ah, olha, em resumo: *desculpe*. Agora, onde é que troco de roupa?

Tudo bem, então eles começaram de um jeito meio trôpego, mas Grace e Patrick não olharam para trás desde os primeiros acontecimentos de seu casamento. Levou algum tempo para Patrick reconquistar a confiança de Grace, mas depois de arrumar um novo emprego e ela se transferir para uma nova empresa de advocacia (com uma nova chefe muito diferente da antiga), a relação começou a se encaixar — e a encaixar bem.

— Muito bem — diz minha mãe, endireitando o turbante que, junto com as calças três-quartos que usa, a faz parecer que saiu de uma lâmpada mágica. — Não posso ficar aqui o dia todo. Tenho convidados a receber, está vendo? Viu como posso ser responsável?

Eu me aproximo e lhe dou um beijo.

— Tem razão — digo com ternura. — Pelo menos quanto a precisar sair. A parte da responsável vou reservar para um julgamento posterior. E cuide para que Bob chegue a tempo, está bem?

Georgia traz o champanhe para mim de novo.

— Caramba, demais, não! — eu digo. — Ou vou descer até o chão da pista mais tarde... E deixo isso para Valentina.

— Não acha que o fato de ela estar grávida de oito meses possa impedi-la desta vez? — pergunta Georgia.

— Ah, só vai deixar tudo mais impressionante.

Georgia ri, e percebo que já faz algum tempo que não ouço isso.

Ela e Pete se separaram no mês passado, um acontecimento que faria qualquer noiva pensar duas vezes, mesmo uma noiva com uma crença inabalável de que eles agiram corretamente. Não houve nada de amargurado, nem áspero, nem nada além de uma completa sensatez. Mas isso não quer dizer que não os afetou fortemente. O que prova que duas boas pessoas nem sempre dão bons casamentos.

Faltando vinte minutos, vou ao banheiro para retocar o batom e Valentina me segue com a própria coleção de cosméticos caros.

— Um funcionário do hotel deixou isto para você — diz ela, entregando-me um envelope.

Deixo o batom na prateleira e abro, enquanto Valentina começa a passar o frisador no cabelo pela quinta vez só hoje.

— Meu Deus — eu digo, lendo.

— O que é? — pergunta ela.

Ela se curva para ler comigo.

Querida Evie,

Bom, já faz muito tempo, isto é certo. Lamento por isso. Sei que você tentou entrar em contato comigo depois do casamento de Valentina e eu gostaria que soubesse como fiquei grata. Mas também espero que você entenda por que não retornei seus telefonemas e e-mails. As coisas ficaram muito complicadas. Eu estava péssima emocionalmente — e, mais importante, comecei a perceber que o que eu tinha feito era imperdoável. Por isso aceitei o emprego na Escócia e parti sem me despedir. Eu precisava de alguma distância entre mim e, bom, todo mundo. De qualquer maneira, Valentina me telefonou e contou sobre hoje e eu podia ter pulado de alegria quando descobri (só que estou 70 quilos mais gorda de novo, então não é mais tão fácil!). A questão é que fiquei deliciada — mais do que deliciada, na verdade... Fiquei extática. E embora isso tenha se repetido quando recebi um convite seu, espero que compreenda por que declinei. Não seria justo com ninguém — em particular com Grace — se eu fosse. Dito isso, pergunto-me se você gostaria de me encontrar para um café um dia desses, só você e eu. Sinto muito a sua falta e adoraria colocar o papo em dia, da próxima vez que eu for à cidade, mas vou entender se você não quiser, depois de todo esse tempo. Meu celular ainda é o mesmo.

Mas, então, ninguém merece ser mais feliz do que você, Evie. Boa sorte, e todo o meu amor, Charlotte.

— Ah, Charlotte! Acha que tenho tempo para telefonar agora? — pergunto a Valentina.

— Mas é claro que não, só faltam alguns minutos — diz ela, mexendo no meu cabelo. — Faça isso mais tarde, ou amanhã. Depois deste dia longo, não vai fazer nenhuma diferença.

A porta do banheiro se abre e Scarlett e Polly colocam a cabeça pela porta.

— Vocês duas têm os vestidos mais bonitos que eu já vi, não têm rivais — digo a ela.

— Vamos, tia Evie — chama Polly. — Está na hora de ir. O Bob está aqui para levar você ao altar.

Saio do quarto do hotel e olho o relógio. Ela tem razão. Faltam dois minutos.

— Você está linda, Evie — diz Bob, aparecendo ao meu lado. — Estou tão orgulhoso.

Dou o braço a ele e, com minhas damas de honra atrás de mim, descemos a escada até chegarmos à porta do salão onde acontecerá a cerimônia. Já posso ver Jack parado na frente esperando por mim, e meu coração dá um salto.

— Bom, você provou que alguém estava errado — diz Grace, endireitando meu véu.

— Hã? — pergunto a ela.

— Minha mãe — diz ela, sorrindo. — Ela disse hoje de manhã que nunca pensou que veria o dia em que Evie Hart andaria até um altar.

— Sabe de uma coisa, Grace — sussurro, enquanto os convidados se calam e começa a música. — Eu não podia estar mais de acordo com ela.

Este livro foi composto na tipologia Sabon LT
Std Roman, em corpo 11/15,5, e impresso em
papel off-white 80g/m² no Sistema Cameron da
Divisão Gráfica da Distribuidora Record.